Stefanie Gregg

Duft nach Weiß

PENDRAGON

1987 | an der Grenze Jugoslawien – Österreich

Längst hatte sich die Kälte durch meine dünne Jacke geschlichen, hatte jede Öffnung in dem groben Strickpulli gefunden, war in die Poren meiner Haut gekrochen und durchzog nun langsam meine Knochen. Ich konnte fühlen, wie sie allmählich meine Muskeln lahmlegte und wie zugleich meine Gedanken einfroren. Es würde kein schwerer Tod werden. Mit meinem Körper fror einfach auch mein Denken ein. Ich fand das beruhigend, denn vor Schmerzen hatte ich Angst.

Der Lastwagen wurde heftig durchgerüttelt. Offenbar war er durch ein Schlagloch gefahren und mir fiel dabei eine der schlecht gestapelten Kisten mit Pflaumen direkt auf den Kopf. Die harten Früchte verteilten sich um mich herum. Eine Kiste hatte mich am Hinterkopf getroffen und ich verfluchte den gleißenden Schmerz, weil er meinen Lebenswillen wieder aufflackern ließ. Ich musste mich bewegen, sonst würde ich erfrieren. Es gelang mir nicht aufzustehen, mein fast erfrorener Wille konnte meine Glieder zu keiner Bewegung veranlassen. Mit einem Schrei wollte ich mir Mut machen, doch aus meiner eiskalten Kehle drang nur ein Röcheln. Hätte ich gekonnt, dann hätte ich über mich selbst gelacht. Doch mein Gesicht war so erstarrt, dass nicht einmal mehr ein Lächeln möglich war.

Es kostete mich unendlich viel Kraft, meinen Arm zu heben. Plötzlich wusste ich wieder, warum ich in diesem eiskalten Lastwagen zwischen all den Pflaumenkisten eingekeilt war.

Fliehen, ich wollte fliehen, hinaus aus diesem verdammten Land, frei sein. Ich wollte in das Land der Freiheit, in dem man arbeiten und Geld verdienen konnte, in das Land, in dem es Glück gab und Essen und meine Majka, meine Mama. Und den Duft nach Weiß.

Ein vereister Schrei kam aus meiner Kehle.

1968 | Sofia

Drei feuchte Freundschaftsküsse drückte Schiwkow auf Georgi Markows Wangen, bevor er erneut Rakija in die zwei Gläser vor ihnen füllte. „Genosse Markow, es wird Zeit, dass wir miteinander etwas trinken." Er gab Georgi das Glas in die Hand und stieß mit ihm an: „Наздраве! – Prost!"

Georgi wusste nicht ganz, wie er sich verhalten sollte. Seine Mutter wäre stolz auf ihn: so privat, fast befreundet, mit dem Staatschef. Aber er selbst, nein, er war es nicht. Oder doch? Er war stolz darauf, zu den Künstlerzirkeln zu gehören, die Schiwkow ab und an zu sich in den Präsidentenpalast einlud. Immerhin, damit gehörte er auch zu den herausragenden Künstlern Bulgariens. Und auch finanziell ging es ihm immer besser, seine Bücher verkauften sich gut. Das letzte Mal hatte ihn Schiwkow zu einem Jagdausflug eingeladen, das hatte ihn einfach nur abgestoßen. Beim Anblick der toten Rehe und Wildschweine hätte er sich fast erbrochen. Lenin war ein Jäger. Stalin, Chruschtschow, Breschnew, Ulbricht, Tito, Castro – sie alle waren Jäger. Tierjäger, Menschenjäger. Wer Blut fließen lassen konnte, achtete nicht mehr so darauf, wessen Blut es war. Vielleicht war die Jagd ein Teil des Sozialismus.

Aber er gehörte nicht zu den Jägern.

Nur wollte er auch nicht zu den Erlegten gehören.

Er war der Macht sehr nahegekommen und nun hatte

er Angst, sich daran zu verbrennen. Georgi spürte, wie sich Schweißtropfen auf seiner Stirn bildeten. Schwitzte er wegen des vielen Alkohols oder aus Angst? Er richtete sich auf. Sein Vater hatte ihm einmal gesagt, er müsse ein Gewissen besitzen, dies aber nicht unbedingt zeigen. War das sein Weg?

Er versuchte, dem lauernden Blick Schiwkows auszuweichen, der ihm auf die Schulter klopfte und fortfuhr: „Politik und Literatur, Politik und Intelligenzija müssen sich verbinden, damit wir das ganze bulgarische Volk retten können. Nur so kommen wir schnell in den Endzustand des entwickelten Kommunismus!" Schiwkow hob mit einem auffordernden Blick sein Glas.

Georgi nickte: „Prost!" In einem Zug trank er sein Glas leer. Er war mindestens genauso betrunken wie Todor Schiwkow.

Als Georgi die Tür hinter sich geschlossen hatte, brummte der schwankende Schiwkow: „Talentiert. Aber er ist keiner von uns."

1995 | München

Lange schon hatte ich nicht mehr daran gedacht, hatte die Bilder von der eisigen Kälte verbannt.

Enno hatte jedem Wort von mir aufmerksam zugehört. „Deswegen hast du so eine Angst vor Kälte, Anelija." Mit einer liebevollen Bewegung strich er mir eine Haarsträhne aus dem Gesicht. „Ich werde dich nicht mehr bedrängen, mit mir zum Skifahren in die Berge zu kommen."

Dankbar sah ich ihn an. Hatte ich ihn überhaupt verdient? Er war ein schmaler junger Mann, der fast ebenso dunkle Haare hatte wie ich selbst. Vielleicht erinnerte er mich gerade wegen seiner braunen Haare und seiner fast schwarzen Augen an die Menschen in meiner bulgarischen Heimat. Auch wenn ich meine Wurzeln damals mit einem enormen Kraftaufwand hinter mir lassen wollte, so waren sie doch da und mit Wärme in mir aufgehoben. Nein, ich mochte ihn einfach, weil er so war, wie er war. So klug, so feingeistig. Ich liebte ihn mit jeder Faser meines Körpers, mit jedem Gedanken, den ich hatte.

Enno sah mich nachdenklich an, während er eine meiner Locken um seinen Finger wickelte. „Eigentlich weiß ich gar nichts über dich, Anelija. Ich weiß nicht, woher du kommst und warum du so bist, wie du bist. Magst du mir nicht mal mehr von dir erzählen? Anelija, bitte."

Ich hatte selten darüber gesprochen, vieles schien mir zu kompliziert, um es in Worte zu fassen. Ausgesprochen wären Dinge entstanden, die so gar nicht waren.

Eine Mutter, die sich davonstiehlt. Nein, drei Mütter – ich habe drei Mütter. Ein Vater, der nie da war. Nicht nötig. Eine Kindheit in Kargheit. Nicht so schlecht. Oder doch ganz anders? Erst wenn die Worte ausgesprochen waren, formten sie die eigene Vergangenheit, die, wenn sie unausgesprochen war, ungewiss, offen und formbar blieb. Einmal erzählt, war die eigene Geschichte fest und bitter. Ich war mir sicher, dass ich das nicht wollte. Es war nicht so gewesen, wie ich es hätte erzählen können.

Enno hörte auf, mit meinen Haaren zu spielen. „Ich will dich nicht drängen, aber ich würde es gerne hören, irgendwann."

Ich konnte weder nicken noch antworten. Es war noch nicht die richtige Zeit dafür. Es war Sommer und ich war verliebt. Das erste Mal, dass ich das Gefühl hatte, ganz aufgehoben zu sein, fast aufgelöst. Noch war die Zeit des Redens nicht gekommen. Es waren die Stunden der Schmetterlinge und des Überschwangs, es waren Stunden ungeahnter Lust und Augenblicke vollständiger Erfüllung. Eine Zeit, um die Zeit zu verlieren und nicht, um Altes wieder hochzuholen.

Vorsichtiges, erstes Ertasten eines männlichen Körpers. Von Lust weggeschwemmte Erinnerungen.

Zurückzucken. Wie fremd mir doch bisher der Gedanke gewesen war, dass Begehren schön sein konnte. Enno konnte warten, und deswegen liebte ich ihn so sehr. Er gab mir alle Zeit der Welt, bis ich selbst merkte, dass ich mehr Zeit nicht haben wollte.

***

Als ich mich ganz auflöste, war es der heißeste Tag des Sommers. Den ganzen Tag hatten wir in Ennos Schwabinger Altbauwohnung verbracht. Die dicken Mauern und die zugezogenen Rollos schützten uns vor den unbarmherzig heißen Sonnenstrahlen, die seit Sonnenaufgang München zu versengen schienen. Wir waren beide keine Sonnenanbeter. Wärme war schön, doch ein Brutzeln in der Sonne, gar um den Preis verbrannter Haut, war uns fremd. Ich hatte mich den ganzen Tag durch Deleuzes *Rhizom* gekämpft, bis meine eigenen Gedanken sich wurzelartig zu verzweigen schienen wie die philosophischen Gedanken dieses Franzosen. Langsam drohte sich alles in bedeutungsschwangere Sinnlosigkeit zu verlieren. Enno hatte sich an diesem heißen Tag nur ganz kurz in Baudrillard vertieft, um dann in Umberto Ecos *Der Name der Rose* zu verschwinden; nicht, ohne dabei hin und wieder zu kommentieren, wie gekonnt die Geschichte Ecos semantische Arbeiten aufgreife oder wie stilistisch genial Eco hier Wissenschaft zu einem Roman gestaltet habe. Eine Welle von Liebe überflutete mich. Wie hingerissen spielerisch er sich für alles Literarische begeistern konnte. Wie ich seine Leichtigkeit liebte!

Ich war immer die Pflichtbewusstere und kämpfte mich durch schwere Lektüre, während Enno seine Zeit mit Ecos Roman genoss.

Als sich die rhizomartigen Wurzeln gänzlich in meinem Hirn verästelten, öffnete ich das Fenster und ein Hauch von kühlerer Abendluft wehte herein. Enno sah von seinem Buch auf, sprang auf und entschied: „Lass uns hinausgehen. Jetzt ist es angenehm an der Isar."

Hand in Hand liefen wir die hölzerne Wendeltreppe des alten Münchner Mietshauses hinunter und atmeten tief die milde Abendluft ein. Nach zwanzig Minuten waren wir zu Fuß am Englischen Garten angelangt, den ich immer noch wie beim ersten Besuch liebte. Hier hatte ich zum ersten Mal deutsche Nonchalance kennengelernt. Enno behauptete, das sei ein Widerspruch in sich – „deutsche Nonchalance". Aber er wusste nicht, dass bei uns vieles strenger und härter gewesen war.

Hier in München ging man nackt sonnenbaden oder warf sich zur Erfrischung in den kleinen Isararm. In meinem Heimatdorf wäre das einfach undenkbar gewesen.

Kurz sahen wir den Surfern am Eiskanal zu, um dann der Isar folgend zu weniger besuchten Flussabschnitten zu gelangen. Enno konnte wie ich auch schweigend gehen, was uns noch näher zusammenbrachte. Wir hatten genug der Worte und liebten es, miteinander still verbunden zu sein. Seine Hand fasste meinen Arm ganz leicht, und sie war immer auf eine mich begeisternde Art kühl.

An einer besonders schönen, ruhigen Stelle fragten mich seine Augen, ob ich bleiben wolle. Wir zogen unsere Schuhe aus und liefen über den weißen Isar-Kies zum Fluss, der hier rau und wild war. Auch wenn Unbesonnene dachten, die Isar sei ein Wasser zum Abkühlen. Man kann ihr nie trauen, denn in der Mitte ist sie reißend und schnell, mit unerwarteten Strömungen, die immer wieder Leichtsinnige in den Tod ziehen. Ich hatte die Isar und ihre wilden Strudel oft bei meinen Spaziergängen beobachtet. An der Stelle, an der wir anhielten, konnte man die heftigen Strömungen gut sehen, so dass sich außer uns niemand zum Baden niedergelassen hatte. Wie ein glutroter Teppich verbrannte der Sonnenuntergang den Himmel. Wir setzten uns auf die harten Kiesel, mühsam eine Stelle suchend, an der uns nicht allzu viele Steine das Sitzen erschwerten und beobachteten das Naturschauspiel. Rote Lava fraß sich langsam in die abkühlende Isar hinein, die am Ende gewann, wie immer. Mit dem Untergehen der Sonne wurde es endlich kühl. Ich nahm Ennos Hand und legte sie auf meinen Bauch, wo sie nicht lange verweilte, bevor sie sich suchend weiterschob.

Behutsam war er, vorsichtig nachfragend, ob ich

dies wirklich wolle. Er sträubte sich, wohl wissend, dass ich bisher immer gezögert hatte. Ich war jetzt diejenige, die ihn ermunterte, suchte, fand, bis die Lust uns vereinigend durchströmte. Ebenso wie die Sonne gerade noch den kühlen Fluss entflammt hatte.

Erschöpft war ich danach. Und erleichtert, dass alle meine Bedenken und mein Zögern bei Enno verflogen waren. Nur ganz kurz die Erinnerung, nur ganz kurz, schnell vorbei, fortgestrichen von Ennos kühlen Händen und seinem ruhigen Atem, von seinem begierigen, aber nie gierigen Körper, von seiner von Vorsicht getragenen Lust, die immer mehr an meine als an seine dachte. Hingabe war ein Wort, das ich vorher noch nie mit Bedeutung gefüllt hatte.

Unter unseren Rücken war zwischen all den weißen Isar-Kieseln eine weiche Sandkuhle entstanden. Zärtlich ließ Enno den feinen Sand auf meinen Bauch rieseln. Als ich das Gleiche tun wollte und eine Handvoll Sand in meine Finger nahm, war plötzlich das Bild da. Ein Kind spielt im Sand. Die Fünfjährige, die gräbt und den Sand durch die Finger rieseln lässt. Welch Hochgenuss. Mit welchen Folgen. Ich schloss die Augen und begann zu erzählen, zum ersten Mal.

1975 | Radilovo

„Sag Majka чао, sag Mama Tschüss!" Meine Großmutter, meine geliebte Baba, versuchte mich immer wieder von dem Steinhaufen fortzuziehen, auf dem ich gerade spielte. Aber ich ließ es nicht zu, denn ich hatte dort soeben einen verheißungsvoll glitzernden Stein eingegraben. Vielleicht ein Zauberstein. Mama ging so oft zur Arbeit, warum sollte ich denn gerade jetzt Tschüss sagen? Als ich aufblickte, sah ich, wie mir Majka mit Tränen in den Augen zuwinkte, bevor sie in den Bus nach Plovdiv einstieg. Da war ich verwundert. Warum weinte sie denn? Meine schöne, junge Mama, die doch meist lachte.

An diesen letzten Blick auf meine Mutter erinnerte ich mich genau. Der vermeintliche Zauberstein, der mir wichtiger war als der Abschied von meiner Mutter, verfolgte mich von da an für immer in meinen Träumen.

Das war meine früheste Kindheitserinnerung als Fünfjährige. Und es war meine schlimmste Erinnerung.

Doch meine vielen anderen „Mamas" zeigten mir, was Geborgenheit wirklich bedeutete. Meine Großmutter, die „Baba", war rund, weich und warm, und ihre blaue Kittelschürze, die immer ein wenig nach Schweiß und Erde vom Feld roch, verströmte eine unendliche Sicherheit. Wie ich diesen Geruch liebte.

Egal, was mir passierte, dieser Geruch konnte alles heilen.

***

Gerade als ich wieder einmal in Babas Schoß lag und meine Tränen in den verschmutzen Stoff ihrer Schürze rannen, weil ich beim Spielen gestolpert war und mir das Knie blutig aufgeschürft hatte, kam der Postbote auf seinem Fahrrad angefahren. Er wedelte bereits von Weitem mit einem Brief in der Hand und rief dann: „Frau Lulewa, Frau Lulewa, ein Brief von ihr!“ Wir bekamen damals nicht häufig Post und wenn doch, so waren es meist Briefe, über denen meine Großmutter abends mit sorgengerunzelter Stirn saß, um sie wieder und wieder zu lesen, bis sie endlich glauben musste, dass darin doch stand, dass etwas zu zahlen sei. Darauf folgten viele Seufzer und mehrere Gänge zum hölzernen Küchenbord, auf dem die Porzellantasse stand, in deren geschwungenem Bauch alles Geld aufgehoben war, das ihr zur Verfügung stand. Meist war nicht viel darin. Was meine Baba auf dem Markt verkaufte, musste sie oft genug wieder für jene Nahrungsmittel ausgeben, die wir nicht selbst auf unserem kleinen Feld anpflanzen konnten und die wir dennoch für unsere Hausgemeinschaft benötigten, die nur drei Frauen umfasste: die Baba – meine Großmutter –, die Uroma – Baba Milena – und mich, die Enkelin Anelija. Gekauft wurde aber nicht viel: Zucker, Salz, Streichhölzer und Seife. Den Rest stellten wir selbst her.

Wenn jedenfalls der Postbote einen Brief hatte, der keine sorgenvollen Abende nach sich zog, dann war das höchst verwunderlich. Dass ein Brief sogar Anlass für ein freudiges Gesicht gab, hatte ich bis dahin nicht erlebt. Die Baba aber hob ihren Kopf, und ein Strahlen lief über die tiefen Furchen ihres Gesichts. Obwohl sie damals erst zweiundvierzig Jahre alt war, wirkte sie viel älter. Die viele Arbeit auf dem Feld, im Gemüsegarten hinter dem Haus und mit unseren Schafen und Hühnern, die sie oft zwölf Stunden am Tag erledigen musste, nur um uns durchzubringen, hatte ihr Gesicht gegerbt und ihren Rücken krumm gemacht.

Baba Milena, die Uroma, die so stolz darauf war, dass sie noch im vorigen Jahrhundert geboren worden war, sah mit ihren wahrscheinlich – so ganz sicher wusste sie das auch nicht – sechsundsiebzig Jahren aus, als ob sie es kaum noch schaffen könnte, von der Küchenbank, auf der sie meist saß, aufzustehen. Aber sie tat es, wenn auch mit Mühe, um Kartoffeln zu schälen, um für uns zu kochen, um mich später jeden Tag bis zum Zaun zu begleiten und zur Schule zu verabschieden und um sich am Abend, sobald das Wetter dies zuließ, draußen vor der Tür auf die Bank zu setzen und jeden Tag ein paar Sonnenstrahlen zu genießen. Dann streckte sie ihr faltiges Gesicht in die Sonne und schloss die Augen, und man konnte ihr ansehen, welch ein Glück diese Minuten der Ruhe ihr bedeuteten, die sie in ihrem arbeitsreichen Leben früher nicht gehabt hatte.

Als aber der Postbote mit diesem weißen Brief winkte und immer wieder rief: „Ein Brief von ihr, Frau Lulewa!", da nahm meine Baba mich freudestrahlend von ihrem Schoß, um aufzustehen, und sogar die alte Baba Milena kam mit ihrem wackelnden Gang aus dem Haus heraus, um zu sehen, ob es wirklich eine Nachricht von ihr war. Der Postbote übergab den Brief wie einen Siegespokal und blieb dann triumphierend stehen. Offensichtlich wollte er an der guten Nachricht teilhaben, die in diesem Brief stand. Obwohl der Postbote ein weitläufiger Cousin war und damit zur Familie gehörte, war es offensichtlich, dass meiner Baba das nicht recht war.

Ich staunte über den weißen Umschlag. Ich konnte mich nicht erinnern, je ein so weißes Papier gesehen zu haben. Es strahlte geradezu. Als sich meine schwarzen Finger dem Papier näherten, bekam ich sofort einen Klaps von der Baba auf die Finger. „Anelija, du wäschst dir erst am Brunnen die Hände! Dann öffnen wir den Brief gemeinsam. Er ist von der Majka, er ist von der Mama!"

Der Weg zum Brunnen und zurück schien mir diesmal unendlich lang. Während dieser Schritte wurde mir klar, dass ich es meiner Mutter nicht verziehen hatte, dass sie gegangen war. Nach den ersten Tagen des endlosen Weinens und nächtelangen Schreiens nach meiner Majka, das die Baba immer nur mit Streicheln und einem beruhigenden „Sch, sch, ist ja alles gut“ beantwortet hatte, hatte ich sie vergessen, weil ich sie vergessen wollte. Kamen mir doch – und wenn, dann mit brennender Schärfe – ihre Gesichtszüge vor Augen, die hohen, schräg stehenden Wangenknochen, über denen sich die braune, immer leicht gerötete Haut seidenweich spannte, die fast schwarz blitzenden Augen über den dunkelroten Lippen, dann schob ich sie schnell und weit fort, und zwar unter Schmerzen. Nun kam dieses weiße Papier von meiner Majka und wieder drängte sich mir ihr wunderschönes Gesicht auf. Ich wollte das nicht zulassen und meine Füße zögerten den Weg ins Haus unendlich lang hinaus. Sie sollte nicht wieder in meine Gedanken eindringen, so schön, so weiß, nur um danach doch wieder zu gehen. Ich wollte das nicht zulassen. Sie hatte immer schon anders gerochen. Keine Ahnung, wo sie dieses Parfum her hatte, von dem sie sich, bevor sie abends, trotz des missbilligenden Kopfschüttelns der Baba loszog, einen winzigen Tropfen hinter das Ohr gab. Der vielversprechende und – das war mir durchaus bewusst, auch wenn ich es damals nicht hätte benennen können – verruchte Duft verdrängte sofort den vertrauten Geruch des trocknenden Knoblauchs und der gedörrten Maiskolben, die von der Decke hingen; er verdrängte den sanftwarmen Geruch nach arbeitsreichem Schweiß, den meine Baba um sich verbreitete, und er verdrängte den Geruch des Sauerkraut-Salates.

Dieser Duft der Andersartigkeit hatte meine Majka immer eingehüllt. Wenn sie mich umarmt hatte, was sie jeden Tag mehrmals getan hatte, so war es dieser Duft der Fremdheit, der mir schon damals gesagt hatte, dass sie nicht wirklich hierher gehörte. Immer mit dieser Spur von Abwesenheit, die so im Gegensatz zur Baba stand, die jederzeit ganz für mich da war.

Ich wollte sie hier nicht wieder hereinlassen, nur um sie doch wieder gehen lassen zu müssen, ich wollte den Brief nicht sehen. Aber er zog mich an wie eine Verheißung, gegen meinen Willen verführte mich der Umschlag. Ich öffnete die Tür. Baba und Baba Milena saßen um den Küchentisch und blickten auf den noch ungeöffneten, strahlend weißen Brief wie auf einen Goldschatz. Beide sahen plötzlich so jung aus.

„Komm, Aneltsche, komm, mein Kleines, deine Majka hat geschrieben. Aus Germania, aus Deutschland."

Deutschland. Hatte ich von diesem Land schon jemals vorher gehört? Ich weiß es nicht mehr. Germania. Das klang hart und stark und kraftvoll und ganz anders. Deutschland. Das wurde das Wort, das mir in den folgenden Jahren alles verheißen sollte, was ich nicht hatte. Deutschland, weiß wie das Papier.

Nikolaj, der Postbote, stand auch in unserer kleinen Küche, er war einfach mit hereingekommen.

Baba sah ihn seufzend an: „Setz dich, Nikolaj, setz dich, ich hole dir einen Slivova." Nikolaj brachte uns, seit ich denken konnte, die Post. Da konnte man ihn, wenn ein einziges Mal ein Brief eine Freude bedeutete, nicht ausschließen. Und dann gehörte er auch noch zur Familie.

Außerdem würde er die gute Nachricht bestimmt jedem, bei dem er vorbeifuhr, erzählen wollen. So verbreiteten sich bei uns die Nachrichten von Haus zu Haus. So musste es sein. Und meine Baba, die nur selten ins Dorf ging, nur um alle paar Wochen das Nötigste zu besorgen, freute sich doch auch über alle Nachrichten, die sie durch Nikolaj erhielt, über gute und schlechte.

Dennoch seufzte Baba noch einmal, bevor sie aufstand, sich die Schürze glatt strich und langsam zur Kommode ging. Dort war der edle, der repräsentative Teil unserer Küche. Manche andere Häuser hatten ein kleines Wohnzimmer. Unser Wohnzimmer war diese Kommode. Sie war aus dunklem Holz und ihre Schubläden hatten geschwungene Messinggriffe, die ich gerne mit den Fingern nachfuhr. In den Schubladen lagen alle wichtigen Unterlagen: das Familienstammbuch, die Geburtsurkunden, die Ausweise und später meine Zeugnisse, auf die Baba und Baba Milena so stolz waren.

Oben auf der Kommode standen gerahmte Fotos: das Hochzeitsbild von Baba Milena und ihrem Mann, der gestorben war, als das Baby, meine Baba, gerade ein Jahr alt gewesen war, an einer Krankheit, die man damals nicht einmal benennen konnte. Baba Milena weinte jedes Mal, wenn sie das Foto abstaubte. Verstorbene Menschen erhalten die besseren Erinnerungen, das wusste ich schon früh, denn die Baba weinte ihrem Mann, von dem wir kein Foto hatten, keine Träne nach. Majka hatte mir einmal erzählt, dass sie viele Nächte wach gelegen hatte, weil er die Baba grün und blau geschlagen hatte, wenn er abends betrunken nach Hause kam. Aber als er ein einziges Mal seine Tochter, meine Majka, angefasst hatte, da habe die Baba ihm einen Koffer mit seinen Sachen vor die Tür gestellt und zu ihm gesagt: „Wenn du dich noch einmal hier blicken lässt, dann gehe ich zum Vorsitzenden der Kooperative und erzähle ihm, wo ihr die Säcke lagert, die ihr jeden Monat abzweigt."

Danach war er nie wieder gekommen. Majka erklärte, sie habe auch nie um ihn geweint. „Früher, als er noch da war, hatten wir immer genug zu essen, das schon", sagte sie, „aber die Nächte, wenn er aus der Gastwirtschaft kam … Nein, meine kleine Anelija, sei froh, dass wir hier nur noch Frauen sind, das ist schon besser so."

Vom Mann der Baba gab es also kein Bild auf der Kommode, dafür aber eines von mir mit strahlendem Lächeln und zwei fest geflochtenen, dicken Zöpfen. Es war an meinem ersten Schultag aufgenommen worden. Die anderen Kinder wurden meist mit der Mama fotografiert. Ich stand allein da. Aber das machte mir nichts aus, denn ich erinnerte mich später, wenn ich dieses Bild sah, an den durchdringenden süßen Duft nach Schokolade, der jedoch nichts gegen das süß schmelzende Feuer war, das ich spürte, als das erste Stückchen in meinem Mund zerrann. Die Schokolade hatte ich von der Baba zum Schulanfang bekommen. So musste das Essen der Engel sein. Aber ich vergaß auch nie die Bitterkeit der Einschulung, die vor diesem himmlischen Erlebnis, das mich nur beinahe damit aussöhnte, geschah. Baba und Baba Milena, für die der Weg lang und mühsam war, hatten mich stolz in ihre Mitte genommen und zur Schule begleitet, wo uns der Direktor in seinem Zimmer – ein so großes hatte ich vorher nie gesehen – empfing. Der Direktor, der gerade erst neu aus Pazardzhik zu uns nach Radilovo abberufen worden war, wolle nur noch schnell eine Lücke ausfüllen, die er in den Unterlagen noch habe, hatte uns seine Sekretärin gesagt. Eigentlich war die Einschulung eine Formsache, der alte Direktor kannte alle Menschen im Dorf. Und man war stolz darauf, dass jedes Kind in die Schule ging. „Lernen, lernen und nochmals lernen", hatte Lenin als Wahlspruch ausgegeben. Nur wegen einer Formsache wurden wir also zum neuen Direktor hineingebeten.

„Die Baba darf draußen bleiben, die Majka kommt mit der neuen Schülerin zu mir herein", sagte er lächelnd und ergriff freundlich die Hand der Baba, die mir einen etwas verzweifelten Blick zuwarf, aber sich einfach zu den zwei Stühlen vor dem großen Schreibtisch führen ließ, wo wir uns niederließen.

Auch mir schüttelte er die Hand: „Und wer bist du?"

„Anelija Lulewa", kam es gerade noch schüchtern aus mir heraus, während ich die Augen bereits auf den Boden richtete, mich setzte und die Hände im Schoß verschränkte.

„Der Gemahl hat keine Zeit für die Einschulung gefunden?"

Einen ganz kurzen Augenblick wusste die Baba nicht einmal, wen er damit meinte, dann aber schüttelte sie den Kopf. „Nein, also nein." Baba war sowieso keine Meisterin der Worte, aber dies zu erklären und richtigzustellen, schien ihr unmöglich. „Also, mein Mann lebt nicht mehr bei mir."

„Ich verstehe", unterbrach der Direktor mit einem freundlichen Blick. „Das geschieht heutzutage immer öfter. Ich habe dafür Verständnis."

„Nein", begann die Baba wieder, „ich meine, ja, das schon, aber den meinen Sie gar nicht. Also, ich bin nicht die Mutter, sondern die Großmutter."

„Ach." Nun sah er sie aufmerksam und etwas erstaunt fragend an.

Baba fuhr sich fahrig mit den Händen über den Rock. Wie sollte sie das erklären? Aber sagen musste sie nun etwas. „Nun, die Mutter lebt in Deutschland. Aber ich kümmere mich um Anelija."

„So, in Deutschland." Seine Augenbraue zuckte

in die Höhe, dann notierte er sich etwas auf seinem Bogen. Er setzte zu einer Frage an, schien sich dann aber selbst wieder zu unterbrechen. Ich sah zur Baba hoch und beobachtete, wie sich über ihrer Oberlippe kleine Schweißperlen bildeten.

Als wir schon dachten, dass wir nun gehen dürften, fragte er doch noch etwas: „Und der Vater? Dessen Name fehlt mir noch."

Ich blickte auf. Das war eine ganz ungeheuerliche Frage. Ich hatte nie in meinem Leben gewagt, diese Frage zu stellen. Natürlich, ich musste einen Vater haben, soviel war mir klar, aber ebenso klar war mir, dass ich absolut nicht danach fragen konnte.

Baba warf mir einen unsicheren Blick zu, sah dann wieder den Direktor an und schüttelte einfach nur den Kopf. „Unbekannt?", fragte er leise. Und Baba nickte erleichtert.

Er notierte sich etwas und in mir breitete sich ein ungeheures Gefühl von Schande aus.

Die Mutter in Deutschland.

Der Vater unbekannt.

Schlimmeres konnte es wohl nicht geben.

Ob er mich nun an dieser Schule aufnahm?

Zu meinem Erstaunen tat er es, was für die nächsten Jahre ein Gefühl stetiger Dankbarkeit in mir hinterließ, das ich durch absoluten Gehorsam bei den Schulregeln und übergroßen Fleiß wettzumachen versuchte.

Auch wenn er bei der Verabschiedung weder der

Baba noch mir die Hand gab, nahm ich ihm dies nie übel, da das bei dieser Schande doch verständlich war.

Als wir hinausgingen, strich mir Baba aufmunternd über die Haare und ihr Blick sagte mir: „Wir schaffen das.“

Dieses Schulanfangsbild also stand immer ganz vorne auf der Kommode. Dahinter aber lag, ganz von meinem Foto verdeckt, ein anderes Bild, und zwar das vom Ministerpräsidenten Todor Schiwkow. Die Baba nahm nun mit einem Seitenblick auf Nikolaj das Bild von Schiwkow und hing es an den dafür vorgesehenen Nagel über der Kommode an die Wand. „Ist eben heruntergefallen, wollte ich gerade wieder aufhängen“, brummelte sie vor sich hin. Obwohl ich es nie herunterfallen sah, musste dies öfter passieren, denn eigentlich lag es immer hinter meinem Bild.

Baba nahm die Slivova-Rakija-Flasche von der Kommode und wandte sich dem Postboten zu: „Siehst du, Nikolaj, da hängt er, unser Präsident. Auf sein Wohl und das Wohl meiner Tochter Nadja trinken wir jetzt.“

„Ja, ja, Frau Lulewa, ist ja gut, erst auf sein Wohl, dann auf das Wohl Ihrer Tochter!“

Die Erwachsenen setzten sich um den Küchentisch, Baba schenkte ein, sie prosteten sich zu und tranken die Gläser in einem Zug leer.

„Jetzt will ich aber hören, wie es der Nadja geht. In Deutschland.“ Wie Nikolaj dieses Wort betonte.

So wie der Pope am Sonntag in der Kirche das Wort Himmel. Aber ein bisschen Fegefeuer schwang auch mit.

Die Baba blickte Nikolaj an und plötzlich wurde ihr Gesicht ganz spitzbübisch: „Dir hat sie auch immer gefallen, meine Nadja, das weiß ich schon, aber jetzt ist sie fort, meine Hübsche. Und das wird deiner Maria bestimmt auch ganz lieb sein." Warnend hob sie dabei den Zeigefinger.

Verwundert sah ich zu Nikolaj, dessen Wangen mit einem Mal fleckig weiß und rot wurden. Dem Postboten Nikolaj, dessen dicke Frau Maria bestimmt viel älter war als meine Majka, hatte meine Mutter gefallen? Nun ja, warum auch nicht. Sie war die Hübscheste im ganzen Dorf. Wenn wir an einem Feiertag zusammen ins Dorf gingen, sahen uns immer viele Leute an, das wusste ich noch ganz genau. Auf meine schöne Majka blickten immer alle.

„Nun mach den Brief schon auf", drängte Nikolaj.

Ganz liebevoll strich die Baba über den weißen Brief und blickte auf. Baba Milena nickte und reichte ihr ein Küchenmesser, das sie an ihrer Schürze sauber strich. Doch sie musste den Umschlag nicht aufschneiden. Ganz leicht ließ er sich öffnen, so als ob er bereits offen gewesen war. Baba nickte nur, als ob sie das geahnt hätte. Erst später wurde mir klar, dass Nadjas Briefe alle bereits geöffnet waren. Jedenfalls jene, die mit der Post kamen.

Sehr behutsam zog die Baba aus dem Umschlag

ein ebenso weißes Blatt Papier heraus, das mit blauer Schrift beschrieben war. Sofort erkannte ich die wilde, etwas krakelige Schrift meiner Mutter. Noch einmal sah die Baba hoch und Baba Milena nickte ihr wieder aufmunternd zu. Ich wusste, dass sie anderen nicht gerne vorlas, denn sie las nur langsam und stockend. Aber immerhin konnte sie lesen, obwohl sie nur zwei Jahre auf die Schule gedurft hatte, damit sie dann auf dem Feld arbeiten konnte. In der Schule lernten wir später, dass die Partei es geschafft hatte, dass es in Bulgarien kaum mehr Menschen gab, die nicht lesen konnten, weil alle zur Schule gehen durften. Das erfüllte uns mit Stolz.

Mit Unterbrechungen, teilweise nur die Silben aussprechend, die wir uns selbst dann mühsam zusammenzogen, las die Baba vor:

Meine geliebte kleine Anelija, Mama und Baba Milena,

ich bin wirklich in Deutschland. Er hat sein Versprechen gehalten. Die Grenzen nach Rumänien und Ungarn durfte ich ganz leicht passieren wegen der Unterlagen, die er mir geschickt hatte. Und dann stand er an der Grenze zu Österreich, genau zur verabredeten Zeit und hatte eine Arbeitserlaubnis für mich dabei. Es dauerte keine Stunde und wir konnten über die Grenze. Wir fuhren mit dem Auto weiter. Er hat einen Opel. Der gehört ihm ganz allein. Auch über die zweite Grenze nach Deutschland ging es ganz schnell.

Jetzt wohne ich bei seinen Eltern. Die haben ein großes Haus, mit einem Garten mit Blumen und einer kleinen Mauer darum herum. In Süddeutschland, bei München.

Ich habe ein Zimmer im Keller. Es ist ganz sauber.

Einmal waren wir am Wochenende in den Bergen. Anelija, wenn Du wüsstest, wie hoch die sind. Da läuft man den ganzen Tag und ist immer noch nicht auf der Spitze. Die Menschen tragen in den Bergen auch eine bayrische Tracht. Die Frauen erinnern mich etwas an Zuhause. Nur dass die Trachten – Dirndl heißen sie hier – viel bunter sind als unsere Karljankas. Die Männer sehen etwas seltsam aus. Sie tragen kurze Lederhosen mit Hosenträgern zu weißen oder rotkarierten Hemden.

Und schön ist es in den Bergen, viel grüner ist alles als bei uns. Überhaupt ist hier alles bunter. Könnt Ihr Euch vorstellen, dass hier fast jedes Haus eine andere Farbe hat? Gelb oder sogar manchmal blau und grün, aber vor allem weiß, richtig weiß, so weiß wie keines unserer Häuser, so weiß wie die Wolken.

Ich arbeite im Büro. Seine Eltern haben eine kleine Firma. Ich darf die ganze Zeit sitzen und muss mich nicht bücken wie auf dem Feld. Aber schwer ist es schon, das dürft Ihr mir glauben. Ich arbeite jeden Tag so lange, bis mir am Abend die Zahlen vor den Augen verschwimmen. Länger als auf dem Feld. Seine Mutter ist streng. Jeden Tag sagt sie mir, dass ich hier hart arbeiten muss, sonst überlegt sie sich das noch einmal mit der Arbeitserlaubnis. Und ich will, Mama, ich verspreche es Dir, ich will hier wirklich arbeiten und eines Tages, vielleicht ... da sehen wir uns wieder! Mama, Baba Milena! Und meine kleine, süße Anelija! Du fehlst mir so! In der Nacht weine ich um Dich.

Seid gegrüßt und tausendmal geküsst,
Eure Nadja

Ich blickte auf, wie aus einer anderen Welt, und sah, dass Baba, Baba Milena und sogar Nikolaj die Tränen über die Gesichter liefen. Baba Milenas Augen verschwammen im Wasser, Baba lief in stetigem Strom eine Träne nach der anderen über das Gesicht und Nikolajs immer noch fleckiges Gesicht war verzerrt von unterdrücktem Schluchzen.

Ich blickte sie verwundert an. Warum weinten sie alle? Es war doch alles gut, oder? Majka war im Himmel. Und ich würde bald zu ihr kommen dürfen. Wir sehen uns wieder, hatte sie geschrieben.

***

Kaum hatte Nikolaj die Tür hinter sich zugezogen, stand die Baba noch einmal auf, lief zur Kommode, nahm mein Bild, stellte es ganz nach vorne und legte das Präsidenten-Bild dahinter. „Solange wir dich im Auge haben, Genosse Schiwkow, kannst du uns nichts tun“, murmelte sie dabei.

So ähnlich war das immer, wenn Besucher kamen und gingen. Allerdings hatten wir sehr selten Besucher. Obwohl ich die Prozedur um dieses Foto nie verstand, blieb bei mir immer nur der Eindruck des Triumphes in Babas Stimme. Sie hatte wieder einen mir unerklärlichen Sieg über den Präsidenten errungen, wenn auch der Hauch der Gefahr dahinter undeutlich mitschwang.

Die weißen Briefe kamen nicht regelmäßig, manchmal alle paar Wochen, manchmal lag fast ein Jahr dazwischen. Erst viel später verstand ich, dass die meisten von ihnen nicht mit der Post gekommen waren, obwohl Nikolaj sie uns brachte, sondern dass Onkel Ilija sie direkt aus Deutschland mitnahm, wenn er seine Transporte machte, und sie dann seinem Nachbarn Nikolaj mitgab. Alles innerhalb der Familie.

Je älter ich wurde, desto öfter nahm ich mir vor, den nächsten Brief einfach gar nicht zu lesen, damit mich nicht wieder über Tage, Wochen und vor allem Nächte die Farben verfolgten, die Bilder von gelben Häusern mit grünem Rasen davor und Blumen in allen Farben; die so ausführlich beschriebenen Bilder der breiten grauen, ganz glatten Teerstraßen, die nur durch exakt eingezeichnete, leuchtend weiße Streifen getrennt waren. Die Farben lösten sich von allem und schwirrten mir stundenlang im Kopf umher und nahmen mir die Konzentration für alles andere. Zuerst dachte ich, dieses Deutschland habe keinen

Geruch, bis ich merkte, dass es nach Gelb und Blau und Grün roch. Vor allem aber roch es nach Weiß.

Am Abend der Ankunft des ersten Briefes fiel ich sofort in einen tiefen Schlaf. Ich träumte von tanzenden, bunten Häusern, die um mich herum einen Reigen, den Ratschenitza, zu lauter, wilder Musik vorführten. Vor jedem Haus war ein grasgrüner Rasen, den die Häuser wie einen Rock vor sich her schwangen. Sowohl über als auch unter den Häusern aber waren strahlend weiße Wolken, die sich ganz sanft im Takt wiegten.

Wie traurig ich war, als ich aufwachte.

1995 | München

Als ich hochblickte, war der Himmel dunkel und die Gewitterwolken hatten sich zu schwarzen Wänden zusammengeballt. In der Ferne hörte ich donnerndes Grollen.

Ich hatte nicht bemerkt, dass ein Gewitter aufgezogen war. Und Enno hatte geschwiegen und sprachlos verwundert hingenommen, dass ich zum ersten Mal über das Woher zu sprechen begann. Ganz sanft fuhr er mit seinem Daumen über meine Nasenwurzel und fragte mich: „Sollen wir nach Hause gehen, kleine, große Anelija?"

Nur schwer löste ich mich von den weißen Kieselsteinen und der Handvoll Sand, die mich hatte erinnern lassen.

Auf dem Rückweg gingen wir noch schnell am Bahnhof in einen Supermarkt, um das Nötigste einzukaufen. Supermärkte waren für mich so zwiespältig wie Deutschland insgesamt. Ich erinnerte mich noch genau daran, wie es gewesen war, als ich in Deutschland zum ersten Mal einen Supermarkt betreten hatte. Was mir zuerst auffiel, war der klinisch sauber glänzende Boden. Bei uns waren nicht einmal die Böden der Krankenhäuser so spiegelnd blank. Dazu nahm ich damals sehr bewusst die leise rieselnde Musik wahr, die man später kaum noch bemerkte. Diese Musik schien mich wie in Watte einzuhüllen.

Und dann diese Regale. Meterlang die gleiche Ware immer nebeneinander. Die einkaufenden Menschen schienen diesen Überfluss ohne jegliche Dankbarkeit hinzunehmen und nahezu wahllos Produkte aus den Regalen zu greifen und in ihre Einkaufswagen zu schmeißen. Teils stolz, teils amüsiert, teils peinlich berührt musterte meine Mutter mich, wohl wissend, wie ich mich fühlte, obwohl ich vermutete, dass sie ihre Gefühle bei ihrem ersten Supermarktbesuch nicht so gezeigt hatte wie ich.

An einem Regal nahm sie ein kleines, in der Mitte gebogenes Fläschchen mit einer weißen Flüssigkeit heraus. „Das ist ein Deo, Anelija." Ich sah sie fragend an.

„Das gibst du dir unter die Arme. Deswegen duften die Leute hier alle."

Noch hatte ich mir nicht klar gemacht, dass bei uns alles gerochen hatte – nach Arbeit, nach Knoblauch und nach hartem Leben. Hier roch es tatsächlich kaum, es roch nach Weiß, nach Parfums und verstecktem Schweiß. Das war es also, ein Deo, das alles überdeckte. Nur zögerlich benutzte ich es, in Bulgarien wäre ich nicht auf die Idee gekommen, einen solchen Luxusgegenstand zu kaufen.

Enno lachte, als ich ihm die Geschichte mit dem Deo erzählte. „Ich möchte unbedingt mal in dein Land, ein Land ohne Deo. Ohne etwas zu verstecken." Er sah immer das Positive, er schien mir manchmal so gar nicht deutsch.

„Heute wird es anders sein, heute benutzen wahrscheinlich auch die meisten Bulgaren schon ein Deo."

Ob es bei mir Zuhause wirklich auch schon nach Weiß roch? Ich bezweifelte es, aber es war Jahre her, dass ich dort gewesen war. Vor nunmehr fünf Jahren hatte auch in Bulgarien eine freie Wahl stattgefunden.

Ja, es war Zeit, zurückzukehren und sich dort noch einmal umzuriechen.

1968 | Sofia

Todor Schiwkow legte den Telefonhörer auf. Dass er tatsächlich Breschnew überzeugen musste, endlich mit dem Prager Wahnsinn Schluss zu machen, war doch unglaublich. Fehlte es etwa in der Sowjetunion an einer klar führenden Hand? Zum Glück war er da nicht wankelmütig und hatte, wie auch Walter Ulbricht, die umgehende Niederschlagung der Reformbewegungen gefordert. Jetzt würde die Sowjetunion die Panzer auffahren lassen.

Bei ihm wäre es nie so weit gekommen.

Da kam ihm der Termin mit dem aufsässigen Markow gerade recht. Hier war jetzt auch Schluss mit der Freundschaft, hier würde er bei sich im Land nun auch Klartext sprechen.

Als Georgi Todor Schiwkows Zimmer betrat, spürte er bereits, dass dies keiner der üblichen Freundschaftsbesuche werden würde.

Jovial, aber auch distanziert klopfte Schiwkow ihm auf die Schulter. „Genosse Markow, hier bekommst du deinen Text zurück, ich habe das Stück gelesen. Ich kann nichts wirklich Schlimmes entdecken, bis auf die wenigen Kommentare, die wir hinzugefügt haben."

Georgi versuchte, bei den „wenigen Kommentaren" nicht bereits das Gesicht zu verziehen.

„Das ist meine politische Meinung. Aber wenn du meine persönliche Meinung hören willst – ich finde es

insgesamt einfach zu trist, zu pessimistisch, zu depressiv. Wo bleibt dein positiver Blick auf die Entwicklung unseres Landes?"

Georgi bemühte sich weiterhin, unbeteiligt dreinzublicken, er ahnte, dass jetzt der Todesstoß kommen würde.

„Wo bleibt dein Bekenntnis zu unserer Ideologie? Ich habe nicht den Eindruck, dass du damit positiv auf die Erziehung der Genossen in unserem sozialistischen Land einwirken kannst."

Schiwkow stand auf und ging zum Fenster. Nach einem langen Blick hinaus drehte er sich um und breitete theatralisch die Arme aus: „Georgi, die Genossen des Politbüros sind der Meinung, du seist ideologisch untragbar. Aber ich will dir eine letzte Chance geben, du hast doch Talent! Schreib ein Theaterstück über die ersten bulgarischen Kommunisten. Und zeig uns allen, dass du zu uns gehörst! Ich verlasse mich auf dich, Georgi."

1995 | München

Enno schlug vor, in den Zoo zu gehen. Ich war noch nie in einem Zoo gewesen. Als ich Enno dies gestand, gab er einen seiner hell glucksenden Lacher von sich, der völlig wertfreies Erstaunen ausdrückte.

Gleich am Eingang des Tierparks Hellabrunn blieben wir bei den Flamingos stehen. Wir fragten uns, warum diese schönen Vögel nur auf einem ihrer langen Beine standen. Auch Enno wusste es nicht, Biologie war nicht gerade unsere Stärke.

„Vielleicht", Enno lächelte mich an, „machen sie gerade die Flamingo-Olympiade im Einbeinstehen." Er lachte schelmisch: „Nein, jetzt weiß ich es, die Unterernährung im Zoo verursacht Arthritis und so entlasten sie immer eines ihrer schmerzenden Beine."

„Oder", schlug ich grinsend vor, „das Gehirn kann besser durchblutet werden, wenn ein Bein angezogen wird, und sie sind alle gerade angestrengt dabei nachzudenken."

„Genau", bestätigte Enno gespielt ernst, „wahrscheinlich halten sie soeben eine Konferenz zum Klimawandel ab."

„Oder eine Literaturtagung, wer weiß." Ich lehnte mich an Ennos Schulter. Ich konnte so unbeschwert sein mit ihm. Unbeschwert sein war das, was ich vorher nie gekannt hatte. Unbeschwert, leicht, weiß wie die Wolken.

Wir liefen weiter, vorbei an Affen, Kängurus und Giraffen, die mir allesamt gefielen. Wir bewunderten, wie flink die auf dem Land so unbeholfen wirkenden Pinguine im Wasser dahinschossen. An einem Gehege, das mit Felsen versehen und mit Büschen bewachsen war, wussten wir zuerst gar nicht, welches Tier wir hier wohl finden würden, bis aus dem Busch ein großer Braunbär hervortrat. Verwundert stellte ich fest, dass ich das große Tier als sehr würdevoll empfand, denn ich hatte Bären in anderer Erinnerung.

„Bei uns gab es auch Bären, auf dem Markt. Die Zigeuner führten sie vor."

Enno grinste: „Sinti und Roma meinst du wohl, du kleine Rassistin."

„Ja, natürlich, das habe ich hier gelernt. Bei uns hießen sie Zigeuner – цигани – und sie galten wirklich nichts. Zigeuner gehörten gar nicht zu unserer Gesellschaft. Sie waren Außenstehende, verstehst du?"

Enno nickte.

Ich versuchte mich zu erinnern. „Wahrscheinlich waren wir in dieser Hinsicht tatsächlich rassistisch. Ich habe darüber nie nachgedacht."

Mein Blick fiel auf das wilde Tier vor uns, das jetzt seinen großen Kopf schüttelte und dann langsam wieder davontrottete.

„Aber die Zigeuner hatten die Bären. Und das fand ich als Kind großartig."

1976 | Radilovo

Baba hatte mich auf den Markt in Pazardzhik mitgenommen, den Basar. Das war für mich immer wieder etwas Besonderes.

Wir lebten etwas außerhalb von Radilovo, einem kleinen Dorf in West-Bulgarien, und waren nach Pazardzhik gelaufen, drei Stunden lang. Immerhin führte der Weg anfangs leicht bergab, denn unser Dorf lag in den ersten Anhöhen der Rhodopen. Baba hatte mir versprochen, dass wir den Rückweg, bei dem es bergauf ging, mit dem Bus erledigen würden.

Auf dem Basar war es bereits voll. Nebeneinander standen die Marktstände aus Stein, auf denen die Händler ihre Waren anboten. Ein festes Dach aus Brettern und Holzschindeln bot den Marktleuten bei jedem Wetter Schutz. Der Markt von Pazardzhik war der größte in der ganzen Umgebung.

Die Menschen drängten sich zwischen den Ständen hindurch und von allen Seiten drangen intensive Gerüche zu mir: Knoblauch, Kohl, Gewürze, frisch gebackenes Brot und gebrannte Mandeln. Ich versuchte, alle Sinneseindrücke aufzunehmen. Die Händler priesen laut ihre Waren an, lobten ihr frisches Obst, riefen das beste Kraut aus oder führten stolz ihre selbst gebrannten braunen Keramiktöpfe vor. Die Baba ließ sich jedoch nicht verführen, sie warf keinen Blick auf die Stände, von denen sie nichts kaufen wollte und zog mich zügig an der Hand weiter. Nur dort, wo sie etwas wirklich brauchte, blieb sie stehen und prüfte dann die Ware mit Tasten und Riechen ganz genau auf ihre Beschaffenheit. Wenn die Baba dann etwas kaufen wollte, begann sie langsam, ruhig und siegessicher um den Preis zu feilschen. Obwohl sie eine Meisterin darin war, den besten Preis zu verhandeln, seufzte sie zum Schluss meist doch, dass alles viel zu teuer gewesen sei.

Manchmal stand ganz am Ende des Marktplatzes, wo sich ein kleiner Park anschloss, der Zigeuner. An einer langen Eisenkette zog er einen schwarzen, zotteligen, mir riesig erscheinenden Bären hinter sich. Oft quetschte ich mich zwischen den Beinen der anderen hindurch und wenn ich dann ganz vorne stand, konnte ich den Bären riechen. Er stank nach Raubtier, Schweiß und Kot. Der Zigeuner begann ein Lied zu singen, in einer mir unverständlich klingenden, melodiösen und geheimnisvollen Sprache. Er sah selbst auch zottelig und wild aus mit seinen dunklen, schwarzen Locken und den buschigen Augenbrauen. Und dann begann der Bär sich auf seine Hinterbeine zu erheben und um ihn herum zu tanzen. Obwohl ich schon als kleines Kind sehen konnte, dass das große Tier nur unter Schmerzen dem metallenen Druck in seiner Nase folgte, bannte mich die Vorstellung immer wieder aufs Neue. Wie dieses Raubtier sich fast wie ein Mensch im Takt der Musik bewegte, wie Mensch und wildes Tier scheinbar miteinander verschmolzen. Meine Faszination wurde nur durch den entsetzlichen Gestank beeinträchtigt, der mir sagte, dass dieses Tier litt. Und ich hatte Mitleid, was mich jedoch nicht daran hinderte, jedes Mal wieder meine Baba zu drängen, mich zu dem Zigeuner mit dem Bären gehen zu lassen. Kurz bevor der Bärenhalter sein Lied beendet hatte, verschwand ich jedoch schnell zwischen den Beinen hindurch zurück zu meiner Baba. Denn sobald das Lied aufhörte und der Bär sich erleichtert auf seine vier Pfoten zurückfallen lassen durfte, forderte der Zigeuner seinen Tribut für das Schauspiel ein und wenn ich dann noch nicht fort war, überzog er mich mit Hohn. „Ah, das kleine Fräulein hier will den Bären sehen, aber dafür keinen Lev rausrücken. Ein Bär kostet dich aber mindestens einen Löwen!“ Lev hieß nichts anderes als „Löwe“, auf den Münzen war das bulgarische Wappen mit dem Löwen abgebildet. Der Zigeuner lachte über seinen eigenen Scherz so laut, dass man all die schwarzen Zahnstummel in seinem Mund sehen konnte.

„Bevor du das nächste Mal herkommst, sammelst du dein Taschengeld!“

Ich hatte kein Taschengeld. Ich hatte nie Geld besessen. Nachdem er mich einmal so gedemütigt hatte, verschwand ich, bevor er zu singen aufhörte. Aber jedes Mal musste ich wieder hin.

„Baba, bitte, bitte, zum Bären.“

1969 | in der Eisenbahn, weit hinter Sofia

Das Rattern der Eisenbahnwaggons machte es Georgi schwer, die Seiten seines Buches umzublättern.

Er sah aus dem Fenster. Kam man aus Sofia heraus, wurde Bulgarien noch trister. Fand er, zumindest heute. Was für ein griesgrämiges Land. Der grau gekleidete Mann, der sich ihm wie zufällig schräg gegenüber hingesetzt hatte, spähte über den Zeitungsrand. Ebenso zufällig würde Georgi das Gesicht des Mannes später bei der Lesung zwischen der Handvoll Menschen wiedererkennen können.

Todor, wie gut du immer auf mich aufpassen lässt. Da braucht man wahrlich keine Feinde mehr, wenn man einen solchen Freund hat. Georgi grinste bitter in sich hinein. Wieder ein Abend, an dem er auf jedes Wort achten musste. Mit seinen neununddreißig Jahren fühlte er sich manchmal schon so alt.

Er blätterte in seinem Buch. Dass er die Handlung nach Russland verlegt hatte, hatte ihm auch nichts genützt. Ganz dumm waren die von der Darschawna Sigurnost auch nicht. Viele im Geheimdienst waren dumm, aber nicht alle. Eben wie der Durchschnitt der Menschen. Wahrscheinlich war bereits ein Viertel aller Bulgaren dabei. Vielleicht war das aber auch nur sein ganz persönlicher Eindruck.

Er nahm sich vor, heute Abend mit der Beschreibung der Taiga im Winter zu beginnen. Wenn er Glück hat-

te, würde der Graue nach zwanzig Minuten einschlafen oder zumindest nicht mehr zuhören. Dann könnte er zu der Stelle vorblättern, wo sich der starrköpfige Krajuchin mit seinem unbändigen Forschergeist von Professor Welikanow abwendet, hinaus aus der Enge des Instituts, fort von der Geliebten, die ganz zufällig Sophia – Sophia mit ph! – hieß. Das hatten die Grauen noch nie verstanden. Metaphern waren des Dichters Schutzschild. Die Freiheitsreden des Krajuchin musste Georgi jedoch weglassen, denn da wachte der Graue auf, reckte den feisten Hals aus dem Jackett und witterte Verrat.

Georgi klappte das Buch zu. Er hatte das alles hier manchmal so satt. Wie er Krajuchin beneidete.

Seine Leidenschaft für Bücher hatte ihn schon immer in Bedrängnis gebracht. Als er noch ein Junge war, hatte ihn sein Vater einmal um fünf Uhr früh dabei ertappt, dass er noch las – aber wie! Die Glühlampe war so schwach, dass man kaum lesen konnte, deswegen hatte er einfach seinen Stuhl auf den Küchentisch gestellt und dort gelesen, wo er der Glühbirne so nah sein konnte, dass sie die Zeilen erhellte. Sein Vater hatte dafür kein Verständnis gehabt. „Warum lebst und schläfst du nicht wie andere Menschen?“, hatte er gesagt und dann wortlos alle Bücher im Ofen verbrannt. Damals hatte Georgi sich geschworen, für Bücher zu kämpfen.

Und nun wurden ihm wieder Bücher verboten, diesmal seine eigenen, die von ihm selbst geschriebenen Bücher. Sie wurden zwar nicht offiziell verboten, ver-

schwanden aber langsam aus den Bibliotheken. Das tat ihm am meisten weh. Es war ein leiser, schleichender, unheimlicher Vorgang, den er mit Angst wahrnahm. Als er sich einen Namen als Schriftsteller gemacht hatte, war es ihm eine Freude gewesen, in allen Städten, in denen er war, in den Bibliotheken nachzusehen, ob seine Werke darin vertreten waren. Und bis vor Kurzem waren sie es fast überall. Und nun verschwand er aus den Regalen. Ob man dazu Anweisungen an die Bibliothekare gab? Oder machten diese das in vorauseilendem Gehorsam, nachdem er nicht mehr in der Gunst Schiwkows stand? Ob seine Bücher in den Müll kamen, verbrannt wurden oder einfach in die sorgsam an sich gedrückten Taschen der Bibliothekare gesteckt wurden?

Er wusste es nicht. Aber er beobachtete diesen langsamen Prozess genau. Und das Verschwinden seiner Bücher machte ihm mehr Angst als alles andere. Das war schlimmer als die grauen Herren, die ihn überall hin verfolgten. Wer Bücher verschwinden lässt, könnte auch ihn verschwinden lassen.

Georgi zeichnete gedankenverloren mit den Fingern einen Kreis auf die dreckige Scheibe. Was der Kreis einfing, sah aus wie ein bilderbuchartiger Ausschnitt der Wirklichkeit. Wie ein Fotoalbum wechselten sich im Kreis wunderschöne Landschaftsaufnahmen ab. Aber wenn er sich zurücklehnte und alles betrachtete, sah er auch den dunkelgrauen Himmel darüber.

Mit einem lauten Seufzer streckte er seine müden Glieder. Er hatte diese Gängelei so satt. Jetzt war auch sein letztes Theaterstück abgesetzt worden. Nein, nicht verboten, genauso wenig wie seine Bücher, die Stücke wurden nur plötzlich einfach nicht mehr gespielt. So funktionierte das hier, in diesem Land ohne Zensur, ganz leise, ohne Verbote, unangreifbar. Bei der Premiere im Satire Theater in Sofia hatten sie ihm vorgeworfen, er wolle zur Konterrevolution aufrufen. Sogar die Schauspieler, die sein Stück gespielt hatten, wurden in die Provinz verbannt. Und er musste dann bei seinem Freund Todor Schiwkow darum bitten, dass sie wieder nach Sofia zurückkehren durften. Und dann hatte er sich kriecherisch bedankt, als der Gnadenakt ihm gewährt wurde. Oh, wie er das gehasst hatte. Vor sich selbst geekelt hatte er sich.

Ob es wohl wieder besser werden würde? Er wusste, dass es nur noch schlimmer würde. Aber er wollte es sich immer noch nicht eingestehen.

Georgi setzte sich und versuchte, seine Gedanken in die Realität zurückzuholen.

Wie hieß das kleine Dorf noch, in dem er lesen sollte? Mittlerweile ließen sie ihn nur noch in den allerkleinsten Ortschaften lesen. Langsam wurde die Landschaft hügeliger, obwohl man immer noch weit über Felder und Wälder blicken konnte. Im Hintergrund ragte die Bergkette der Rhodopen auf. Hinter den Rhodopen, hinter den sieben Bergen, lachte Georgi in sich hinein. Nun, ab und an fand sich dort ja ein Schneewittchen, so hieß es in den Grimm'schen Märchen, die er schon als Kind so gemocht hatte. Die hübschesten Bulgarinnen wohnten dort in den Bergen, sagte man, das Haar schwarz wie Ebenholz, die Haut weiß wie Schnee und die Lippen rot wie Blut. Vielleicht würde eine dieser Frauen ihn trösten.

Nein, er würde die Freiheitsreden fortlassen, er wollte endlich auch mal wieder in Sofia lesen dürfen.

In Pazardzhik musste er aus dem Zug aussteigen. Vom Bahnhof aus ging es mit dem Bus weiter in den kleinen Ort. Er hatte ein Foto von dem Haus vor sich, in dem er lesen sollte. In das weiße Haus mit den großen Fenstern führte eine überdachte Treppe, die ihn an koloniale Bauten erinnerte. Ein schönes Haus, untypisch für ein Dorf in den Rhodopen. Im Brief hatten sie geschrieben, dass eine englische Lady es im 19. Jahrhundert als Krankenhaus erbaut hatte. Offensichtlich waren die Dorfbewohner stolz auf dieses eine schöne Haus im Dorf.

Aber je kleiner das Dorf, desto besser war meist der Rakija. Und immerhin, die Reise war bezahlt, die Übernachtung auch, und Essen würde er bekommen. Und er hatte mal wieder Hunger.

1995 | München

Enno drängte mich nie weiterzusprechen. Er wartete, bis es wieder Zeit dazu war.

Doch zuerst hätte die andere Zeit kommen sollen, die Frauenzeit. Ungeduldiges Warten auf das erlösende Rot. Weiß, nur Weiß, das ich sonst doch immer ersehnte, jetzt aber nicht. Erst tägliches, dann stündliches Warten. Bangen. Herauszögern von Sicherheit, die ich schon hätte haben können. Hoffnung, Gedanken an die Zukunft, Angst. Ich sah meine Promotionspläne verschwinden. Warten.

Bis der Gang zur Apotheke nicht mehr verschoben werden konnte, und Enno und ich auf der Badewanne sitzend nur eine Minute auf das längliche Weiß des Plastikstäbchens sehen mussten, bis die Gewissheit uns beiden diesmal ungewollt die Sprache verschlug. Zwei rote Striche auf weißem Untergrund. Zwei waren einer zu viel.

So durfte ich das nicht sehen. So sollte ich es nicht sehen. Und musste es doch. Ahnungslosigkeit. Auch Enno war überrascht, und er, der sonst in jeder Regung so sicher war, konnte diesmal nicht mehr tun, als vorsichtig den Arm um meine zuckenden Schultern zu legen.

Sein Arm sagte, wir würden das schaffen, er selbst wusste noch nicht, wie.

„In Bulgarien gibt es Engelmacher. Die Frau in

unserer Nachbarschaft, sie kann es, mit einem Handgriff. Ich habe es gesehen. Es fließt nur wenig Blut. Die Frauen bleiben immer gesund." Die Worte schossen aus mir hervor. Geflüstert, aber klar.

Unsicherheit, aber auch Entsetzen lag in seinem Blick. Nein, Anelija, nein.

Ich begehrte innerlich auf. Doch. Ich war auch zu früh für meine Mutter gekommen, sie konnte mich nicht halten. Es ist zu früh. Ich will promovieren. Jetzt, wo ich das Stipendium habe. Enno, endlich darf ich tun, was ich will. Lesen, was ich möchte. Schreiben. Denken. Reden. Lieben. Dich lieben.

Ich kann noch nicht. Kann es nicht. Nicht die Geschichte meiner Mutter wiederholen, nicht die meiner Kindheit.

Ich will doch arbeiten, auf eigenen Beinen stehen, in Sicherheit sein und dennoch tun können, was ich so liebe. So viele Pläne und Wünsche. Auch eine Familie, aber später, später erst, nicht jetzt. Zu früh.

Keine Reue. Nein, denk das nicht.

Ich weiß nicht mehr, was davon ich wirklich gesagt habe.

Stundenlang saßen wir nebeneinander. Ich weiß nicht mehr, ob wir mit oder ohne Worte miteinander gerungen haben.

1969 | Sofia

Gerade erst war er von der Lesung nach Hause gekommen. Er hatte geduscht, das Wasser war mal wieder eiskalt gewesen. Dennoch wurde er kaum wach. Es war ein zu langer Abend gewesen gestern. Tatsächlich hatte ihn ein Schneewittchen getröstet. Er hatte ein etwas schlechtes Gewissen, denn blutjung war sie. Und so schön. Sehnsucht durchströmte seinen Körper. Was für ein Mädchen. Er hatte ihr nichts versprochen, aber doch, er wollte zurück zu ihr. So schwarze Augen, so helle Haut. Geredet hatten sie nicht viel miteinander.

Es klopfte an der Tür. Georgi öffnete und sah seinen Freund Filip, der sich vorsichtig umsah, ihn kaum begrüßte und in die Wohnung hineindrängte. Er blieb im Flur stehen und ignorierte Georgis einladende Handbewegung: „Georgi, sie wollten dich holen. Du musst gehen. Jetzt! Du hast fünf Minuten Zeit zum Packen. Die anderen haben schon alles vorbereitet. Gestern waren mehrere Leute von der Staatssicherheit hier in deiner Wohnung und haben nach dir gesucht. Du kannst froh sein, dass du nicht da warst. Wo bist du eigentlich gewesen?"

„Bei Schneewittchen hinter den sieben Bergen", murmelte Georgi und wandte sich ab. Filip schüttelte nur den Kopf, halb missbilligend, halb neidisch. Georgi war extrem charmant. Kam er in eine Gesellschaft, konnte er mit seiner Dynamik und seiner sprühenden Intelligenz

alles zum Explodieren bringen. Die Frauen schwärmten für ihn.

Georgi war nicht überrascht über die Situation, in der er sich jetzt befand. Schon lange wusste er, dass es früher oder später so hatte kommen müssen. Er hatte zu laut gesprochen. Georgi nahm die immer gepackte Ledertasche mit seinen wichtigsten Dingen – dem gültigen Reisepass und dem Visum für Italien. Bisher hatte er das Vertrauen der staatlichen Führung gehabt, jetzt wohl nicht mehr. Aber noch waren die Papiere gültig.

Auch das halb fertige Manuskript nahm er vom Tisch und legte es in die Reisetasche.

Er wollte nicht gehen. Schneewittchen ging ihm durch den Kopf. Er hatte doch gerade beschlossen, sie wiederzusehen. Er wollte nicht fort aus diesem Land, das er manchmal so hasste. Nein, nicht das Land verabscheute er, sondern die Regierung, die es zu dem gemacht hatte, was es jetzt war. Mein „Freund" Todor!

Er wollte nicht fort in ein Land, in dem er mit der Sprache nicht so jonglieren konnte wie mit seiner eigenen, in ein Land, wo ihm sogar die Buchstaben fremd und charakterlos gerade erschienen. Ein Schriftsteller in einem Land, in dem die eigene Sprache nicht gesprochen wurde, was sollte er dort?

Filip bemerkte sein Zögern und zog ihn am Ärmel: „Schnell jetzt. Jede Minute kann uns das Leben kosten. Noch hast du deinen Pass, noch darfst du gehen."

Georgi nickte resigniert. Mit mechanischen Bewegungen machte er sich bereit. Er konnte sich nicht vorstellen, dass dies sein letzter Tag in Bulgarien sein würde.

Er hatte doch das Theaterstück über die Kommunisten geschrieben. Gut recherchiert, sogar ab und an etwas allzu Negatives fortgelassen. Nein, er hatte nicht alle Korrekturen, die sie verlangten, durchgeführt. Das Theaterstück durfte nicht aufgeführt werden. Keines seiner Stücke durfte mehr aufgeführt werden. Das war doch Strafe genug, oder?

Filip zog ihn die Treppe hinunter: „Du und deine verdammten Weibergeschichten. Na, diesmal hat dir Schneewittchen wohl das Leben gerettet." Filip lachte kurz.

Unten warteten zwei Straßen weiter Georgis Eltern mit seinem Wagen. Er fragte sie nicht einmal, wer sie benachrichtigt hatte, warum sie da waren. Fast verwundert sah er, wie seiner Mutter die Tränen über die Wangen liefen.

„In ein paar Wochen bin ich wieder da, Mama."

Seine Worte schienen sie nicht zu erreichen, denn sie schüttelte nur verzweifelt den Kopf, bevor sie ihn fest an sich zog und ihn dann schnell in den Wagen hineinschob.

Er stieg in seinen BMW und fuhr los. Verdammt, es ging ihm doch gut hier, er war privilegiert. Warum sollte er woanders hin?

Gerade lösten sich die Regenwolken eines Frühlingsgewitters auf und das nasse Witoschagebirge glitzerte in der aufgehenden Sonne. Statt durch Sofia hindurch nach Kalotina zu fahren, nahm er die Ringstraße um Sofia herum.

Er sah die Berge, die Sofia umlagerten. Dort war das Sanatorium gewesen, in dem er mit achtzehn Jahren so viele Monate wegen seiner schweren Tuberkulose hatte verbringen müssen. Damals hatte er an all den leeren, kranken Tagen begonnen zu schreiben, Zeile für Zeile zu füllen. Zu lesen, nachzudenken und die Gedanken in sprachlichen Bildern aufzuzeichnen.

Und nun waren ihm diese Zeilen, diese Bilder zum Verhängnis geworden. Er musste raus aus diesem Land.

Das Auto fuhr auf dem nass glitzernden Asphalt und alles um ihn herum sah zauberhaft schön aus. Als ob Sofia noch einmal all seine Schönheit aufbringen wollte, um ihm zu zeigen, was er verlieren würde.

1995 | auf dem Weg von München nach Bulgarien

Wir fuhren im Auto nach Bulgarien, in Ennos knallgrünem Ford Escort, nach dem Geschmack seines Vaters, der ihm das gebrauchte Auto gekauft hatte. Wie kam ein solcher Vater zu diesem Sohn?

Sohn. Tochter. Nein, nicht daran denken.

Lange hatten wir diskutiert und miteinander gerungen, bis Enno schließlich eingesehen hatte, dass dies meine Entscheidung war.

Wir fuhren über Österreich und durch Kroatien bis nach Bulgarien. Auch wenn wir wirkten wie ein junges Paar auf Urlaubsreise, so fühlten wir selbst den Druck doch umso mehr. Dennoch hatte ich den Eindruck, dass Enno die Reise auch als ein kleines Abenteuer empfand. Kurz hinter Zagreb übernachteten wir das erste Mal. Auch wenn ich mittlerweile Auto fuhr, so doch ungern längere Strecken. Und Enno konnte nicht die ganze Fahrt durchfahren. Die kleine Pension gab mir bereits einen Vorgeschmack auf meine Heimat. Es roch nach Paprika und Zwiebeln, es war nicht mehr so sauber wie in Deutschland. Der Balkan rief mich und Freude mischte sich in mir mit Angst.

Abends lagen wir in einem etwas muffigen Doppelbett. Es war die erste Übernachtung außerhalb Deutschlands, auf dem Weg nach Bulgarien, und zum ersten Mal kam es mir seltsam unrecht vor, dass

Enno und ich beieinander lagen. Was würde Baba dazu sagen?

Ennos Hand lag auf meinem leicht gewölbten Bauch, ich schob sie an die Seite.

„Bist du dir immer noch ganz sicher?", flüsterte er.

„Ja."

„Ich habe Angst, Angst vor den Folgen, wenn es doch unrecht ist, was wir tun."

„Es ist meine Entscheidung." Ich drehte ihm den Rücken zu.

Nach langen Minuten legte er sanft seine Hand auf meine Schulter. „Ja."

Wir schliefen schlecht und kurz. Umso besser, dass wir uns nach dem Frühstück schnell wieder aufmachen konnten.

Als wir am nächsten Tag am frühen Abend die Grenze zu Bulgarien passierten, tauchte ich ein in eine andere Welt. Die Mischung aus Freude und Angst war unerträglich. Grünes Land, trockenes Land.

Enno fragte mich nach dem Schwarzen Meer, doch ich zuckte nur mit den Schultern. Ich war nie am Meer gewesen, ich hatte nie Urlaub gehabt, ich konnte Bulgarien nicht mit Meer verbinden. Für mich bestand Bulgarien aus einem Meer von Feldern und Wäldern. Zu Meer fiel mir eher Deutschlands Nordsee als Bulgariens Schwarzes Meer ein. Enno lachte: „Meine kleine Anelija."

Wir machten Halt in einem kleinen Dorf neben der Autobahn. Obwohl es nur noch zwei Stunden bis Radilovo waren, konnten wir beide nicht mehr Auto fahren.

Mir fiel auf, wie schlecht die Straßen waren, wie ärmlich die Häuser wirkten. Maulesel grasten am Straßenrand. Auf der Straße begegneten uns Pferde- und Eselkarren, die hier noch normale Transportmittel waren. Ein Seitenblick auf Enno verriet mir, dass er dies malerisch-abenteuerlich fand.

Gleichzeitig beschlich mich das Gefühl von Vertrautheit, das Heimat ausmacht, und doch sah ich mit einem ganz fremden Blick auf alles. Die Straße war mit Steinen gepflastert, nicht glatt geteert, wie ich es mittlerweile gewohnt war. Tiefe Schlaglöcher ließen die Fahrt holprig werden. Die Steine waren auch nicht akkurat verlegt wie in deutschen, hübsch gestalteten Altstädten, sondern krumm und schief, mit großen Lücken dazwischen. Diese Straßen waren weder bequem zu befahren noch zu begehen.

Auch die Häuser sahen aus wie früher. Hier hatte sich nicht allzu viel verändert. Häuser aus Stein, die Stromleitungen lagen in Knäueln über dem Putz, zum Teil waren die Häuser gar nicht oder auch manchmal nur am unteren Stockwerk verputzt. Hinter den Fenstern sah man gehäkelte Gardinen.

Das Gasthaus, an dem wir hielten, war eher ein Bretterverschlag, vor dem Tische mit Plastikstühlen standen. Der Wirt fragte uns, was wir wollten. Ich lauschte den so lange nicht mehr gehörten bulgarischen Worten. Enno lachte, als der Wirt auf ein

Schild wies, auf dem mit kyrillischen Buchstaben das Essensangebot geschrieben stand.

„Das kann ich leider nicht lesen. Such mir doch bitte etwas aus."

Ich mochte die kyrillischen Buchstaben, sie schienen mir wärmer, buchstäblicher als die lateinischen Buchstaben. Sie gaben mir ein Gefühl von Heimat.

Ich bestellte einen Schopska-Salat und Schweinefleisch am Spieß.

Als der Wirt uns das Besteck hinlegte, hoffte ich, dass Enno nicht bemerken würde, dass es nicht ganz sauber war. Doch Enno verspeiste offenbar mit Genuss sein Essen.

Der Salat war herrlich, die Tomaten fest und frisch, die Gurken knackig, darauf der geriebene Schafskäse. Ich hatte viel mehr Hunger als sonst. Ich wollte nicht darüber nachdenken, ob das mit meinem Zustand zusammenhing.

Etwas in mir entspannte sich, ließ dem Gefühl von Zuhausesein mehr Platz und löste den distanzierten Blick etwas auf. Erstaunt nahm ich wahr, dass ich mich wohlfühlte. Enno legte seine Hand auf meine und sah mir in die Augen. Er schien zu verstehen.

Auf der Straße lief eine Frau mit der schwarzen bulgarischen Alltagstracht, mit einer schwarzen Karljanka.

Und plötzlich wusste ich, wie sie und ihre Karljanka rochen. Nach Schweiß, von der Arbeit und von der Angst.

Zwei Tage nachdem der Brief angekommen war, standen drei Männer vor unserer Haustür. Ich öffnete auf das laute Klopfen hin und ohne, dass ich wusste warum, lief mir ein Schauder über den Rücken. Zwei Männer in dunklen Anzügen standen mit unserem Dorfpolizisten Sergej, der mit der Baba in die Grundschule gegangen war, vor der Tür.

„Guten Morgen, Anelija, ist deine Baba auch da?"

Sergej kannte mich aus der Kirche. Meine Baba hatte mir erzählt, dass die Polizisten in anderen Dörfern die Leute, die in die Kirche gingen, auf Listen aufschrieben. Bei uns aber ging Sergej auch in die kleine Dorfkirche.

Schnell lief ich und holte die Baba, die gerade die Karotten aus unserem kleinen Feld hinter dem Haus zog.

„Baba, da sind drei Männer, die wollen dich sprechen. Einer ist Sergej, der Dorfpolizist."

Baba richtete sich auf. Sie blickte sehr ernst, lief dann zum Brunnen und wusch sich die Hände, bevor sie mit ruhigen, langsamen Schritten um das Haus herum zu den Männern ging. Es erschien mir, als habe Baba diesen Besuch bereits erwartet.

Als sie in Sichtweite der drei war, wurde sie plötzlich unüblich hektisch, schüttelte die Hände über dem Kopf zusammen, lief zu Sergej und packte ihn an den

Schultern: „Sergej, Sergej, hast du es auch schon gehört? Willst du mir jetzt die Nachricht bringen, dass es wirklich stimmt?“ Und sie begann laut klagend zu weinen. „Das darf nicht wahr sein. Zehn Tage, nur zehn Tage hat sie mir versprochen, dann ist sie wieder da. Und jetzt kommt dieser Brief, als ob sie gar nicht mehr nach Hause will. Das kann doch nicht stimmen.“

Sergej ließ peinlich berührt ihren Redefluss über sich ergehen. Mehrmals versuchte er, sie zu unterbrechen, aber sie fuhr fort mit ihren Klagen und mischte Gottesflüche und Beschimpfungen ihrer Tochter darunter.

Fast gewaltsam packte Sergej sie dann am Arm: „Wir gehen erst mal rein, jetzt beruhige dich doch mal.“

Baba redete weiter drauflos und ich sah sie sprachlos an. So viel hatte ich sie selten in einem ganzen Monat sprechen hören. Sie klagte, weinte, lief auf und ab, drückte nebenbei alle drei Männer auf die Küchenbank und holte die Slivova-Flasche. Ich merkte, dass das Foto von Schiwkow an der Wand hing. Hatte sie den Besuch erwartet oder war es nicht mehr heruntergefallen?

Sie schenkte den dreien ein und überhörte den Protest, den die zwei dunkel gekleideten Männer versuchten auszusprechen.

Ich hatte mich in eine Ecke neben dem Tisch verkrochen. Baba sah sich kurz um und glaubte wohl, ich sei hinausgegangen. „Sergej, es darf nicht sein, du musst sie mir zurückholen." Sie warf den zwei Herren einen beschwörenden Blick zu, „Genossen, Sie müssen sie zurückholen, ich habe doch ihre Kleine da, die kann sie mir doch unmöglich da lassen, das geht doch nicht, ich kann sie kaum ernähren. Sie muss sofort zurück, sagen Sie ihr das."

Als die Baba dies sagte, musste der eine Mann schmunzeln: „Genossin, Sie möchten, dass *wir Ihnen* Ihre Tochter zurückbringen?"

„Genau, und zwar schnell, das geht so nicht." Baba schien gar nicht zu merken, dass der Mann die Frage ironisch gemeint hatte. „Ich wollte ihr die Reise nicht erlauben, aber ihr habt ja zugesagt, dass sie verreisen darf, wegen der Papiere von dem deutschen Mann. Aber dort bleiben darf sie nicht. Das müssen Sie ihr sagen. Sofort zurückkommen muss sie."

Die Männer warfen sich Blicke zu. Sergejs Gesichtszüge schienen zu sagen: „Na, habe ich es nicht gleich gesagt, sie weiß von nichts." Der Mann, der geschmunzelt hatte, nickte dem anderen zu, nahm seinen Rakija und leerte ihn in einem Zug.

„Genossin Lulewa, für uns ist alles geklärt. Und hüten Sie sich vor zu viel Kontakt mit ihr. Ihre Tochter ist jetzt ein Staatsfeind."

Wieder begann die Baba mit ihrem schrillen Gekreische und Gejammer. Sie beschimpfte ihre Tochter und ein wenig die Beamten, die ihr die Ausreise erlaubt hatten, sie trank ihren Rakija, ließ dabei Schiwkow und die kommunistische Partei hochleben, worauf die Männer auch ihren zweiten Rakija austrinken mussten, verfluchte wieder ihre Tochter und schien völlig außer sich.

Der dunkle Mann gab Sergej einen Wink und mit einer kurzen Verabschiedung verließen sie unser Haus und die weiterhin aufgeregt kreischende Baba.

Als die Männer außer Hörweite waren, setzte sie sich an den Tisch und stöhnte erleichtert auf. „Nadja, ich hoffe, du bringst uns nicht alle in Schwierigkeiten."

Ganz ruhig und behutsam verschloss sie die Slivova-Flasche, bevor sie hinausging, um sich wieder an die Gartenarbeit zu machen. Das Schiwkow-Portrait blieb von nun an immer hängen.

Leise schlich ich ein paar Minuten später hinterher. Die Baba wusste nicht, dass ich alles mitbekommen hatte.

Die Sonne brannte und ich hatte mein Kopftuch vergessen, aber wir kauerten beide nebeneinander und zogen Karotte für Karotte aus der trockenen Erde. Wir schüttelten sie sauber und strichen die Erde wieder zurück. Nach einer Stunde schmerzte mir der Rücken und meine Kehle war so trocken, dass ich nichts mehr denken und fühlen konnte. Der Baba schien es genauso zu gehen. Sie sah mich an. „Die Arbeit hilft, sie hilft immer. Das hat die Nadja nie verstanden, deswegen musste sie gehen. Aber du, du bist anders, du bleibst bei mir. Wir arbeiten, dabei denken wir nicht mehr. Dann geht es uns gut."

Ich nickte, denn ich war so erschöpft, dass ich auf jeden Fall nicht mehr traurig über Majka war.

„Jetzt noch das Kartoffelfeld und dann sind wir zu müde für alles. Aber ein gutes Abendessen haben wir dann.“ Ich nickte und mir lief bereits das Wasser im Mund zusammen bei dem Gedanken an den Kartoffeleintopf, den es heute Abend geben würde. In der ersten Hälfte des Feldes schwirrte noch manchmal das Wort „Staatsfeind“ in meinem Kopf herum. Eine Kartoffel ziehen. Staatsfeind. Einen Schritt weiter, in der Erde buddeln, keine Kartoffeln. Staatsfeind. Die müden Knie schmerzen. Staatsfeind. Wieder Kartoffeln.

In der zweiten Hälfte des Feldes schwirrte nur noch die Hitze, die alle Gedanken in meinem Gehirn auszudörren schien.

***

Abends saß Baba Milena an meinem Bett und erzählte mir eine Geschichte. Sie besaß ein schier unendliches Repertoire an Märchen, Sagen und Gedichten. Ihre Stimme war rau und brüchig, wenn sie sprach und sie schien die Geschichten tief aus ihrem Innersten, aus eigenen alten Kindheitserinnerungen zu holen.

Sie erzählte von einer Magd. „Genauso alt wie du, kleine Anelija, war sie und musste dennoch schon hart arbeiten, den Küchenboden schrubben, Gemüse putzen, Wäsche waschen, den ganzen, langen Tag“, erzählte Baba Milena und strich mir über den Kopf.

„Diese junge Magd war einsam und traurig. Weder Mutter noch Vater hatte sie, nur harte Arbeit, böse Worte und Schläge kannte sie. Eines Tages, als sie im Wald nach Beeren suchen sollte, war sie so müde, dass sie sich auf einer Waldwiese hinlegte und einschlief. Sie erwachte von sanftem Hufgetrappel und als sie die Augen öffnete, erblickte sie ein Pferd, einen Schimmel, der so weiß in der Sonne blinkte, dass die kleine Magd wie geblendet blinzelte. Sie wagte nicht, sich zu rühren. Als sie aber wieder ihre Augen öffnete, bemerkte sie, dass nicht nur das weiße Fell des prachtvollen Tieres sie blendete, sondern auch ein strahlend weißes Horn auf der Stirn des Pferdes, das die Sonnenstrahlen einfing und reflektierte. Es war ein Einhorn, mein Kleines", erklärte mir Baba Milena. „Weißt du, Anelija, Einhörner sind scheue Wesen, die Geheimnisse hüten wie kein anderes Wesen. Die größten und wichtigsten Geheimnisse der Erde tragen sie in sich. Einhörner sind so vorsichtig, dass man nicht mal ihr Herz schlagen hört, damit sie sich nicht verraten, sonst werden sie gefangen, da sie einen Zauber hüten, den alle brauchen. In diesem Moment erblickte das Einhorn die Magd, die erschrak und fürchtete, dass das wundervolle Wesen verschwinden würde. Doch das Einhorn sah ihr in die Augen und bis tief ins Herz hinein. Würdevoll schritt es auf sie zu und senkte das Horn, mit dem es das Mädchen berührte. Etwas wie unendliche Kraft durchfloss sie. Hüte das Geheimnis des Einhorns und halte die Kraft, flüsterte das Einhorn ohne Stimme, doch das Mädchen verstand seine Gedanken sofort. Und geh zum Schloss, dort sucht man gerade eine Magd, dort wird es dir besser gehen. Ein heller Strahl des Einhorns traf die junge Frau, die wie geblendet die Augen schloss. Und als sie sie wieder öffnete, war das Einhorn verschwunden. Sie tat, wie ihr geheißen wurde. Am Schloss bat sie um Einlass und bot sich als Magd an. Und siehe da, meine kleine Anelija, den Tüchtigen hilft das Glück, gerade suchte man eine Küchenhilfe, nachdem man die alte faule vom Schloss gejagt hatte. Im Schloss aber fand soeben ein Bankett zu Ehren des jungen Prinzen statt. Und, Anelija, es kommt, wie es kommen muss, der Prinz verliebt sich in die kleine Magd, die ihm so schüchtern den Braten serviert."

In dem Moment kam die Baba ins Zimmer. „Setzt du ihr wieder Flöhe ins Ohr mit all deinen Geschichten? Baba Milena, bei dir schwirren so viele Prinzen und Feen herum, wenn die mir nur auch mal begegnet wären." Dann aber strich sie mir über den Kopf. „Nun ja, dir werden sie schon begegnen. Aber jetzt ist Schlafenszeit."

„Bitte, nur noch die Geschichte zu Ende."

„Aber schnell, Baba Milena!"

„Nun gut, ganz so einfach geht es nicht mit der Liebe zwischen Prinz und Magd, aber nun gut, ich erzähle es schnell. Der Prinz verliebt sich in sie, doch merkt er bald, dass sie ein Geheimnis in sich trägt, dass sie immer etwas vor ihm verbirgt. Er beginnt zu zweifeln, malt sich die bösesten Dinge aus, was wohl das dunkle Geheimnis seiner geliebten kleinen Magd sein könne, bis er sie schließlich vor die Entscheidung stellt und ihr erklärt, sie müsse ihm ihr Geheimnis erzählen, sonst könne er sie nicht heiraten."

„Was sind denn das für Geschichten, Baba Milena! Jetzt ist aber Schluss, es ist schon so spät." Baba sah Milena unwillig an.

„Aber sie muss die Geschichte doch noch zu Ende erzählen. Erzählt sie das Geheimnis? Oder kann sie nicht beim Prinzen bleiben?"

„Das bleibt jetzt erst mal Milenas Geheimnis, morgen kann sie weitererzählen." Mit einem eindringlichen Hochziehen der Augenbraue schickte sie Milena fort, die noch einen Kuss auf Anelijas Stirn drückte und flüsterte: „Morgen ..."

Baba setzte sich an Anelijas Bett. Ihr Gesicht sah sorgenvoll aus.

„Baba, gibt es Einhörner wirklich?"

„Ach nein, Kind, natürlich nicht." Sie blickte vor sich hin und dachte nach. „Ich war mal in einer Kirche, in einem Kloster in den Bergen, Kloster Rila heißt es, das ist wunderschön, da musst du auch mal hin, dort gibt es unzählige Bilder, Ikonen. Eines davon zeigt ein Einhorn und ein kleines Mädchen. Ich stand damals lange davor. Ich weiß noch ganz genau, wie das Bild aussah, es war ein sehr altes Bild. Nun, wer weiß, vielleicht gibt es ja doch Einhörner. Nun aber schlaf, meine Süße."

Ich dachte noch einmal daran, wie die Baba und ich gearbeitet hatten, um unser Erlebnis zu verdauen.

„Ich mache das bis heute so. Wenn ich unglücklich bin, arbeite ich. Nur eine ganz kurze Zeit der Trauer gewähre ich mir. Und dann: Arbeiten, arbeiten, arbeiten, bis der Körper das Unglück vergisst und man einfach wieder im Leben steht. Und dann, dann träume ich ein wenig."

Enno hatte auch die letzte Tomate und das letzte Stückchen Fleisch gegessen und lehnte sich genüsslich zurück: „Hm, wenn ich wirklich traurig bin, dann versinke ich darin, dann lege ich mich in mein Bett und stehe nicht mehr auf. Na ja, vielleicht bis ich Hunger bekomme." Er grinste.

„Ich glaube, wenn ich mich ins Bett gelegt hätte, wäre ich manchmal gar nicht mehr aufgestanden."

„Und die Geschichte, wie geht sie aus?"

„Ich weiß es nicht. Baba Milena hat nicht mehr weitererzählt. Und ich habe auch nicht nachgefragt, weil ich fürchtete, es könne nur schlecht ausgehen – entweder sie verrät das Einhorn oder sie verliert die Liebe des Prinzen."

Als wir im Auto saßen, fragte er weiter: „Sag mal, wurden die Briefe denn eigentlich alle gelesen?"

„Ja, ich glaube schon, manchmal konnte man ihnen ansehen, dass sie geöffnet waren. Aber ich denke, es wurde den Herren bald langweilig, denn meist schrieb Nadja von Shoppingtouren, welche die Modefarben des Sommers waren, wie die Schwiegermutter ihr zusetzte, oder wie viele Blumen sie in den Garten gepflanzt hatte. Manches interessierte mich, vieles blieb mir fremd und unverständlich. Ich konnte mir unter ‚Shopping' nichts vorstellen. Und sie schrieb nur Alltägliches. Nicht ein einziges Mal etwas Politisches. Ich glaube, das war ihr auch ganz egal."

„Es wäre aber auch gefährlich für euch gewesen, wenn sie etwas Politisches geschrieben hätte, oder?", fragte Enno nach.

„Schon", gab Anelija zu, „aber ich hatte auch nie den Eindruck, dass sie das interessierte."

„Und du? Hast du ihr eigentlich zurückgeschrieben?", fragte Enno weiter.

1976 | Radilovo

Mit dem Antworten auf Mutters Briefe war es so eine Sache. Ich war die Erste in der Schule, die alle Buchstaben in gestochen scharfer Schrift schreiben und auch lesen konnte, ich war die Erste, die Buchstaben zusammenziehen konnte und bereits nach wenigen Wochen flüssig jeden Zeitungstext las. Ich wusste ja, wofür ich lernte. „Anelija, nun mal nicht zu schnell, wir haben hier nur einen Fünfjahresplan zu erfüllen", sagte meine Lehrerin Lelja Gana Kolewa lächelnd und strich mir gedankenverloren über die braunen Zöpfe. Manchmal sah sie mich an und schüttelte dabei fast unmerklich den Kopf. Kein anderes Kind, das so weit draußen wohnte, lernte so schnell wie ich.

Sogar der Gang aufs Klo war für mich eine Leseschule. Das Klohäuschen stand neben unserem kleinen Wohnhaus. Wenn ich mich dorthin begab und es war gerade nicht, wie meist im Winter, zu kalt, dann nahm ich mir erst die Zeitungsblätter vor, die dort zu einem ganz anderen Zweck lagen. Jeden Buchstaben setzte ich zusammen und las mühsam die neuesten Nachrichten, die die kommunistische Partei dort verbreitete. Auch wenn mir die Worte immer seltsam fremd vorkamen, als ob sie nichts mit meinem eigenen Leben zu tun hatten. „Freudig und allzeit bereit erfüllten die Schüler der Grundschule von Radilovo ihre Feriennorm", stand in der Parteizeitung. Das hatte nichts mit den Mühen zu tun, die ich und alle anderen Kinder damit hatten.

Aber ich las die Worte trotzdem. Und obwohl sie seltsam verdreht waren, machte mir das Lesen Spaß.

Dann riss ich kleine Stücke von den Seiten ab, um nach getaner Erleichterung meinen Po damit abzuwischen. Man musste sorgsam damit umgehen, sehr viel Papier gab es nicht. Sorgsam musste man auch beim Abwischen sein, denn das Papier war hart und hinterließ oft blutige Stellen. Blut auf den falschen, schwarzen Buchstaben.

Wenn ich dann immer noch nicht fror, las ich noch schnell die nächsten zwei Seiten, die ansonsten Baba oder Baba Milena benutzen könnten, die die Seiten wohl kaum vorher lasen.

Wie stolz meine Baba und Baba Milena auf meine Leistungen in der Schule waren! Einmal im Jahr zog die Baba die Karljanka, den dicken schwarzen Faltenrock, an und ging zu meiner Lehrerin ins Dorf und wenn sie zurückkam, war sie stets ein wenig größer. Klassenbeste, mit Abstand. Jedes Jahr.

Ich wusste ja, warum. Weil ich doch zurückschreiben wollte. Doch was herauskam, war jedes Mal nur eine entsetzliche Enttäuschung.

Stunden-, ja sogar tagelang saß ich vor meinem graubraunen Briefpapier. Oft dachte ich, wenn ich nur einmal auf einem solch weißen Papier wie jenem, das von ihr kam, schreiben könnte, dann, ja dann flössen die Buchstaben und Zeilen aus mir heraus.

Aber das graue Papier, das wir nur hatten, verhinderte es. Es hätte meine Worte beschmutzt.

Meist schrieb ich dann, was die Baba mir auftrug. Ich erzählte, dass unser Schaf Soja ein kleines gesundes Lämmchen bekommen hatte, dass die Ernte dieses Jahr reich ausgefallen war, dass der Pope und seine Frau recht herzlich grüßen ließen und, natürlich, dass ich gut in der Schule war. Nur Gutes schrieben wir, nur Gutes. Und dann schrieb ich darunter: *Mit den allerliebsten Grüßen und tausend Küssen von Deiner Anelija.* Mehr ging nicht.

Wenn ihre Briefe mich verwirrten, so bedeuteten meine Briefe an sie die unendlichen Leiden meiner Kindheit. Verhinderte Worte, unausgesprochene Bitten, verzweifeltes schweigendes Anklagen, nicht Ausgesprochenes und enttäuschtes Nicht-Schreiben-Können. Worte, die sich in mir aufbauschten, füllten mich wie einen Ballon, zum Zerreißen gespannt.

Die Sehnsucht blieb, nach ihren Briefen, nach dem weißen Land und nach dem Tag, an dem ich ihr auf weißem Papier alles schreiben konnte, was in mir reifte.

1972 | London

Georgi saß mit Teodor Lirkoff am Küchentisch. Lirkoff hatte ihn, ohne weiter nachzufragen, in seiner Wohnung wohnen lassen, als der große Filmemacher Petar Uvaliev ihn gebeten hatte, den bulgarischen Landsmann aufzunehmen. Uvaliev war für sie alle ein großer Name, er hatte eine Produktionsfirma zusammen mit Carlo Ponti und er hatte Georgi versprochen, einen Roman von ihm zu verfilmen.

Teodor Lirkoff und Georgi waren Freunde geworden, beide Emigranten mit einer großen Sehnsucht nach der bulgarischen Heimat.

„Wenn ich einfach gar nichts mehr schreiben würde, könnte ich dann nach Bulgarien zurück?" Georgi sah Teodor fragend an.

Teodor schüttelte den Kopf. „Nein, das geht nicht mehr und du weißt das auch."

Georgi löffelte an dem Bohneneintopf, den sie nun schon den dritten Tag aßen. In Bulgarien hatte er immer genug zu essen gehabt. Hier in London nicht.

„Du weißt, dass die Bulgaren mittlerweile eine Akte über dich haben. Skitnik – ‚der Wanderer, der Landstreicher' – heißt du dort, weil du dich ständig zwischen Italien, England, Österreich und Deutschland bewegst. Die wollen schon, dass du nach Bulgarien zurückkommst, obwohl es keiner mehr glaubt. Aber leben, wirklich leben, wirst du dort nie mehr können."

„Teodor, was mache ich denn hier? Uvaliev verspricht mir, meinen Roman ‚Die Frauen von Warschau' zu verfilmen, aber was passiert? Nichts. Ich kann nicht mehr schreiben, ich kann nicht einmal gut genug Englisch sprechen. Was soll ich denn hier?"

„Hey, beschwer dich nicht, du bist freier Mitarbeiter bei der BBC!"

„Verdammt, ich habe nicht einmal genug zu essen."

„Aber du kannst denken und sagen, was du willst. Alle Briefe von deinen Eltern sind geschwärzt, oder kommen gar nicht mehr an, deine Briefe an sie erst recht nicht. Georgi, du wirst nie wieder nach Sofia zurückkehren können. Dort wird es immer dunkler. Du bist jetzt Gerry, vergiss Georgi."

1995 | München – Bulgarien, auf dem Weg

Die letzte Strecke hatte länger gedauert, als wir dachten. Wegen eines Unfalls war Enno von der Autobahn abgefahren und wir sahen, während ich erzählte, die bulgarischen Dörfer an uns vorbeigleiten. Als Enno glaubte, sich verfahren zu haben, bat er mich, nach dem Weg zu fragen. Ich kurbelte das Fenster hinunter, als wir einen alten Mann am Wegrand sahen. Ganz automatisch sprach ich bulgarisch, obwohl mir die bereits so lange nicht mehr benutzten Worte seltsam vorkamen, hart, nicht ganz so präzise wie die deutsche Sprache, dafür etwas melodiöser. Es entstand ein warmes Gefühl in mir, es war schön, wieder bulgarisch zu sprechen. Heimatsprache, Muttersprache, Großmuttersprache.

Der alte Mann konnte uns die richtige Richtung nach Radilovo zeigen.

Als wir aus dem Dorf herausfuhren, liefen auf den Gehsteigen Kinder in dieselbe Richtung, in die wir fuhren. Sie waren auf dem Weg zur Schule. Das alte Gebäude war über eine steinerne, breite Treppe zu betreten, das die Kinder zu einem doppelten Tor führte. Wir fuhren langsam vorbei und sahen, wie die große Schule die Kinder nach und nach verschluckte.

1977 | Radilovo

In der Schule war ich glücklich.

Draußen noch konnte es sein, dass die Jungen mich hänselten: „Da kommt Anelija, das Mädchen ohne Vater, da kommt Anelija aus dem Drei-Frauen-Haus." Doch was mich hätte treffen sollen, ließ mich nur mit noch geraderem Rücken weiterschreiten. „Ja, ich habe drei Mamas. Wer hat das schon!" Die Jungen waren erstaunt darüber, dass ihre Hänseleien mich nicht treffen konnten und versuchten es doch immer wieder. Erst später verstand ich, wie oft wir das Ziel bösartigen Spotts in den anderen Familien gewesen sein mussten. Mir machte das nichts aus.

Ich zog mich zurück. In diesem Moment fühlte ich mich wie das Einhorn aus Baba Milenas Geschichte, so stellte ich mir das vor. Verrät ein Einhorn anderen sein Geheimnis? Nein, natürlich nicht. Das wäre wirklich zu dumm. Verrät man erwachsenen Wesen Geheimnisse? Natürlich erst recht nicht. Außerdem hatte ich nicht viel, das ganz allein mir gehörte. Es wäre Verrat an mir selbst gewesen, zumal ich niemandem vertrauen konnte. Und so viele Einhörner gab es nicht in meiner Umgebung. Schönes Märchen, schönes Bild, das mich aus der Realität rettete.

Immer spotteten sie über mich, über meine abgelaufenen Schuhe, über die groben, grauen Stricksocken, die Baba Milena doch mühsam an den Abenden gestrickt hatte, über die arme Anelija, die nie mit zum Volkstanz kam. Es machte mir nichts aus. Nur die bunten Haarbänder, die die anderen Mädchen trugen, hätte ich auch gerne gehabt.

Was mich tatsächlich zutiefst getroffen hätte, wagten sie nicht zu sagen. Nichts über die eine Mutter, die nicht da war. Um die schienen sie mich nämlich zu beneiden, denn ab und an kam ein Päckchen an, einmal im Jahr vielleicht, meist zu Ostern. Das Paket kam nicht mit der Post, mit der es wohl nicht angekommen wäre, sondern über unseren Onkel Ilija, der in einem Laster Pflaumen nach Deutschland transportierte. In dem Päckchen waren oft Schokoladenhäschen und kleine goldene Taler, in denen sich unter glänzendem Stanniolpapier eine klebrig-köstliche Masse versteckte. Und Kaugummi. Schon das Wort Kaugummi war süß und zäh und himmlisch. Von jeder Köstlichkeit behielt ich selbst nur eine, den Rest verschenkte ich großzügig in der Schule, als ob ich wöchentlich davon bekäme und erkaufte mir damit den Neid meiner Mitschüler auf die abwesende Mutter, die Mutter in Deutschland.

Die Kostbarkeiten, die ich für mich behielt, betrachtete ich jeden Tag. Ich legte sie auf meine Kommode wie reiche Frauen ihre Schmuckstücke. Kam ich von der Schule nach Hause, so wusch ich mir erst sorgsam die Hände, um dann ganz sanft mit dem Finger über jedes Stück zu streifen. Die Osterhasen waren golden und hatten eine rote Schleife um den Hals. Das Papier war glatt über die Schokolade gezogen, nur die rote Schleife kratzte verführerisch am Finger. Auf den Goldtalern konnte ich die Erhebungen ertasten. Und der Kaugummi: Man erspürte erst das raue Papier, um dann an den Enden zum Silber zu gelangen, das mir jedes Mal gefühlt einen elektrischen Stoß versetzte. Nichts in meinem Leben war je sinnlicher gewesen als dieses Tasten. Und wie sie rochen, wenn ich ganz nah mit meiner Nase an ihnen schnupperte. Die Goldtaler verströmten fast keinen Geruch, nur das Stanniolpapier glaubte ich riechen zu können, aber die Schokolade, die konnte man durch den goldenen Hasen riechen, wenn man nur genau genug schnupperte. Und die Kaugummis erst! Die weißen dufteten nach Pfefferminze, die gelben nach Süße und Verführung. Einmal, da sandte sie mir rote mit, die dufteten nach Zimt. Die aß ich in Millimeterstückchen. Und schluckte sie herunter, zu schade zum Ausspucken.

Erst wenn ich die drei oder vier Stücke, die ich für mich behielt, erspürt, betastet, geliebt hatte, machte ich mich an meine Hausaufgaben. Und erst wenn das nächste Päckchen von Majka kam, erst dann begann ich damit, das erste Stück des letzten Päckchens zu essen.

Die Goldtaler blieben immer gleich, man konnte sie auch zwei Päckchen lang aufheben, die Kaugummis wurden hart, verloren aber nichts an Geschmack und der etwas ranzige Geschmack der Schokolade gab mir nur das Gefühl, lange genug ausgehalten zu haben. Diese Päckchen also waren der Preis, den ich meinen Mitschülern zahlte, damit kein Spott meine Majka beschmutzen konnte.

In der Schule selbst beschützte mich Lelja Gana Kolewa, meine Lehrerin. Ich wusste, dass sie mich mochte. Wenn die anderen gerade alle ihre Köpfe über die Hefte gebeugt hatten, dann fuhr sie manchmal ganz sanft über meine Zöpfe und lächelte mir zu. Gab sie mir die Klassenarbeiten zurück, auf denen fast immer ein „sehr gut" prangte, nickte sie mir zu, als wollte sie sagen: „Gut gemacht, Anelija." Nicht zu oft, um keinen anderen neidisch zu machen, aber ich merkte es doch. Ab und an stellte sie eine Frage, von der wir beide wussten, dass sie nur für mich gedacht war. Fragen, bei denen man nachdenken musste, manchmal lange. Fragen, bei denen man sich eine Meinung bilden musste. Wochenlang konnte ich darüber nachdenken und ging dann, wenn die anderen bereits das Klassenzimmer verlassen hatten, zu ihr, um ihr meine Meinung dazu zu sagen.

„Lelja Gana, Menschen darf man nicht töten, um keinen Preis, aus keinem Grund. Und Tiere nur, wenn es für uns Menschen nötig ist. Denn Gott hat zum Menschen gesagt, er solle über die Tiere herrschen. So hat es uns der Pope gelehrt. Aber ‚herrschen' heißt doch, dass man sich, so gut man kann, um die Tiere kümmern muss, nicht wahr, Lelja Gana?"

Lelja Gana nickte, wenn sie einverstanden war,

oder wiegte kritisch den Kopf, wenn sie meinte, dass ich noch einmal darüber nachdenken sollte. Diesmal lächelte sie mir zu.

„Und ich glaube, Lelja Gana, so ist es auch richtig. Wir sollen über die Tiere herrschen, aber auch ehren sollen wir das Tier und die Pflanzen und alles um uns herum und uns nur so viel nehmen, wie wir brauchen."

Da nickte Lelja Gana und erklärte mir ihre Ideen dazu.

Später, in der dritten und vierten Klasse, erklärte sie mir, was Dialektik ist, weil doch die von der Partei ständig davon sprachen. Dialektik bedeute, dass ein Mensch eine These aufstelle und ein anderer eine Gegenthese und daraus eine Synthese entstünde. So habe der Philosoph Hegel dies aufgeschrieben.

In meinem Kopf kreisten die Gedanken: Majka stellte die These auf, dass man aus Bulgarien hinaus müsse, koste es, was es wolle; Baba stellte die These auf, dass man ganz gut hier leben könne. Wo war meine Synthese? Diese Gedanken aber behielt ich für mich, die waren nicht einmal etwas für Lelja Gana. Einhörner können schweigen.

Der Marxismus, erklärte Lelja Gana mir weiter, verstehe darunter, dass auf die Ackerbaugesellschaft als Antithese, als natürliche Gegenbewegung der Kapitalismus gekommen sei, der nun zwangsläufig zerfallen müsse, bis alles in das System des Kommunismus führen werde. Marx hatte gefordert: „Jeder nach seinen Fähigkeiten; jedem nach seinen Bedürfnissen." Lelja Gana legte den Kopf schief. „So wollte Marx das. Und das wäre auch schön so."

„Aber bei uns lebt doch nicht jeder nach seinen Bedürfnissen und auch nicht nach seinen Fähigkeiten, oder?"

„Nun, wir sind noch auf dem Weg."

Was allerdings die Politiker, die Roten, mit Dialektik in ihren Parteireden meinten, konnte ich weiterhin nie verstehen.

In diesen Gesprächen mit Lelja Gana sprachen wir so viel, wie man sonst selten in Bulgarien sprach. Besser war es, wenn man schwieg. „Sch", sagte die Baba oft, wenn es um irgendein politisches Thema ging. Aber Lelja Gana erklärte mir die Dinge so, dass jeder zuhören durfte: andere Schüler, andere Lehrer, sogar die Roten. Die Pausen, die sie zum Nachdenken setzte, verstand nur ich. Wenn ich zu viel sagte, schüttelte sie aber auch den Kopf. Ich lernte schnell, zu schweigen und ganz selten in den Leerstellen zu sprechen. Das lernten wir Bulgaren alle.

Über diese Unterhaltungen konnte ich mit der Baba nicht reden, auch wenn sie mir nachgingen, wenn ich mich um unsere Hühner kümmerte oder zu Ostern eines zur Baba Milena brachte, damit sie ihm den Hals umdrehte.

Diese Gespräche mit Lelja Gana ließen mich über das nachdenken, was für alle anderen selbstverständlichster Alltag war. Fing ich doch einmal mit einer solchen Frage bei Baba an, wurde sie seltsam unwirsch: „Ist das der Unsinn von den roten Brüdern, den sie euch heutzutage in der Schule einreden? Lass dir bloß nicht allzu viel von denen aufschwatzen, Anelija. Die sollen uns nur in Ruhe lassen. Schlimm genug, dass der größte Teil unseres Feldes jetzt der Kooperative gehört. Und was kommt dabei heraus? Gar nichts. Keiner arbeitet mehr, entweder wird zu früh oder zu spät geerntet, weil es dem Fünfjahresplan egal ist, wie das Wetter in diesem Jahr ist. Unfug, alles Unfug, meine Anelija, glaube nur an deinen Menschenverstand."

Anfangs hatte ich versucht, meiner Baba zu erklären, dass Lelja Gana nicht wollte, dass uns der Leiter der Kooperative jedes Jahr eine so hohe Norm in den Ferien auferlegte – unzählige Eimer Kirschen hatten wir in den letzten Ferien pflücken müssen. Und auch passte es ihr gar nicht, wenn die Pioniere ihr wieder die Kinder aus der Klasse holten. Aber die Baba schien das nicht zu glauben.

„Die gehören alle zusammen, die alten Lehrer haben sie weggeschickt. Auch deine Lelja Gana gehört zu denen. Schluss jetzt, ich will nichts mehr davon hören. Und du lässt dir keinen Unsinn in den Kopf setzen."

Da war sie ungewohnt streng, die Baba. Aber meine Meinung von Lelja Gana behielt ich, wusste ich doch, dass sie die Roten genauso wenig mochte wie meine Baba. Aber beide versteckten es auf ihre Art.

Kurz nachdem die Baba mich so ermahnt hatte, fragte ich Lelja Gana, als wir wieder einmal ein paar kostbare Minuten nach der Schule miteinander verbrachten: „Man darf doch niemandem etwas wegnehmen, nicht wahr, Lelja Gana?"

„Nein, natürlich nicht, Anelija, das weißt du doch."

„Aber die Kommunisten, die haben uns doch unser ganzes Feld weggenommen. Warum durften die das?"

Lelja Gana seufzte: „Anelija, das ist doch etwas anderes, dafür bekommt ihr doch jetzt auch euren Anteil von der Kooperative."

„Der ist aber viel weniger, als wir früher selbst geerntet haben, sagt die Baba."

„Mag sein, mag sein, meine kleine Anelija. Das ist ein schweres Thema." Sie wandte sich ab und damit war unser Gespräch beendet. Es war das einzige Mal, dass sie mir nicht wirklich antwortete. Ich fragte auch nicht mehr.

Ich musste an meinen Onkel Ljudmil denken, den Bruder von Baba Milena, den ich nur aus ihren Erzählungen kannte. Ljudmil hatte eine große Schafherde. Er war ein guter Hirte, alle schätzten ihn und viele gaben ihm ihre Schafe zu seiner großen Herde dazu, weil sie wussten, dass er gut auf sie aufpasste. Er kannte jede Krankheit und kümmerte sich um jedes Lamm. Bei ihm starb nie ein Schaf, erzählte Milena immer stolz. Diesem Onkel Ljudmil hatten die Kommunisten fast die ganze Herde genommen, doch er fand sich nicht, wie die meisten anderen, einfach mit der Enteignung ins Volkseigentum ab. Er wütete und schimpfte. Obwohl Baba Milena bei dieser Geschichte sehr traurig wurde, lachte sie auch immer verschmitzt, wenn sie über ihren wilden, aufsässigen, lauten Bruder redete. Doch für die Kommunisten war er zu laut. Schließlich versetzten sie ihn ans andere Ende von Bulgarien. Mit einem großen Laster wurde er von einer Arbeitsbrigade abgeholt und mitgenommen. Baba Milena hatte ihn seit Jahren nicht mehr gesehen. Am Anfang versuchte er noch, Schreiber zu finden, die für ihn ein Lebenszeichen nach Hause schickten, aber dann hörte die Familie gar nichts mehr von ihm. Baba Milena beendete ihre Geschichte über ihren starken, großen Bruder immer mit den Worten: „Ich glaube, dort, am anderen Ende von Bulgarien, hat er sich wieder eine Herde zugelegt. Doch, das glaube ich ganz sicher."

***

In der zweiten Klasse trugen wir noch das Tschawdar-Tuch. In der dritten Klasse bekamen wir das rote Halstuch der Pioniere. Zur Einweihungsfeier der neuen Pioniere mussten wir uns in einer geraden Linie aus Jungen und Mädchen aufstellen. Dann bekamen wir den Pioniergruß beigebracht. Der Lehrer schrie uns zu: „Seid bereit!" Und wir antworteten: „Immer bereit!" Das übten wir stundenlang auf dem Schulhof, damit wir es in völligem Einklang, wie mit einer Stimme, hervorbrachten und dabei, ohne zu zucken gerade standen. Ich konnte nicht gut lange stehen, mir schwindelte es.

Neben mir zischte Ivan, der Anführer der Jungen-Bande aus meiner Klasse, mir ins Ohr: „Selbst wenn du das rote Tuch bekommst, werden deine Schuhe davon auch nicht wieder ganz." Ich sah auf meine Schuhspitzen, wo sich ganz leicht die linke große Zehe durch den Schuh bohrte. Er grinste mich höhnisch an.

„Seid bereit!"

„Immer bereit!"

Rechts neben mir stand ein dicker Junge, Dimitré, er grinste zuerst Ivan an, senkte dann aber beschämt den Kopf, als er meinen Blick auffing.

„Seid bereit!"

„Immer bereit!"

Ich spürte, wie mir das Blut aus dem Kopf sackte und ein langer greller Ton sich in meinem Ohr festsetzte.

„Seid bereit!"

„Immer bereit!"

Lelja Gana stand etwas abseits und beobachtete uns, ihre Augen schienen auf mir zu ruhen. Ihren Fragen konnte man nie so leicht mit einer einzigen, sicheren Antwort begegnen. Leichte Fragen, wie „Magst du eine Kartoffel essen?", auf die gibt es eine klare Antwort, aber auf die schwierigen?

„Seid bereit!“

„Immer bereit!“

Das Klingeln in meinem Ohr wurde immer lauter, ich konnte Lelja Gana nicht mehr sehen. Die schwierigen Fragen: Warum ist meine Majka ohne mich gegangen?

„Seid bereit!“

„Immer bereit!“

Was hat Dialektik mit dem Fünfjahresplan zu tun?

„Seid bereit!“

„Immer bereit!“

Warum lernen wir im gerechtesten aller Länder immer nur das Schweigen?

„Seid bereit!“

„Immer bereit!“

In dem Moment, als meine Beine versagten und ich zusammensank, spürte ich gerade noch Lelja Ganas Hände unter mir, die mich aus den Reihen zogen.

1977 | Pazardzhik

Wir waren in Pazardzhik auf dem Markt, als Onkel Ilija vorbeikam. Auch wenn er nicht wirklich mein Onkel war, nannte ich ihn so. Seine Mutter war eine Schwester meiner Baba. Oft hatte ich ihn noch nicht gesehen. Selten ganz kurz, wenn er ein Päckchen von Majka bei uns vorbeifuhr, und an den wenigen Familienfesten, zu denen die ganze große Familie zusammenkam. Letztes Jahr hatte meine Cousine Julia einen reichen Mann aus Sofia geheiratet und die gesamte Verwandtschaft zu einem prächtigen Hochzeitsfest in die Hauptstadt eingeladen. Vier Stunden lang, mit vielen Stopps, waren wir an einem ungewöhnlich heißen Maitag mit dem Bus nach Sofia gefahren, bis wir total verschwitzt und mein geblümtes Kleid ebenso wie Babas Karljanka völlig verknautscht waren. Neben der reichen und für meine Vorstellungen prächtig angezogenen Verwandtschaft des Ehemannes hatte ich mich den ganzen Tag unwohl gefühlt. Dort jedenfalls hatte ich zum letzten Mal meinen Onkel Ilija gesehen.

Er begrüßte die Baba mit laut schmatzenden Küssen auf die Wangen und kniff mir in die Backen. „Groß bist du geworden, Anelija, Nadjakind." Ich ärgerte mich, dass er so laut „Nadjakind" auf dem Markt aussprach, wo doch hier jeder ganz natürlich annahm, dass ich die Tochter der Baba war. Aber die

Baba freute sich, ihn zu sehen und fragte nach der ganzen Verwandtschaft, bis Onkel Ilija schließlich meinte: „Dein Kohl ist so gut wie verkauft. Es ist schon spät. Wisst ihr was, ihr kommt jetzt einfach mit mir einen Kaffee trinken." Baba grinste wie ein junges Mädchen: „Da sagen wir nicht Nein."

Sichtlich erfreut packte sie ihr weniges, restliches Gemüse zusammen und hakte sich bei Ilija ein, der uns in die Hauptstraße, die gleich am Basar entlangführte, in ein großes Caféhaus brachte. Dorthinein wären die Baba und ich alleine nie gegangen. Großzügig orderte er einen Kaffee und einen Rakija für die Baba und eine Limonade für mich. Ich trank langsam und genüsslich Schluck für Schluck die Limonade und hörte nicht wirklich der Unterhaltung der beiden zu, die über weit entfernte Familienmitglieder ging, die ich kaum oder gar nicht kannte.

Aufmerksam sah ich mich in dem Café um und bewunderte die entspannte, lässige Atmosphäre, die hier alle umgab. Als ich nach der Toilette fragte, winkte mich die Bedienung in den Hinterhof, wo die Toilette sei.

Im Hinterhof sah ich zuerst nur eine Tür, die ich für die Toilette hielt. Ich öffnete sie und befand mich in einem kleinen Flur. Als ich merkte, dass mein Schnürsenkel offen war, bückte ich mich, um ihn zu binden. Ein Mann kam aus einer Tür heraus, die ich eigentlich für die Toilette gehalten hatte, und ließ die Tür einen Spalt offen. Vielleicht nahm er mich, so gebückt im dunklen Flur, gar nicht wahr, jedenfalls lief er weiter. Ich blickte in einen Raum, in dem sich einige Männer um einen Radioapparat versammelt hatten, aus dem Musik ertönte, keine bulgarische, sondern englische, wie mir sofort klar wurde. Das war wohl nicht die Toilette. Zwar wusste ich, dass manche Leute ab und an heimlich fremde Sender hörten, aber gesehen oder gehört hatte ich so etwas noch nie.

„Pst, seid ruhig, jetzt kommt Markows Sendung." Alle wurden still und ganz automatisch blieb auch ich draußen stehen. Eine warme, kluge Männerstimme kam aus dem Radio. Der Sprecher redete bulgarisch.

„Herzlich willkommen. Ich begrüße alle Zuhörer, Bulgaren in Bulgarien und auf der ganzen Welt."

Zuerst sprach der Mann über ein Theaterstück, das er gestern in London gesehen hätte. Er erzählte und beschrieb es so plastisch, dass ich es mir genau vorstellen konnte. Dazu kommentierte er bissig und witzig die einzelnen Schauspielerleistungen. Dann wurde er plötzlich ganz ernst: „In Sofia wird auch gerade ein neues Theater aufgeführt. Ein ganz altes Stück. Es heißt *Des Kaisers neue Kleider*. Ihr wisst ja, da lassen die Schneider alle Leute glauben, der Kaiser habe die schönsten Kleider an. Und in Wirklichkeit ist es nichts, gar nichts. So ist es auch in Sofia. Die Hauptrolle des Kaisers spielt mein Freund, der hochverehrte Genosse Schiwkow. Ach, wie sehr wünschte ich mir, ein Kind würde endlich allen Bulgaren zuschreien: ‚Er hat ja gar nichts an, absolut gar nichts!'"

Ein Musikstück folgte. Die Menschen im Raum lachten und kommentierten das Gehörte.

„Ein Teufelskerl, der Markow!"

„Und solche, die gehen fort."

„Ich hab' sein letztes Stück noch gesehen. *Das* ist ein Schriftsteller!"

„Und die Wahrheit sagt er, wie die Kinder."

Alle lachten.

„Ich kenne da einen Witz", ich lauschte der leisen, aber klaren Stimme, die jetzt anhob zu sprechen. „Wisst ihr, warum das Politbüro am Sonntagabend nie die Nachrichtensendung sehen kann?" Stille erfüllte den Raum. „Weil sie alle Markows Sendung auf *Radio Free Europe* hören." Ein vielstimmiges Lachen kam auf, das die Stimmung eines gemeinsamen Einverständnisses heraufbeschwor. Eine seltsame Stimmung von heimlicher Gemeinsamkeit, die ich selbst draußen auf dem Flur spüren konnte. Eine andere Gemeinsamkeit als die verordnete, die ich sonst kannte.

Ich schlich mich langsam wieder hinaus, aber ich hörte noch die Worte des Radiosprechers: „Das war Georgi Markow und seine ‚Reportagen über Bulgarien aus der Ferne', *Radio Free Europe*, jeden Tag für Bulgaren in Bulgarien und auf der ganzen Welt und für alle Menschen, die für die Freiheit stehen."

Auf dem Hof wurde mir klar, dass ich die falsche Tür erwischt hatte, die Tür zu einem Privathaus. Ich nahm die gegenüberliegende Tür und fand hier nun endlich auch die Toilette. Vor dem fleckigen Spiegel blieb ich stehen und versuchte zu verstehen, was ich da gerade gehört hatte. Da gab es einen Bulgaren, der in irgendeinem anderen Land im Radio sprach und sich über Präsident Schiwkow lustig machte. Konnte das sein? Durfte man so etwas in anderen Ländern? Anscheinend ja.

1977 | Sofia

Zehn Mitglieder des Politbüros hatte Schiwkow zur Unterzeichnung einbestellt, die nun der Reihe nach, ihn höflich bis unterwürfig grüßend, in sein großes Arbeitszimmer eintraten. Ihm war klar, dass nicht alle das Dekret haben wollten, das den Einsatz „aller Mittel" zur Neutralisierung von regimekritischen bulgarischen Emigranten genehmigte. Aber Schiwkow zögerte nicht mehr, er wusste bereits, auf wen das Dekret als Erstes angewendet werden würde. Es war Zeit, die Wanzen zu bekämpfen.

„Todor Schiwkow", schrieb er mit seinen zackigen Buchstaben unter das Dokument. Sein Innenminister Dimitar Stojanow unterzeichnete auch.

Eine blutige Spur würde sich durch ganz Europa ziehen. Er wusste das und spürte bereits die Genugtuung, ja den Triumph in seiner Brust.

1978 | Radilovo

Eigentlich hätte ich ruhig und zufrieden sein können, wären da nicht immer wieder die weißen, verlockenden und zehrenden Briefe meiner Mutter gewesen.

Der eine jedoch war der schlimmste. Onkel Ilija hatte ihn zusammen mit einem kleinen Päckchen bei uns vorbei gefahren.

Liebe Baba, liebe Baba Milena, geliebtes Aneltsche-Kind,

gestern habe ich ein Kind auf der Straße gesehen, es hatte zwei dunkle Zöpfe und war etwa acht Jahre alt, wie Du jetzt. Und plötzlich musste ich weinen. Irgendwann, da komme ich zurück und dann sehen wir uns.

Jetzt, wo Franz und ich geheiratet haben, da schaffe ich es bestimmt. Ja, wir haben geheiratet. Im ganz kleinen Kreis, nur mit seinen Eltern und den Trauzeugen. Ich weiß, meine liebe Majka, dass Du jetzt eine Träne weinen wirst, weil Du nicht dabei warst, aber Du weißt doch, dass das einfach nicht geht.

Ich weiß, dass Du traurig bist, und ich habe in diesem Moment auch um Euch geweint, aber froh bin ich doch auch und hoffe, dass Ihr Euch auch mit mir freuen werdet, denn jetzt darf ich Euch bestimmt bald einmal besuchen. Aber der Weg ist so weit, und bisher hatte ich doch immer Angst, dass sie mich dann nicht mehr zurück nach Deutschland lassen. Weil ich doch nur die Genehmigung für eine Reise hatte, nicht aber, im Ausland zu bleiben. Ihr versteht das doch, nicht wahr? Aber jetzt kann ich vielleicht kommen, wo ich doch verheiratet bin. Bald werde ich einen deutschen Pass bekommen!

Und Dich, große, große Aneltsche, endlich wieder in meine Arme schließen. Ich vermisse Euch.

Ach ja, ich heiße jetzt Nadja Huber, nicht Huberova, hier sagt man nur Huber, auch wenn das für mich immer noch komisch klingt. Also schreibt bitte an Nadja Huber.

Und stellt Euch nur vor, seine Eltern sind ins Nebenhaus gezogen und wir dürfen nun im großen Haus zusammenwohnen, ist das nicht alles herrlich?

Zu diesem Festtag sende ich Euch allen dreien etwas Besonderes, das ich mir schon lange von meinem Gehalt abgespart habe.

Liebste Grüße,
Nadja (Huber!)

In dem Päckchen waren drei kleine Geschenke, eingepackt in rot glänzendes Papier, umwickelt mit einer rosa Seidenschleife, darauf stand „Baba Milena", „Majka" und „Anelija".

Wir packten die Präsente aus. Baba Milena bekam eine silberne Brosche, in deren Mitte das Bild der Jungfrau Maria prangte. Baba erhielt ein Armband, bei dem sich drei goldene Schlangen ineinander verschränkten und ich entdeckte ein goldenes Kettchen mit einem Herz-Anhänger, auf dem ein kleiner, roter Stein funkelte.

Wir alle drei sagten nichts. Die Schmuckstücke ließen wir auf dem Tisch liegen, später sah ich einmal, dass Baba sie alle zusammen in die Kommode gelegt hatte. Diesmal weinten wir nicht.

Ich ging früh ins Bett und fiel in einen Schlaf, der eher einer Ohnmacht glich.

***

Am nächsten Tag pflückten wir Schneeglöckchen. Es war Frauentag, ein wichtiger Tag. Wir standen alle in der Wiese und suchten die Büschel dieser herrlichen kleinen Blumen.

„Für wen pflückst du eigentlich Schneeglöckchen, du hast doch gar keine Mutter!" Ein dickes Mädchen sah mich mit dunkel blitzenden Augen an.

Warum müssen die mir immer wehtun? Der auffordernde Blick ließ mich nicht ausweichen. Mittlerweile sahen auch die anderen Kinder zu mir.

„Für meine Baba", sagte ich leise.

Plötzlich stellte sich ein anderes Mädchen neben mich, das ich gar nicht kannte. Sie war aus einer höheren Klasse. „Ich pflücke auch für meine Baba. Und Irina da drüben auch, die wohnt auch bei ihrer Baba. Wir können auch für unsere Babas pflücken. Sind auf jeden Fall auch Frauen." Sie lachte herausfordernd.

Das dicke Mädchen wandte sich ab und arbeitete weiter.

Ich sah das nette Mädchen erstaunt an. Wieder einmal eine gute Fee. Aber das Mädchen war auch schon wieder mit den Blumen beschäftigt. Vielleicht hatte sie gar nicht mir helfen wollen, nur sich selbst. Sie war ein robustes Mädchen, ihr schien es einfach nichts auszumachen, bei der Baba zu wohnen. Das war durchaus nicht so selten. Heimlich beobachtete ich sie von dem Zeitpunkt an immer, wenn ich sie sah. Und wünschte mir, auch so selbstbewusst sein zu können.

1978 | Sofia

Schiwkow lief in seinem Arbeitszimmer auf und ab. Nein, er lief nicht, er marschierte. Er lief nie.

Die Wut stieg in ihm hoch. Er hatte den Bericht zwar in winzige Fetzen gerissen, doch die Worte hatten sich tief in ihn eingebrannt. Diese Wanzen. Brechen aus seinem schönen Land aus und glauben dann, alle ihre Verleumdungen, ihre Bösartigkeiten herausspritzen zu können.

„Diese Wanzen – бъгове*", hatte er gesagt.*

Er hatte doch schon im Juni letzten Jahres im Politkomittee gesagt, dass die Aktivitäten von Markow gestoppt werden müssten. Jetzt wurde es aber Zeit. Er bestellte seinen Innenminister Stojanow zu sich. Jetzt musste etwas passieren.

In vier Wochen würde er siebenundsechzig Jahre alt werden. Das würde gefeiert werden. Groß. Das ganze Land würde ihn feiern. Er würde auch feiern. Mit seinem ganz persönlichen Triumph. Seine Arme waren länger, als die da draußen dachten. Überallhin, überallhin reichte seine Macht. Das würden die schon noch merken.

***

Es roch nach kaltem Männerschweiß bei diesem Treffen von drei Männern im KGB Hauptquartier. Das hier war keine der ganz leichten Entscheidungen.

Krjutschkow, Chef der Spionage, hatte seinem Vorgesetzten Andropow, der den KGB leitete, bereits erläutert, dass er vom bulgarischen Innenminister um Unterstützung gebeten worden war. „Es geht um einen Dissidenten, der in London Exil-Bulgaren und auch die Bulgaren in Bulgarien über Radiosendungen in staatsfeindlicher Weise aufwiegelt: Markow. Sie werden von ihm gehört haben."

Andropow nickte und sah seinen Mitarbeiter Kalugin fragend an: „Für wie gefährlich halten Sie diesen Markow? Ein wesentlicher Feind des Kommunismus?"

Kalugin zuckte mit den Schultern, er wollte gerade zu einer Antwort ansetzen, als Wladimir Krjutschkow heftig nickend begann, seinem Chef die Gefahren darzustellen, die von Markow ausgingen. Dass Krjutschkow später einmal Andropows Nachfolger in diesem Büro werden würde, wenn Andropow zum Staatschef der Sowjetunion aufstieg, wusste hier noch niemand. Aber ihre Seilschaft war immer schon sicher und fest. Da hielt Kalugin sich lieber etwas zurück.

Krjutschkow freute sich, sein Wissen preisgeben zu können: „Oh ja, von Georgi Markow spricht ganz Bulgarien. Markow arbeitet bei der bulgarischen Abteilung der BBC, *bei* Radio Free Europe *und bei der* Deutschen Welle. *Bei der* BBC *sendet er eher als Kulturreporter aus London, aber auf seinen Sendungen bei* Radio Free Europe *versucht er, den Kommunismus niederzumachen, er macht die bulgarische Elite, den ganzen Führungszirkel, aber allen voran Schiwkow, lächerlich und er erreicht damit eine immer breitere Zuhörerschaft. Diese Sendungen sind hochgradig politisch, direkt von diesem amerikanischen Propagandasender gegen uns, gegen den Kommunismus gerichtet. Jetzt gerade hat er die Geschichte ‚Des Kaisers neue Kleider' nacherzählt, und dann ganz höhnisch darauf angespielt, Schiwkow habe offensichtlich keine Kleider an, ob man nicht mal ein paar unvoreingenommene Kinder nach Bulgarien schicken könne, die dies sofort erkennen würden. Diese Geschichte wird in den bulgarischen Wohnzimmern weitererzählt und hat dem Genossen Schiwkow beträchtlich geschadet. Vor allem aber wird Schiwkow durch das ruiniert, was Markow auch an privaten Details von Schiwkow weiß und jetzt im Radio erzählt. Ja, Markow schadet dem Kommunismus insgesamt wesentlich. Ich unterstütze die Meinung absolut, dass man solche Staatsfeinde eliminieren muss."*

Andropow wiegte sein Haupt. Eigentlich ging ihm das zu weit. Er lief gemessenen Schrittes drei Bahnen auf und ab. „Das erscheint mir ein hoher Einsatz, oder?"

Krjutschkow hob die Hände: „Ein Feind des Kommunismus ist auch unser Feind. Bulgarien ist unser Bruderstaat. Ich denke, wir sollten unterstützend eingreifen."

Andropow nickte. „Machen Sie beide das mal. Aber nur mit technischer Hilfe, mehr nicht!" Bevor die beiden gingen, rief er ihnen noch mal zu: „Und möglichst ohne Spuren! Am besten weder nach Bulgarien noch nach Russland. Keine Spuren!"

Krjutschkow grinste in sich hinein, als er aus dem Büro kam. Das war eine Sache für ihn. Dieser Angelegenheit würde er sich ganz persönlich annehmen. Man durfte den Feinden des Kommunismus so ein dreistes Verhalten nicht durchgehen lassen. Die sollten bloß nicht glauben, dass sie im Westen alles machen konnten. Und ihm ging bereits im Kopf herum, wie er diese Sache angehen könnte. Der Leiter des berühmt-berüchtigten Labors Nummer 12 *in Moskau hatte ihm letzte Woche das passende Gerät vorgeführt. Eine winzig kleine, tödliche Waffe, nicht größer als ein Kugelschreiber, die sich beispielsweise wunderbar an der Spitze eines Regenschirms festmachen ließe. Ein kurzer Stoß, vielleicht nur ein „Ausrutscher" des Regenschirms, würde genügen, um jemandem ein stecknadelgroßes Platinkügelchen fast unbemerkt unter die Haut zu injizieren. Die Wachs-Hülle löste sich in wenigen Stunden auf und das absolut tödliche Pflanzengift Rizin konnte so ungehindert in den Körper gelangen. Rizin hatten sie schon 1945 getestet, damals mussten hunderte deutsche und japanische Kriegsgefangene dafür sterben, aber die Wirkung kannten sie nun ganz genau. Zwei bis vier Tage dauerte es, je nach Konstitution, bis zum Exitus. Wenn man Glück hatte, bemerkten weder Opfer noch Ärzte die Ursache des plötzlichen Todes. Rizin war kaum nachweisbar.*

Wunderbar, Krjutschkow könnte das technische Know-how des KGB nutzen, um ihre Zielsicherheit bei der Bekämpfung von Staatsfeinden des Kommunismus zu zeigen. Das war ein Fall für ihn. Und keine

Spur würde nach Bulgarien führen – ganz wie Genosse Schiwkow es wünschte.

Nur eine Woche später erhielt Kalugin den Befehl und schickte zwei KGB-Agenten mit den Mordwerkzeugen nach Sofia.

***

Todor Schiwkow war begeistert über die Vorführung der zwei KGB-Agenten. Im Innenministerium ließ er sogleich ein kleines Lager für diese ganz speziellen Regenschirme einrichten. Was für eine herrliche Waffe! In seinem Kopf malte er sich die Gelegenheiten aus, zu denen er diese wunderbaren Instrumente benutzen konnte. Markow, ja, was für eine elegante Lösung für Markow. Aber vielleicht noch nicht sicher genug, bei Markow wollte er ganz sicher gehen.

Er ließ den Leiter der Staatssicherheit kommen, der auch mit Begeisterung an der Vorführung teilgenommen hatte. „Wir probieren den Regenschirm aus. Paris. Kostow."

Der Leiter der Staatssicherheit nickte. Er kannte Wladimir Kostow. Auch er war ein bulgarischer Dissident und Mitarbeiter von Radio Free Europe.

Schon wenige Tage später schickte er zwei bulgarische Geheimagenten nach Paris.

1978 | Paris

Wladimir Kostow stand am Ausgang der Metro-Station Charles de Gaulle und blickte zum Arc de Triomphe. Manchmal hielt er einfach nur inne, um ein- und auszuatmen und die Pariser zu beobachten. Welche Leichtigkeit! Sie schlenderten, als ob sie ihr Leben lang nur auf dem Weg ins Café wären. Und diese französischen Frauen! Sie wiegten ihre Hüften im Takt der Freiheit. Kostow liebte dieses Gefühl von Freiheit und Leichtigkeit, und wenn er einen kurzen Stich Heimweh nach seinem Land und seinen alten bulgarischen Freunden verspürte, hielt er inne, um frei ein- und auszuatmen und die Menschen hier zu beobachten. Dann wusste er wieder, dass dies alles es wert gewesen war, um hier sein zu können. Er hatte das Leben als bulgarischer Geheimdienstoffizier einfach nicht mehr aushalten können. Er wollte hier sein und in Freiheit leben. Die Augustsonne brannte an diesem Nachmittag stechend auf die Menschenmenge herunter. Er freute sich schon auf den Spaziergang in den Gärten der Tuilerien, den er am Abend mit seiner Frau Natalya geplant hatte.

Natalya, die sich auch gerade umgesehen hatte, holte ihn wieder in die Realität zurück. „Komm, lass uns gehen.“ Sie hakte sich unter und ließ noch den Strom der Menschen vorbei, die von der Rolltreppe fortstrebten.

Für ihn und Natalya war es die richtige Entscheidung gewesen, in Paris zu bleiben. Obwohl die Konse-

quenzen für ihre Familien in Bulgarien bitter gewesen waren. Verhöre, falsche Behauptungen über ihn und Natalya, bittere Verleumdungen des bulgarischen Regimes. Öffentlich wurde sogar seine ganze Familie totgesagt.

Und nicht einmal in Paris konnten er und Natalya sich ganz sicher fühlen. Vor Kurzem erst hatte ihm ein gut informierter Freund erzählt, dass er das Thema des berüchtigten Morgenkaffees bei Schiwkow gewesen sei. Stojanow, der Innenminister, der damit auch zuständig für die Staatssicherheit war, habe berichtet, dass es Markow gewesen sei, der ihn, Kostow, zur Flucht überredet hatte. Und Stojanow habe erklärt, dass sie beide „antibulgarische und antisozialistische Propaganda" über das Radio betrieben. Dabei hatte Georgi, den er bei der Arbeit bei Radio Free Europe *natürlich traf, nichts mit seiner Entscheidung zu tun, nicht mehr in ein kommunistisches Bulgarien zurückzukehren. Vielmehr ärgerte ihn die immer weitergehende Sowjetisierung seines Landes.*

Aber die Warnung seines Freundes war klar gewesen. Schiwkow mochte keine Dissidenten, keine inatschemisleschti – Andersdenkende –, gleichgültig, ob in Bulgarien oder im Ausland.

Plötzlich spürte er einen Schlag im Rücken. Er fluchte. Was war das? Hatte ihn da jemand im Gedränge vor der Rolltreppe so heftig angerempelt? Als er sich umsah, entschuldigte sich jedenfalls niemand aus der Menge, die ihn umgab.

„Natalya, mir hat jemand gerade etwas in den Rü-

cken gestoßen, sieh doch bitte mal nach. Das hat richtig wehgetan."

Als Natalya versuchte, die schmerzende Stelle zu untersuchen, fand sie nur eine leicht gerötete Stelle, die aussah wie ein winziger Mückenstich. Kostow rieb sich den brennenden Rücken. Vielleicht hatte sich eine Wespe unter sein Hemd verirrt.

Um sie herum hasteten die Menschen weiter aus der Metro-Station heraus. Kostow hatte der seltsame kurze Schmerz die Stimmung verdorben, über das Leben in Freiheit zu sinnieren. Nach einem weiteren Blick auf den Triumphbogen fügte er sich in den Strom der Menschen ein und lief zusammen mit Natalya weiter.

Wenige Stunden später bekam Wladimir Kostow rasende Kopfschmerzen. Im Minutentakt kletterte die Quecksilbersäule des Fieberthermometers hoch.

Natalya saß neben seinem Bett und erneuerte stündlich die Wadenwickel, doch der Arzt beruhigte beide, dass dies ein starker Infekt sei, der eben Zeit zum Heilen brauche. Als Kostow auf seinen Stich hinwies und fragte, ob es in Paris vielleicht auch Malariamücken gebe, schüttelte der Arzt lachend den Kopf.

„In der Schule hatte ich nie Schwierigkeiten: gute Betragensnoten, alle Normen erfüllt, gute Schulnoten“, erklärte ich Enno. „Wir waren doch ganz einfache Bauern. Also genau das, was das Regime eigentlich wollte. Und meine Lehrerin Lelja Gana Kolewa hat bestimmt auch viel für mich bewegt. Nein, meine Baba konnte jedes Jahr beruhigt zur Lehrerin gehen. Obwohl sie es nie gerne tat, denn alles Offizielle war ihr verhasst. Wahrscheinlich fürchtete sie sich immer etwas davor.“

Ich dachte nach.

So ging die Baba also durchaus misstrauisch, aber auf dem Rückweg immer auch sehr stolz, zu meiner Lehrerin.

Aber ein einziges Mal, da lachte sie nicht, meine Baba, als sie am Ende der siebten Klasse zu meiner Lehrerin gerufen wurde.

Sie kam nach Hause und blickte ungewohnt ernst. Nicht so sorgenvoll wie bei den Briefen mit den Zahlungsaufforderungen, aber auch keineswegs so rundherum stolz wie sonst, wenn sie von meiner Lehrerin zurückkehrte. Ernst, zweifelnd, als ob sie eine schwerwiegende Entscheidung abzuwägen hätte. So streng sah sie mich an, bevor sie sich an den Küchentisch setzte und sich einen Slivova eingoss.

„Anelija", begann sie mit einem tiefen Blick in meine Augen. „Anelija, deine Lehrerin, Lelja Gana Kolewa, hat mir erklärt, dass du die Klassenbeste bist, mit Abstand, mit weitem Abstand vor allen." Daran war doch nichts Neues. Und wie sie jedes Wort betonte und ganz langsam und würdevoll sprach, gar nicht mehr wie meine Baba. „Sie hat gesagt, wir *müssen*, wir *müssen* dich auf das Gymnasium gehen lassen. Eine Schande wäre das sonst, eine Schande. Und sie hat auch mit dem Leiter der Kooperative darüber gesprochen. Eine Schande für die neue kommunistische Gesellschaft. Du …", hier schluckte sie und sah mich wieder so ernst an, „du bist der neue Mensch. Der neue Mensch des Kommunismus, das hat sie gesagt. Ein Arbeiter- und Bauernkind, das alle Möglichkeiten bekommen soll. Hat sie gesagt."

Nun war ihr Blick sorgenvoll. „Der neue Mensch des Kommunismus." Auch wenn die Baba nicht – wie die anderen, wenn sie alleine waren – von den verdammten Roten oder sogar den Rotärschen sprach, wobei ich selbst immer gleich rot wurde, so wusste ich doch ihre kritischen Blicke genau zu deuten, wenn das Gespräch auf die Kommunisten kam. Die mochte sie nicht. Ich hatte mittlerweile schon verstanden, dass sie unser Präsidentenbild nur an die Wand hängte, wenn fremde Leute da waren.

Ein langes Zögern. „Und der Kooperativenleiter glaubt jetzt auch, dass du der neue Mensch des Kommunismus bist", es fiel ihr sichtlich schwer, weiterzusprechen, „und die Lehrerin Lelja Gana, und der Kooperativenleiter Ganjo Popow, die wissen beide, dass wir uns das Gymnasium nicht leisten können, die Fahrt dorthin, kein Verdienst in dieser Zeit. Und deswegen haben sie sich etwas ausgedacht."

Die Sekunden erstarrten, als mir langsam klar wurde, dass hier und jetzt meine Zukunft entschieden wurde. Nie hatte ich daran gedacht, auf das Gymnasium zu gehen, keiner aus unserer Familie war je auf das Gymnasium gegangen. Das Gymnasium war in Pazardzhik, dort, wohin wir drei Stunden liefen, um zum Markt zu gelangen. Es erschien mir weit entfernt.

Missmutig hatte ich immer die Gedanken an meine Zukunft verdrängt, denn ich wusste genau, dass es für mich nur zwei Möglichkeiten gab. Entweder Majka holte mich nach Deutschland, wie sie es in ihrem ersten Brief, danach jedoch nie wieder, versprochen hatte. Oder ich würde leben wie Baba, wie Baba Milena und wie alle Frauen meiner Familie zuvor. Auf dem Feld arbeiten, mich um die Schafe und die Hühner kümmern und alle paar Wochen in die Stadt auf den Markt gehen.

Denn außer Schreiben konnte ich doch nichts.

Langsam, ganz langsam ging die Erkenntnis in mir auf. Wenn ich auf das Gymnasium durfte, dann musste ich nicht aufs Feld, nicht in den nächsten Jahren. Was für ein Gedanke. Er duftete nach weißem Papier.

„Du könntest für die Kooperative arbeiten, im Büro des Kooperativenleiters Ganjo Popow." Zweifelnd sah mich die Baba an. „Jeden Tag drei Stunden nach der Schule. Dann würde das Geld für das Gymnasium reichen, vielleicht sogar ein bisschen mehr. 10 Lewa pro Woche bekämest du dafür."

10 Lewa, das war ein Vermögen für uns, die wir doch fast nie Geld hatten. Einen Zehn-Lewa-Schein nannten wir einen blauen Dimitrow, weil der ehemalige Ministerpräsident darauf abgebildet war. Das wären im Monat vier oder fünf blaue Dimitrows oder sogar zwei braune Dimitrows, wie ich mir sofort ausrechnete. Eine unvorstellbare Summe für mich. Geld genug, um hin und wieder Fleisch zu kaufen.

Ich weiß nicht mehr, wie lange die Baba und ich uns ansahen. In ihren Runzeln las ich wie in einem Buch. Sie musste eine Entscheidung für mich treffen, eine Entscheidung, die größer war als alles, was sie bisher überhaupt in ihrem überschaubaren Leben hatte entscheiden müssen. Ich konnte sehen, wie sie die Ehre, die Chance, das Geld, abwog gegen die Ungewissheit, die Abneigung gegen die Roten, die Angst, ihre Kleine in deren Fänge zu geben. Was für eine Unsicherheit, was für eine Entscheidung.

Als mir klar wurde, dass nichts entschieden war, dass diese Entscheidung zu groß für die Baba war, umarmte ich sie und flüsterte ihr ins Ohr: „Ich will, Baba, ich will!"

Es war das erste Mal, dass ich zu meiner Baba „Ich will" gesagt hatte. Ich wusste auch ganz genau, dass ich das wirklich wollte.

Und dann weinte ich, zum ersten Mal seit den Nächten, in denen Majka verschwunden war, laut und ohne die Tränen zu unterdrücken. Und meine Baba weinte auch. Genauso wie Baba Milena, als wir ihr von unserer Entscheidung erzählten. „Anelija, unsere Anelija", sagte Baba Milena an diesem Abend ungefähr hundert Mal, und ich bekam, ob ich wollte oder nicht, meinen ersten Slivova, der mich kurz darauf in einen tiefen Schlaf fallen ließ.

1978 | Sommer in London

Georgi betrachtete zufrieden die monatliche Gehaltsabrechnung der BBC. *Auch seine wöchentliche Sendung in bulgarischer Sprache, „Reportagen über Bulgarien von anderswo", bei* Radio Free Europe *war außergewöhnlich erfolgreich. Seine bulgarischen Freunde hatten Georgi erzählt, dass zu den Ausstrahlungszeiten die Straßen in Bulgarien immer ein wenig leerer waren, obwohl das Regime versuchte, den Empfang der Sendungen von* Radio Free Europe *durch spezielle Anlagen zu stören.*

Es ging ihm rein finanziell so gut wie noch nie. Und er war verheiratet, wer hätte das je von ihm gedacht? Aber er hatte sich einfach die schönste und klügste Frau in seiner Nähe ausgesucht, eine Journalistin. Und sie hatte Ja gesagt.

Ein Jahr nach der Hochzeit hatten sie eine Tochter bekommen. Nie hätte er gedacht, dass er so vernarrt in dieses kleine Kind hätte sein können. Er hatte ein neues Leben vor sich. Er sah sich in seinem hübschen Haus um und fragte sich zum tausendsten Mal, wie er weitermachen sollte.

Seine Frau war zutiefst erschreckt gewesen, als im Mai ein bulgarischer Landsmann zu ihm nach Hause gekommen war und ihm gedroht hatte, man werde ihn liquidieren.

Liquidieren. Er hasste dieses Wort. Hier im Westen

kannte man es nur aus Agententhrillern. In Bulgarien war es absolut üblich. Liquidieren, oder – noch schöner – „physisch liquidieren“.

Liquidieren. Wenn man es oft genug vor sich hin sagte, klang es wie ein geträllertes Lied.

Seine Radiosendungen sollte er einstellen. Sofort.

Da musste er lachen. Nicht seine Bücher waren das Schlimmste, das Schlimmste war, dass er sich über Schiwkow lustig machte, jede Woche im Radio, dass er beschrieb, wie Schiwkow die Künstler des Landes eingeladen hatte, wie er sie mit Privilegien verführt hatte, wie er sie manipulierte, wie er und sein Hofstaat skrupellos ihre Vorteile genossen. Er machte sich lächerlich über Schiwkow und seine Apparatschiks.

Ist das nicht eigentlich läppisch? Nein, es war das Schlimmste, was man einem Diktator antun konnte, ihn der Lächerlichkeit preisgeben. Diese Sendungen aufgeben, dann würde alles gut. Keine Drohungen mehr, ein Leben ohne Angst. Georgi griff zu einem silbern gerahmten Foto, das auf dem Kaminsims stand und betrachtete es lange. Seine Tochter war einfach herzzerreißend süß. Musste er nicht für sie diese Sendungen aufgeben?

Seine Gedanken wanderten zu seiner Familie in Bulgarien, zu den Kindern dort, die in permanenter Angst aufwuchsen. Nein, es ging nicht, er konnte nicht aufhören. Für diese Kinder dort musste er weitermachen.

Von nun an änderte sich bei mir alles, die Zeit der Kindheit war vorbei. Um fünf Uhr stand ich auf, um ins Dorf zu laufen und den Sechs-Uhr-Bus nach Pazardzhik zu nehmen. Dort lag das Gymnasium, ein imposanter, älterer Bau mit einer Wendeltreppe aus Stein, die mir bis heute in Gedanken Respekt einflößt. Durchaus kritisch nahmen mich die Lehrer dort auf, zollten jedoch meinem unermüdlichen Fleiß Anerkennung. Auch hier zeigte ich gute Leistungen, aber es wurde schwer für mich. Oft nutzte ich die Pausen, um mich in den Winkel unter der Treppe zu verziehen und bereits meine Hausaufgaben zu machen, denn nach der Schule wartete die Arbeit im Büro der Kooperative. Ich blieb ein Einhorn, eine Einzelgängerin. Immer hatte ich das Gefühl, bei meiner Familiensituation – Mutter in Deutschland, Vater unbekannt – dankbarer als alle anderen Schüler dafür sein zu müssen, dass ich auf dieser Schule sein durfte. Ich hatte keine Freunde, ich hatte einfach keine Zeit dazu, und ich blieb misstrauisch, denn den anderen durfte ich meine Gedanken nicht anvertrauen.

Bei der Einführungsrede sagte der Direktor: „Wir befinden uns im reifen Sozialismus." Ich fragte mich, was wohl der reife Sozialismus sein mochte. War ein Apfel reif, so fiel er vom Baum. Wohin fiel der Sozialismus, wohin Bulgarien, wohin die Menschen? Tief, zuerst einmal fielen sie tief.

Und ich war doch der neue Mensch des Kommunismus, des reifen Sozialismus, dem ich alles zu verdanken hatte. Ich fühlte mich eher wie ein fauler Apfel am Baum des überreifen Sozialismus.

Der Direktor redete von einer freien und gerechten Gesellschaft, von Kindern, die frei und gerecht aufwachsen dürften. Ich sah den anderen Kindern in die Augen und fragte mich, ob man uns die Freiheit an den Augen ansehen könne.

Meine Blicke wanderten zu dem riesigen Bild von Todor Schiwkow, das hinter dem Direktor prangte. Unter der Stirnglatze lagen in tiefen Augenhöhlen dunkle Augen. Das Bild hing überall, in jeder Schule, in jedem Amt, in jedem Haus; oft hing es über der Ecke, in der auch die Ikonen standen oder früher gestanden hatten. Nur bei uns lag er hinter der Slivova-Flasche – weil er „gerade" heruntergefallen war. Sein Anblick war so allgegenwärtig, dass ich ihn mir nie angesehen hatte, er war einfach immer da. Der Zug um seinen Mund sollte entschlossen wirken, die tief eingekerbte Stirnfalte zeigte mir aber, dass er nicht immer so entspannt wie auf dieser Fotografie war. Sind das die Augen von einem, der uns die Freiheit bringt? Es rann mir kalt über den Rücken. Ich versuchte mich auf die Rede des Direktors zu konzentrieren, obwohl ich nun das Gefühl hatte, Schiwkows Augen durchbohrten mein Hirn. Ich hatte doch nichts gesagt, oder? Oh nein, alles war still, außer Schiwkow sah keiner zu mir. Gut so. Sei wachsam, Einhorn.

„Seid bereit!“, rief der Direktor als Abschluss den Pioniergruß. „Immer bereit“, antworteten die Schüler wie aus einem Mund. Ich wappnete mich, beim nächsten Mal auch mit zu antworten.

Nach der Schule fuhr ich mit dem Bus zurück ins Dorf und lief direkt zum Kooperativenleiter Popow, dessen Frau mir oft eine Kartoffelsuppe oder zumindest eine Kiselo Mlyako, die herrliche, saure Milch mit einem Stück Brot hinstellte, wofür ich immer sehr dankbar war. Dann schrieb ich für Ganjo Popow Briefe ab, die er mir diktierte. Bald begann ich dabei, seine ungelenken Sätze umzudrehen, wie man es mir in der Schule beibrachte, ich wechselte die Wörter aus, die nicht wirklich den Sinn dessen trafen, was er ausdrücken wollte und schrieb ab und an noch einen weiteren erklärenden Satz hinzu, damit der Empfänger wirklich wusste, was der Kooperativenleiter von ihm wollte. Nach dem Diktat ließ Ganjo Popow mich die Briefe immer noch einmal vorlesen. Anfangs runzelte er noch die Stirn bei den ersten Veränderungen, aber bald nickte er nur noch und verkündete, ohne je meine Veränderungen zu kommentieren: „Du kannst ihn so losschicken, Anelija.“

Ganjo Popow war damals zwischen vierzig und fünfzig Jahre alt, undefinierbar alt für mich. Sein blonder, borstiger Schnurrbart hüpfte auf und ab, wenn er mir die Briefe diktierte. Dazu dirigierten seine kleinen, dicken Finger die Worte, die ich schon deswegen verändern musste, damit sie nicht ebenso klein und dicklich wurden wie diese mir unangenehmen Handbewegungen.

Er ließ mich viel arbeiten, jeden Tag mindestens vier Stunden. Aber oft, wenn er von einem Bauern einen ganzen Korb voll Würste, Mais, Milch oder Slivova erhielt, steckte er mir etwas davon zu.

Auch wenn es spät am Abend war, warteten Baba und Baba Milena mit dem Abendessen auf mich. Dann musste ich ihnen erzählen, was ich in der Schule gelernt hatte, welche Briefe Ganjo Popow geschrieben hatte und wer zu Besuch im Büro des Kooperativenleiters gewesen war. Hatte ich noch für die Schule zu lernen, so saß ich bei Kerzenlicht am Küchentisch, bis mir die Augen zufielen. Dann weckte mich die Baba sanft auf und schickte mich ins Bett.

Es ging uns gut, so gut wie nie in den Jahren zuvor. Und meine Babas genossen das sehr. Dass sie ein schlechtes Gewissen hatten, merkte ich nur daran, dass ich zu Hause nicht mehr arbeiten musste, dass ich die Kerze in der Nacht so lange brennen lassen durfte, wie ich wollte und dass mir beim Essen zuerst aufgetan wurde, so wie in den anderen Familien dem Vater und dem Großvater.

Am Sonntag arbeitete keine von uns dreien. Nach der Kirche aßen wir zu Mittag, fast immer Fleisch, ein Stück Huhn, Lamm oder Schwein. Baba Milena steckte die köstlichsten Fleischstücke zusammen mit Paprika und Mais oder Speck und Schinken auf Spieße. Und die Baba gönnte sich sogar ab und an ein Bier dazu, ein Zagorka. Danach saßen wir am Tisch, Baba nähte, ich las und Baba Milena sah zufrieden zum Fenster hinaus. Für mich hätte es ewig so bleiben dürfen.

1978 | London

Georgi hatte eigentlich nur ganz kurz bei Teodor Lirkoff vorbeisehen wollen, aber Teo hatte ihn nicht mehr gehen lassen. Georgi musste sich hinsetzen, Teo schenkte ihm ungefragt ein Glas Wein ein und redete eindringlich auf ihn ein. „Georgi, du musst jetzt aufpassen. Alle unsere Informanten berichten, dass du der Staatsfeind Nummer eins bist. Ab jetzt musst du dein Leben umstellen. Iss nichts mehr bei Fremden, pass auf, wenn du in einer Menschenmenge bist, lasse dich mit niemandem ein, den du nicht kennst, besonders nicht mit Frauen. Machst du ja hoffentlich sowieso nicht mehr. Ist dir das klar?“

Georgi nickte betreten. Er nahm einen Schluck aus dem Weinglas, das Teodor ihm aufgezwungen hatte. Bei Teo mangelte es nie an alkoholischen Getränken. Er nahm noch einen Schluck. Wie oft würde er noch sein Leben umstellen müssen, bis wohin würden sie ihn noch verfolgen? Manchmal ging auch ihm die Kraft aus.

Teodors Schwester saß auch am Tisch. Sie sah betreten nach unten. Sie wollte Georgi nicht in die traurigen Augen sehen. Sonst würde sie Schwierigkeiten haben, später den Bericht zu verfassen. Wohin Georgi ging, wann er zu Bett ging, welche Freunde er besucht hatte, wie es um seine Ehe stand. Alles, was sie von ihm hörte, schrieb sie auf und übergab es ihrem Mittelsmann. Ja, es war falsch. Aber es ging um ihren Sohn. Wenn sie das hier aufschrieb, könnte sie ihn aus Bulgarien rauskriegen, sie würden ihn rauslassen, das hatten sie versprochen. Wer weiß, was sonst mit ihm passieren würde. Da konnte sie doch die paar Details aus Georgis Leben aufschreiben. Wem würde es schaden, wenn sie schrieb, wie sehr er Frau und Tochter liebt? Wem würde es schaden? Ihr Sohn, sie musste ihn einfach rauskriegen.

1985 | Pazardzhik

Am Ende eines Schultages steckte mir mein Literaturlehrer ein Buch zu, als die anderen bereits gegangen waren.

„Anelija, versuch mal, ob du das schon lesen kannst. Es ist das Buch eines deutschen Autors, natürlich ins Bulgarische übersetzt. Für mich selbst war es eines der ersten großen Stücke Weltliteratur, die ich gelesen habe, und ich habe es geliebt. Es geht, neben vielem anderen, um ein junges Mädchen, die kleine Tony, ein kluges, etwas vorlautes Mädchen, das mit vielen Schicksalsschlägen fertigwerden muss.

Der Lehrer zögerte und fuhr, einen offiziellen Tonfall einnehmend, fort: „Unserer Partei gilt das Buch als Vorzeigestück, wie der Kapitalismus verfällt."

Und dann wieder in einem vertrauten Ton: „Ich fand das Buch einfach wunderbar. Eigentlich bist du noch zu jung dafür, aber du wirst das schaffen. Ich schenke es dir."

Ich trug das Buch wie einen Schatz nach Hause. Und begann zu lesen. Jeden Abend im Schein der Kerze. Manches war schwierig für mich, die Sätze klangen seltsam gestelzt. Vieles musste ich mehrfach lesen, um es ganz zu verstehen, aber die Geschichte zog mich in ihren Bann. Wie ich mit Tony litt, wie ich sie wegen ihrer falschen Entscheidungen verfluchte: die schreckliche Ehe mit dem Münchner Hopfenhändler Permaneder. Wie traurig dieser scheinbar unaufhaltsame Verfall der zuerst so vornehmen und reichen Familie war.

Die *Buddenbrooks* wurden mein Eintritt in die Literatur. Ich liebte dieses Buch, auch wenn es mir einen schrecklichen Traum bereitete.

Im Traum sah ich meine Majka. Ein grobschlächtiger Mann in bayrischer Tracht hielt mit Gewalt ihren Arm fest. „Franz Permaneder", sagte er, „nicht Permanederow. Und du, meine Liebe, heißt auch nicht Permanederowa." Meine schöne, blutjunge Mutter winkte mit der freien Hand zu mir. Ihr Blick sollte aufmunternd sein, doch ich konnte das Leiden darin sehen. „Bald, meine Anelija, komme ich zu dir, und dann hole ich dich in den Himmel. Ohne Permaneder, den lassen wir zurück in seinem großen Haus." Da begann der bayrische Mann von einem Tisch riesige, blitzende Kristallgläser zu nehmen und diese auf Majka und mich zu werfen. Wir versuchten, uns zu ducken und fortzulaufen, aber meine Mutter schien nicht von der Stelle zu kommen. „Renn du fort, Anelija, du bist doch meine Tochter, renn fort, hol dir den Himmel."

Und obwohl ich es nicht wollte, begannen meine Füße zu laufen, bis meine Mutter nur noch winzig klein erschien, wenn ich mich umdrehte. Immer noch flogen die Kristallgläser auf mich zu und ich musste weiterrennen.

Mit Todesangst erwachte ich.

Ich war schweißnass. Ich setzte mich auf und versuchte, mich zu beruhigen.

***

Nach der Lektüre der *Buddenbrooks* bekam ich immer wieder etwas von meinem Lehrer zu lesen. Es waren immer Autoren, von denen er dachte, sie mir zutrauen zu können: natürlich die großen Bulgaren – Botew und Slawejkow, Trajanow und Wasow –, aber ebenso Dostojewski, Tolstoj, die Odyssee, Dickens und Shakespeare. Nur häppchenweise und nur so, dass mein jugendlicher Verstand auf seine Weise die Geschichten verstand.

Mit dem Lesen eröffneten sich mir ganz neue Welten. Am Gymnasium gab es eine Bibliothek, die mir schon beim Eintritt den vielversprechenden Duft nach alten Buchseiten, nach Abenteuer und Erkenntnis entgegenwehte. Ich schnüffelte gerne in Bücher hinein, bevor ich sie las, und besonders die alten Bücher erzählten mir eine Geschichte, die neben jener, die in ihnen stand, geschehen war.

In dieser Bibliothek durfte ich mir so viele Bücher ausleihen, wie ich wollte, was mir von Anfang an als ungeheuerliches Geschenk erschien. Am Anfang erkundete ich die vorderen Regale mit bulgarischer Literatur. Ich las Paisij Chilendarski, Hristo Botew, Ljuben Karawelow und Iwan Wasow. In ihren Geschichten lebte ich mit unterdrückten Helden, die gegen Verrat und für die Freiheit kämpften. Jeden Abend schlief ich erst ein, wenn mir die Augen zufielen und mir das Buch im Bett aus den Händen glitt. Dann verfolgten mich die meist männlichen Helden in meinen Träumen und auch ich setzte mich gegen alle Widerstände für die hehren Ziele von Freiheit und Vaterlandstreue ein.

Und in meinen Träumen entstand eine Sprache, die manchmal nur aus aneinandergereihten Worten, die ganz neuen Sinn entfalteten, zusammengesetzt war. Ich träumte von Worten, die mit dunkelblauer Schrift auf weißen Wolken zu mir flogen. „Im Entstehen verschwindend-fragende Zeichen" stand dort etwa und ich begann nachzugrübeln, was für ein Hinweis dies sein könnte. Obwohl ich schon wusste, dass es so war, mir aber die Bedeutung noch nicht klar wurde, umflog mich eine neue Wolke: „Sprache ohne Fragezeichen". Ob ich die wohl finden konnte? Im Bulgarischen? Oder in einer anderen Sprache? Eine ganz kleine Wolke winkte mir zu, darauf stand: „Ver-sprochen". Als ich aufwachte, ärgerte ich mich über diese Wolke. Nur schelmisch hatte sie mir etwas versprochen, sich in Wirklichkeit nur ver-sprochen.

Manchmal hatte ich schon Angst vor dem Einschlafen.

Meist aber wachte ich auf und notierte mir die Worte, die gerade noch in meinem Traum einen so tiefen Sinn gehabt hatten: Freiheit – im Entstehen verschwindend-fragende Zeichen – sommervergessen – wahr-genommene Bewegung – ver-sprochen …

Ich notierte die Gedankensplitter in einem kleinen Heft mit einem schwarzen Ledereinband, das mir Lelja Gana einmal geschenkt hatte. Diese Worte, die für andere sinnlos waren, wurden für mich zu einer Sprache ohne Fragezeichen. Wenn ich diese Worte las, konnte ich wieder den Sinn meiner Träume entschlüsseln. Es war die Zeit, in der mir klar wurde, dass Worte mir alles bedeuteten.

Später entführten mich Pentscho Slawejkow, Pejo Jaworow und Dimtscho Debeljanow in die Welt der Fragen der Existenz und der Metaphysik. Und dann entdeckte ich die Lyrik, etwa die von Daltschew, und wusste, dass ich in den Freiräumen dieser Worte, in den Auslassungen zwischen den Zeilen, das finden konnte, was ich selbst fühlte.

Die Bücher wurden meine Heimat und mein Sehnsuchtsort, meine Ankunft und meine Reise. Auch wenn ich das meiste von dem, was ich las, nicht vollständig verstand, höchstens erahnte. In meinen Träumen blühte alles auf, dort lebte ich wirklich und verstand alles.

Schließlich fand ich ganz hinten in der großen Schulbibliothek in den zwei untersten Regalreihen ein Schild mit den Worten „Deutsche Literatur". Die Werke waren ins Bulgarische übersetzt. Nicht viele Bücher waren es, aber ich las sie alle. Ich begann bei dem Autor, der fast ein halbes Regalbrett einnahm:

Thomas Mann. Und ich begann – natürlich – noch einmal mit den *Buddenbrooks.* Was für eine Welt! Ich wurde wieder zu Tony Buddenbrook, ich amüsierte mich in ihrer Lübecker Kaufmannswelt, ich litt mit ihr, als der bayrische Permaneder sie vereinnahmte.

Und plötzlich verstand ich, warum Majka nach Deutschland gegangen war. So lebte sie jetzt, in einer reichen Familie, mit Kristallgläsern und Würde. Deswegen war sie gegangen. Um so zu leben. Aber dafür alles aufgeben? In einer Welt der Bälle, des weißen Porzellans und der geschliffenen Gläser, in einer Welt der Leichtigkeit und Leichtfertigkeit. Aber ich verstand auch, dass dieses leichte Leben nur eine kurzfristige Illusion sein konnte, es hielt nicht stand, es zersetzte sich und jene, die darin lebten.

Ich glaubte zu verstehen.

Und ich las weiter, in der „deutschen Literatur“: Goethe, Schiller, Bertolt Brecht – der mir verdächtig nahe am Gedankengut der Pioniere zu stehen schien, wenn er mir auch zum ersten Mal ein Grundverständnis dafür abnötigte –, Hermann Hesse, Böll.

Vor allem aber standen jene Autoren da, die mit dem Kommunismus sympathisierten: Franz Werfel, Max Brod, Stefan Zweig, Lion Feuchtwanger, Anna Seghers oder Heinrich Mann. Mir wurden diese Bücher in den kommenden Jahren zu wahren Schätzen.

Sie schrieben ganz anders als unsere Autoren. Klar, trotz all der umständlichen Nebensätze, nie blumig, wenn auch bildhaft, ganz anders. Ich mochte diese

Sprache, deren Tonfall ich durch das Bulgarische hindurch nur erahnen konnte.

Ich entschied mich, Deutsch zu lernen.

In der Bibliothek gab es mehrere Deutschbücher, die ich alle auslieh und zu lesen versuchte. Nach etwa einem halben Jahr gelang es mir, die ersten Bücher auf Deutsch zu lesen. Eines der wenigen Bücher, das auf Deutsch in dieser Bibliothek vorhanden war, war *Der Struwwelpeter*. Ich las es mühsam und konnte es mithilfe eines Wörterbuches auch verstehen. Ein seltsames Buch, das mich irritierte. Seltsame Kinder, seltsame Eltern.

Als ich mir Hermann Hesses *Steppenwolf* auf Deutsch auslieh, sprach mich die Bibliothekarin an, und zwar auf Deutsch: „Anelija, sprichst du denn deutsch?"

Zum ersten Mal in meinem Leben tat ich dies dann wirklich und antwortete: „Nein, Rajna Kasabowa, ich versuche es zu lernen, aber ich spreche noch nicht."

„Du meine Güte, Anelija, deine Worte waren ganz korrekt, aber wie du sie aussprichst!" Sie versuchte, ihr Lächeln zu verbergen, was ihr jedoch kaum gelang.

Ich lachte und sprach wieder bulgarisch: „Ich weiß doch nicht, wie ich die Worte aussprechen soll. Woher sprechen Sie denn deutsch?"

„Ich komme aus einer deutsch-bulgarischen Familie. Bei uns zu Hause wurde nur deutsch gesprochen. Und selbst mit meinen Kindern spreche ich ausschließlich deutsch, auch wenn sie mehr und mehr versuchen, nur noch auf Bulgarisch zu antworten."

Die meisten Pausen verbrachte ich nun bei Rajna Kasabowa in der Bibliothek und sie erklärte mir geduldig, wie man all die fremdartigen deutschen Laute aussprach, und bald unterhielten wir uns nur noch auf Deutsch. Sie lenkte mein Bedürfnis nach Geschriebenem; sie legte mir ab und an die Bücher junger, bulgarischer Autoren hin, die sie mir empfehlen konnte, und streute dazwischen deutsche Bücher, die sie von zu Hause mitnahm, da ich die zwei Regalbretter deutsche Literatur und die wenigen auf Deutsch geschriebenen Bücher schnell gelesen hatte.

Eines Tages lud sie mich zu sich nach Hause ein. „Anelija, wir feiern Ostern immer sehr groß in unserer deutschen Gemeinde, die aus den umliegenden Orten zusammenkommt. Diesmal feiern wir bei mir in der Nähe von Plovdiv und ich würde dich gerne dazu einladen. Du kannst von Ostersamstag auf Ostersonntag bei mir übernachten. Möchtest du?"

Ich mochte. Und auch die Baba erlaubte es mir zu gehen.

Bei Rajna Kasabowa sah es ganz anders aus als bei mir zu Hause. Sie hatte ein kleines Häuschen, dessen grün lackierte Fensterrahmen mit den weißen Sprossenfenstern mir schon von Weitem auffielen. Innen bemerkte ich sofort die dicken, bunt gewebten Vorhänge und die flauschigen Teppiche, die alle Stimmen gedämpfter und wohlig-warm erscheinen ließen. An der Tür empfingen mich Rajna und ihr Mann. Schon der Anblick eines mir entgegenlächelnden Mannes in der Haustür schien mir fremd und schön zugleich. Nach einer herzlichen Begrüßung kamen Rajnas fünf Kinder auf mich zu und gaben mir die Hand. Das Wort Familie bekam hier für mich zum ersten Mal ein Bild, eine Bedeutung. Nach und nach kamen Verwandte und Freunde, bis etwa vierzig Menschen das Wohnzimmer und die Terrasse, auf der ebenfalls ein gedeckter Tisch stand, bevölkerten. Die ersten frühsommerlichen Sonnenstrahlen wärmten uns, so dass wir draußen sitzen konnten. Rajna fasste mich bei der Hand und stellte mich allen vor, obwohl mir bereits nach kurzer Zeit die Namen durch den Kopf wirbelten und ich den Bezug zu den vielen Gesichtern verlor. Neben einigen bulgarischen Namen hörte ich plötzlich von „Hans“ und „Günther“, von „Liese“ und „Lotte“. Nie zuvor waren mir Menschen in Bulgarien begegnet, die so deutsche Namen hatten. Und alle sprachen miteinander deutsch. Obwohl ich Mühe hatte, alles zu verstehen, konnte ich meistens den Sinn der Gespräche erfassen, schließlich ging es um einfache Dinge wie die Ernte, die Schule der Kinder oder die letzte Predigt in der Kirche. Mir wurde dabei klar, dass anscheinend alle in einen römisch-katholischen Gottesdienst gingen, von dem ich nicht wusste, wo er abgehalten wurde. Es war ein fröhlicher und freundlicher Nachmittag in einem so großen Familienkreis, wie ich es in meiner eigenen Familie nie erlebt hatte. Ich fühlte mich aufgehoben.

Nie haben mir die Eier so gut geschmeckt wie an diesem Tag. Ich saß auf der Holzbank, lauschte den Gesprächen und lutschte genüsslich an meinem Eigelb, als sich ein junger Mann neben mich setzte. „Du bist also das Goldstück, das Rajna in der Schule gefunden hat, habe ich gehört."

Ich sah ihn fragend an.

„Na, so eine Überfleißige, die ganz freiwillig Deutsch lernt." Ich nickte und blickte auf den Boden.

„Ganz freiwillig, einfach so?"

Ich zuckte mit den Schultern und wusste nicht, worauf er hinauswollte.

„Oder hast du deutsche Verwandte?"

„Nein." Ich hatte keine Lust, ihm zu erklären, dass meine Mutter – ohne mich – nach Deutschland gegangen war.

„Willst du abhauen?"

Ich sah ihn mit großen Augen an. Nur langsam dämmerte mir, was er mich da fragte. Ob ich fort wollte, fort nach Deutschland.

„Aha, wer nichts sagt, sagt auch etwas. Passt dir denn etwas hier nicht? Du kannst doch offensichtlich aufs Gymnasium gehen. Ist doch nicht schlecht, oder?"

Ich nickte. Etwas an seinem Tonfall gefiel mir nicht.

„Oder geht es dir schlecht hier in unserem Land?"

Als ich gerade zu einer Erklärung anheben wollte, bohrte sich mit scherzhaftem Ausdruck, aber offensichtlich schmerzhaftem Druck, der Zeigefinger von Rajnas Ehemann in die Schulter des jungen Mannes. „Junger Pionier, Bulgarien in allen Ehren, wir lieben es und wir wollen hier leben und hier bleiben, aber wir alle hier haben deutsche Wurzeln und wir dürfen deutsche Bräuche, deutsche Lieder und eine deutsche Arbeitseinstellung schätzen. Das kann uns kein Schiwkow verbieten. Und du auch nicht. Nun lass bloß die kleine Anelija hier in Ruhe, die darf sich sehr wohl auch für das Deutsche interessieren, ohne dass du gleich irgendetwas vermuten musst. Ist das klar, Peter?"

„Petăr", berichtigte der junge Mann missbilligend und verzog sich missmutig auf einen anderen Platz.

Mit zusammengezogenen Augenbrauen verfolgte Rajnas Ehemann den jungen Mann, bis dieser außer Hörweite war. „Anelija, wir alle hier lieben das Deutsche, es ist und bleibt unsere Heimat. Und wenn sich jemand anderes dafür interessiert, dann schätzen wir das sehr. Aber nicht alle sind so wie wir. Manche in Bulgarien betrachten uns misstrauisch und manchmal färbt das sogar auf unsere eigenen Kinder ab. Wir müssen eben alle miteinander vorsichtig sein. Aber das Deutsche an sich, das ist schon gut. Wir sind fleißiger als die meisten anderen Bulgaren, und es geht uns auch dementsprechend gut. Die deutschen Wurzeln sind gut."

Ich nickte. „Und Deutschland?"

Seine Stimme wurde etwas leiser. „Nun, ich selbst war nie in Deutschland. Seit Generationen lebt meine Familie hier. Wahrscheinlich kamen meine Vorfahren als Bergleute zur Förderung von Erz nach Bulgarien. Aber wir bewahren unsere Traditionen. Deutschland kenne ich nicht wirklich selbst, aber ich höre viel darüber. Natürlich geht es dort allen besser, es gibt mehr Arbeit und mehr zu essen. Aber vor allem gibt es eine Demokratie. Dort darf man sagen, was man will und was man denkt. Und keiner kann es einem verbieten. Aber ich sehe es so: Irgendwann wird es auch hier besser und wir – als Bulgariendeutsche – müssen daran arbeiten. So sehe ich das."

Er fuhr mir über den Kopf. „Nun iss mal schön, bist gar so dürr."

Ich aß und dachte nach, über geblümte Vorhänge, dicke Teppiche und die Freiheit, alles zu sagen, was man denkt. Alles schien mir gleichermaßen erstrebenswert.

Abends, als die anderen Gäste gegangen waren, zeigte mir Rajna im oberen Stockwerk ein Zimmer, in dem ich schlafen konnte. Wahrscheinlich war es eines der Kinderzimmer. Auch hier hingen dicke Vorhänge an den Fenstern und über das weiche Bett war eine bunte, gehäkelte Decke geworfen.

Ich wickelte mich wohlig in das warme Federbett ein und lauschte den deutschen Worten von Rajna und ihrem Mann, die noch im Wohnzimmer unten miteinander sprachen. Dem Klang der Stimmen und der Wortfetzen, die ich von hier oben verstehen konnte, nach zu urteilen, waren sie zufrieden mit ihrem Osterfest und teilten sich gegenseitig die gehörten Neuigkeiten mit.

Die deutschen Worte und ihre Klänge schwirrten mir an diesem Abend noch lange im Kopf herum.

Am nächsten Morgen herrschte bereits hektischer Trubel, als ich aufwachte. Die Kinder halfen mit, den Frühstückstisch zu decken. In dieser großen Familie schien alles Hand in Hand zu gehen. Meine Hilfsangebote wurden freundlich beiseitegeschoben. „Kommt gar nicht in Frage, Anelija, setz dich hin, gleich ist das Frühstück fertig."

Rajna schnitt von einem ungewöhnlich dunklen Brot dicke Scheiben ab, deren Kruste im Mund knusperte. Solch ein Brot hatte ich noch nie gegessen. Dazu gab es Butter, Honig und Marmelade. Alle redeten durcheinander, ich selbst genoss das Essen und die laute, gemütliche Atmosphäre gleichermaßen.

Schweren Herzens verabschiedete ich mich von Rajna und ihrer Familie.

Nach einer Stunde Fußmarsch und einer halben Stunde Busfahrt war ich zu Hause, wo die Babas schon sehnsüchtig auf mich warteten.

Ich erzählte von dicken Teppichen, von bunt angemalten Eiern, von all den Menschen, die Deutsch sprachen, und von Rajna und ihrer Familie.

Die Babas hingen an meinen Lippen und wollten alles ganz genau wissen.

1995 | Bulgarien, auf dem Weg

Wieder ein bulgarisches Dorf. Ich versuchte, meine Verwunderung über den heruntergekommenen Zustand der Häuser zu verbergen. Mit meinen deutschen Augen sah alles hier so ärmlich aus. Ein Seitenblick auf Ennos vergnügtes Gesicht verriet mir, dass er wieder mal die malerische Seite daran wahrnahm.

Wir fuhren an einer Schule vorbei.

„Sag mal, Schule war für dich nie ein Problem, oder? Ich meine, dass du auf die Schule gehen durftest? Denn immerhin war deine Mutter doch ein Staatsflüchtling, oder?"

„Ich denke, dass man meine Mutter immer so eingestuft hat, dass sie Bulgarien nur wegen eines Mannes verlassen hat und nicht aus ideologischen Gründen. Das war wichtig. Und meine Babas und ich, wir haben uns nie etwas zuschulden kommen lassen. Meine Babas haben nie etwas gegen das Regime gesagt oder getan, wir haben unsere Pflichten alle erfüllt. Ich war in der Schule immer sehr gut, auch in Staatskunde."

Ich dachte nach. „Doch, es wurde auch in der Schule schlimmer. Wir alle hatten immer mehr Angst."

1985 | Radilovo

An einem Morgen, als ich auf dem Weg in die Schule war, kamen mir plötzlich auf der Straße Jeeps mit Soldaten entgegen. Sie hielten nur wenige Meter von mir entfernt. Ich war zu Tode erschrocken, als sie zusammen mit Hunden aus den Autos sprangen. Automatisch wich ich einen Schritt zurück in einen dunklen Torbogen. Doch offensichtlich hatten sie es nicht auf mich abgesehen oder mich gar nicht wahrgenommen, denn sie klopften an einer Haustür. Wie erstarrt blieb ich in meiner dunklen Nische stehen. Als die Tür geöffnet wurde, hörte ich den angstvollen Schrei einer Frau und mir wurde klar, dass dies das Haus eines türkischen Mädchens war, das mit mir in die Klasse ging. Gülsem.

„Holt eure Pässe. Wir sind hier, um euch neue, bulgarische Namen zu geben."

Offenbar ließ man die Soldaten mit ihren Hunden ins Haus. Ich huschte schnell weiter.

Am nächsten Tag kam Gülsem in die Klasse. Ohne Kopftuch. Sie hatte versucht, ihre langen braunen Haare mit einem Zopf zu bändigen, doch sie standen wild und kraus um ihr Gesicht herum und ließen ihr Gesicht nur noch fahler erscheinen. Ich konnte ihr ansehen, dass sie vor Scham am liebsten versunken wäre. Alle starrten sie an und betrachteten ihre Haare, die wir noch nie gesehen hatten. Sie sah so hübsch aus. Doch für sie selbst waren die Blicke wie Messer. Sie setzte sich hin und ich sah Tränen in ihren Augen. „Gülsem …“ Ich stockte. Was wollte ich eigentlich sagen? Sie schüttelte den Kopf: „Jula, ich heiße jetzt Jula.“

„Spinnst du, oder was?“, schaltete sich ein Junge verständnislos ein. In diesem Moment kam unser Lehrer in die Klasse. Er sah Gülsem kurz an und befahl uns allen, uns hinzusetzen.

„Guten Morgen. Im Zuge des Wiedergeburtsprozesses dürfen die Türken in unserem Land bulgarische Namen tragen. Und sie haben sich von den alten, unterdrückenden Glaubensvorstellungen losgesagt. Keine Pluderhosen mehr, keine Männerzöpfe, keine Kopftücher. Der Fortschritt geht stetig voran. Unsere Mitschülerin hier heißt Jula Martinova. Vergesst das ab heute nicht mehr!“

Als am nächsten Tag ein Mädchen vergaß, sie mit Jula anzusprechen und sie Gülsem nannte, musste sie eine Stunde im Schulhof strafmarschieren. Danach nannten wir sie Jula. Da sie aber sowieso nicht mehr viel sprach und nur zu Boden blickte, fiel es uns nicht schwer. Ein halbes Jahr später war sie verschwunden, es hieß, die Familie sei in die Türkei gegangen.

Alle diese Sachen machten Angst, aber es war eher eine diffuse Angst, die allgegenwärtig war.

Wirklich gefürchtet habe ich die Feriennorm. In den ersten Schuljahren durfte ich meine Feriennorm auf den Feldern in der Nähe abarbeiten. Zuerst musste ich nur ein paar Eimer Kirschen pflücken. Später wurde es mehr. Um sechs Uhr aufstehen, damit wir um sieben Uhr auf den Kartoffeläckern waren. Mit einer kurzen Mittagspause arbeiteten wir dann bis abends.

Aber diesmal hatten sie mich für einen Monat zu einer Brigade in ein Arbeitslager etwa zwei Stunden von zu Hause geschickt. Brigaden, Arbeitseinsätze in den Ferien, waren zwar eigentlich freiwillig, aber es war klar, dass wir die Brigaden brauchten, wenn wir weiter auf der Schule bleiben wollten, und das wollte ich. Mit mir waren meine ganze Klasse und einige andere Klassen eingeteilt.

Nie zuvor war ich fort von zu Hause, nie war ich von meiner Baba getrennt gewesen und ich klammerte mich panisch an ihr fest, als der Bus kam, der uns zum Arbeitslager bringen sollte. Die Baba redete beruhigend auf mich ein: „Sch, meine Kleine, du schaffst das schon, du kannst doch arbeiten." Sie wischte mir die Tränen fort und stellte mich gerade auf die Füße. „Schluss jetzt, Anelija, du brauchst eine gute Betragensnote für die Schule. Und du wirst das schaffen. Meine große, starke Anelija, los jetzt." Und keine Widerrede duldend schob sie mich in den Bus.

Ich sah ihr lange aus dem Fenster nach. Als sie dachte, ich könnte sie nicht mehr sehen, wischte sie sich auch die Tränen aus den Augen. Meine aber tropften noch, als ich die Baba schon lange nicht mehr sehen konnte.

Die Kommandantin – eine verbitterte, alte Frau – empfing uns zwei Stunden später vor dem Arbeitslager, einem lang gestreckten Gebäude inmitten großer Felder. Zuerst verlas sie die Lagerregeln, die nicht enden zu wollen schienen: Bei Gongschlag Bettruhe. Jedes Wort danach wird bestraft. Nach dem Aufstehgong zehn Minuten Zeit, bis man fertig angezogen zu sein hat und abholbereit vor dem Gebäude stehen muss. Frühstück gibt es nach der ersten Feldarbeit um zehn Uhr, Mittagessen um dreizehn Uhr für diejenigen, die die Norm erfüllt hatten, und so weiter, bis mir der Kopf brummte vor lauter Regeln. Dann wurden wir in die Schlafräume geführt. Etwa dreißig Mädchen schliefen in Stockbetten in einem Raum.

Ich wurde für die Tomatenernte eingeteilt. Als ich das hämische Grinsen zweier älterer Mädchen sah, wurde mir klar, dass dies nichts Gutes verheißen konnte. Zu Hause hatten wir auch Tomaten. Aber an diesen Tomatenstöcken konnten wir natürlich nie mehr als eine Stunde pflücken.

Hier aber, das sah ich am nächsten Morgen, erstreckten sich die Tomatenfelder bis in den Himmel hinein.

Unsere Brigade wurde um kurz nach drei Uhr nachts geweckt, denn um vier Uhr mussten wir bereits mit dem Pflücken beginnen, da in der Mittagssonne die Pflanzen ausdörrten und einem dann die Hände derartig zerstachen, dass die Haut zerriss und die Hände bluteten. Die Haut hing mir schon am zweiten Tag in Fetzen von meinen Händen. Wir begannen in einer Reihe und unser Ziel sollte es sein, bis ans Ende zu kommen, doch das gelang mir einfach nicht.

Wer das Ende der Reihe erreicht hatte, durfte aufhören. Die meisten schafften es bis Mittag. Ich war aber einfach nicht so geschickt. Oft war mir so schlecht und schwindelig von der Sonne, dass die Tomaten vor meinen Augen verschwammen und ich einfach daneben griff, wieder in die Stacheln, wieder Schmerzen. Ich durfte erst um zwei Uhr nachmittags aufhören. Nicht einmal mehr den warmen Eintopf bekam ich dann, nur noch trockenes Brot. Dann durfte ich mich eine Stunde ausruhen, bis ich zum Küchendienst eingeteilt war. Mit meinen offenen Händen musste ich spülen.

Aber das war alles nicht das Schlimmste. Am Abend kam die Kommandantin zu mir und sagte: „Anelija, du hast die Norm wieder nicht erfüllt. Heute Abend wirst du eine Stunde strafmarschieren. Du glaubst wohl, du hast es nicht nötig. Aber ohne eine ordentliche Betragensnote ist Schluss mit der Schule, das ist dir doch wohl klar, Prinzesschen."

Obwohl ich mir einzureden versuchte, dass die Lehrer, die mich schätzten, mir trotz einer schlechten Betragensnote helfen würden, wusste ich, dass gegen diese wichtigste aller Noten auch die Lehrer nichts tun konnten.

An diesem Abend durfte ich mich nicht einmal

mehr mit ans Lagerfeuer setzen. Das war die einzig schöne Zeit des Tages. Während die anderen sich ihre Kartoffeln am Feuer brieten, musste ich im Hof strafmarschieren. Ich hörte ihr Singen, während ich versuchte, meine müden Beine zum Weiterlaufen zu zwingen.

Am Ende der ersten Woche aber holte die Kommandantin zu einem weit schlimmeren Schlag aus: „Anelija Lulewa, nun ist die erste Woche vorbei und ich muss dir sagen, dass du bei Weitem nicht die Norm erfüllst. Du arbeitest nicht einmal genug für dein Essen hier. Das heißt, deine Familie wird dein Essen auch noch bezahlen müssen."

In dieser Nacht konnte ich nicht schlafen. Was für eine Schande. Oh Gott, woher sollte denn die Baba das Geld nehmen? Sie hatte doch keins.

Am nächsten Tag machte ich gar keine Mittagspause, ich arbeitete weiter. Es war glutheiß. Aber auf keinen Fall sollte die Baba für mich zahlen müssen. Ich erntete die verfluchten Tomaten. Meine Hände waren so zerfetzt, dass ich nicht einmal mehr Schmerzen spürte.

Danach wankte ich direkt zum Küchendienst. Die alte Köchin wollte mich gerade zum Spülen einteilen, als sie mich genauer ansah: „Wie siehst du denn aus? Hast du denn keine Pause gemacht?"

„Nein, ich schaffe sonst die Norm nicht."

„Kein Mittagessen?"

Ich schüttelte den Kopf.

Missbilligend nahm sie meine Hände und besah sie sich. „Zuerst isst du einen Teller von der Kartoffelsuppe dort drüben und dann schälst du Kartoffeln."

Ich nickte dankbar.

Zwei Stunden später kam die Kommandantin vorbei.

Wie nebenbei sagte die Köchin: „Ach, die Kleine da drüben, die brauch' ich für den Küchendienst, die ist fix beim Gemüseschneiden. Teil sie mir doch bitte ein."

Zuerst wollte die Kommandantin noch etwas einwenden, aber dann zuckte sie mit den Schultern.

„Gut, Anelija, dann bist du morgen früh um sechs Uhr hier in der Küche."

Die Köchin – wieder einmal ein Einhorn, das mir hilft, dachte ich.

Die restlichen Tage durfte ich in der Küche arbeiten. Von sechs Uhr früh bis sechs Uhr abends. Aber diese Arbeit ging mir leichter von der Hand. Ich schälte Berge von Kartoffeln, Zwiebeln und Karotten, kochte riesige Töpfe voller Suppe und backte frisches Brot. Und natürlich naschte ich auch von all dem Essen, wenn gerade keiner hinsah. So satt war ich selten.

Auch für die anderen Kinder gab es genug Essen, viel und nahrhaft, wenn sie rechtzeitig kamen. Und die Kinder aßen es gerne. Einmal saß ein Junge neben mir beim Essen und brummelte: „Es schmeckt wieder bitter."

Ich zuckte mit den Achseln. Ja, es stimmte, ich schmeckte auch einen leicht bitteren Geschmack. Vielleicht kam das von den Zwiebeln?

„Du bist doch in der Küche?“

„Ja.“

„Stimmt es, dass sie uns Brom ins Essen geben?“

Ich zuckte wieder mit den Achseln. „Was ist Brom?“

„Das ist so ein Zeug, da werden alle ruhig und müde. Und, na ja, die Jungs kommen auch nicht auf blöde Gedanken, obwohl so viele süße Mädchen wie du da sind.“ Er gab mir einen freundlich gemeinten Nasenstüber. „Jedenfalls schmeckt es immer bitter, das Essen.“

„Ich weiß nicht.“

„Egal. Hauptsache, es ist genug zu essen da.“ Er zwinkerte mir zu, stand auf und holte sich noch einen Teller voll.

„Stimmt das? Haben sie euch wirklich etwas ins Essen gegeben?“ Enno sah Anelija entsetzt an.

„Keine Ahnung.“ Ich schüttelte den Kopf. „Das Gerücht habe ich öfter gehört. Auch, dass manche Frauen deswegen später Probleme hatten, Kinder zu bekommen. Na ja, ich nicht.“

Enno griff nach ihrer Hand. Er wusste nicht, was er sagen sollte.

„Und was hat das für eine Wirkung?“

„Angeblich beruhigt Brom, es wird auch als Schlafmittel verwendet. Gut geschlafen haben wir immer alle. Schon seltsam, dass es keine nächtlichen Aktivitäten gab bei so vielen Jugendlichen. Aber wahrscheinlich waren wir alle einfach zu müde. Wir hatten wirklich genug gearbeitet.“

„Das wäre ja Körperverletzung!“

„Ehrlich gesagt war das damals mein geringstes Problem. Jedenfalls war ich unendlich froh, als ich zu den Babas zurück durfte.“

„Und das musstest du jedes Jahr machen?“

„Nein, im darauffolgenden Jahr hatte ich eine schwere Knieverletzung, ich konnte kaum laufen. Als die Frau kam, die uns aufschrieb, habe ich ihr erklärt, dass ich so einfach nicht arbeiten kann.“

„Und das hat sie akzeptiert?“

„Nicht gleich. Zuerst sagte sie, sie würde mir eine

sitzende Tätigkeit besorgen, zum Beispiel beim Empfangshaus. Als sie aber wiederkam, bin ich einfach hinten aus unserem Haus raus und in den Wald. Als sie dann zweimal zu uns heraufkam und ich nie da war, hat sie einfach aufgegeben, denke ich. Jedenfalls kam sie dann nicht mehr."

„Per Einschreiben hat man dich also nicht aufgefordert." Enno grinste.

„Nein, so etwas machte man persönlich. Vielleicht hat sie auch einfach eingesehen, dass ich mit diesem Knie wirklich nicht arbeiten konnte."

„Na, dann warst du schon damals eine kleine Revolutionärin."

Ich schüttelte den Kopf: „Nein, das war ich wirklich nicht. Manchmal drückte man sich einfach. Ich eigentlich sonst nie. Und manchmal hatte man auch Glück, dann ging das eben durch."

1978 | München

Georgi zog sich ein weißes Hemd an und das graue Sakko darüber. Dann betrachtete er sich selbst im Spiegel. Er grinste sein passables Spiegelbild an. Dinner Party, weißes Hemd, schönes Spiegelbild, ja, das klang nach Freiheit.

Nur die Tränensäcke unter seinen Augen verrieten, dass auch hier nicht alles Gold war, was glänzte. Gestern hatte er bis vier Uhr früh Poker gespielt. Zuerst hoch gewonnen, dann wieder alles verloren. Ja, er war ein Gambler. Er hatte schon in Bulgarien gerne gespielt, und auch in London, und hier in München hatte er wieder Freunde gefunden, die seine Leidenschaft teilten. Immerhin gewann er mehr, als er verlor. Fand er zumindest.

Das Klingeln des Telefons riss ihn aus seinen Gedanken. Kurz überlegte er sich, das Klingeln einfach zu ignorieren, er war bereits etwas zu spät dran für die Dinner Party bei Radio Free Europe, *doch dann drehte er sich doch um und hob missmutig den Hörer ab. „Markow."*

„Gut, dass ich dich noch erwische, Bruderherz. Bin ich erleichtert. Ich habe gerade einen Tipp bekommen. Stimmt es, dass du heute Abend zu einer Party eingeladen bist?"

„Ja." Georgi war verwundert, woher sein Bruder das wissen konnte.

„Hör zu, ich weiß nicht mehr, nicht von wem, nicht

wie, aber heute Abend will man Gift in deinen Drink mischen. Du darfst nichts trinken. Pass auf, wer dir etwas anbietet. Ist das klar, Georgi?"

„Sichere Quellen?", fragte Georgi ganz sachlich.

„Ja."

Als er den Hörer aufgelegt hatte, setzte er sich. Wie oft noch? Wem konnte er noch trauen? Wie lange würde er das noch aushalten?

Er legte sein Jackett ab. Wieder ein Abend, an dem er jedem und allem misstrauen würde. Wieder ein Abend, an dem er aufpassen und nur mit dem Rücken an der Wand stehen würde.

Er konnte doch nicht jedem verdammten Hinweis folgen, sich jedes Mal Angst einjagen lassen. Er würde einfach zu der Party gehen und feiern. Mit seinen Freunden. Dort waren doch eigentlich nur seine Freunde. Es war eine Party von Radio Free Europe. *Oder? Einfach spielen, er war doch ein Gambler … Jeden Drink annehmen und sehen, was passiert und dann heute Nacht über seinen Bruder lachen.*

Noch auf der Straße war er unschlüssig. Doch dann ging er einfach wieder zum Poker. Dort war das Spielen wenigstens nicht lebensgefährlich.

1995 | Bulgarien, kurz vor Radilovo

„Deine Familie bedeutet dir viel,“ stellte Enno fest. Traurig sah er mich dabei an.

Eine Zeit lang schwiegen wir beide.

„Anelija, du musst es mir ja nicht erzählen.“ Ennos Stimme war vorsichtig. „Aber was ist denn mit deinem Vater?“

Ein Straßenschild tauchte auf, das uns anzeigte, dass Radilovo nur noch wenige Kilometer vor uns lag.

Ich legte meine Hand auf Ennos Arm: „Lass uns noch einmal anhalten.“

Im nächsten Dorf sahen wir uns aufmerksam um. Eine Allee säumte die gepflasterte Straße, zu deren Rand sich die flachen, kleinen Häuser aufreihten. Vor manchen Häusern saßen alte Frauen am Straßenrand und versuchten, die wenigen Produkte aus ihren Gärten – Kohl, Tomaten oder Auberginen – zu verkaufen. Die Straßen waren holprig und Enno musste sich konzentrieren, um nicht in die großen, tiefen Schlaglöcher zu geraten. Ein Pferdekarren kam uns langsam entgegen und verscheuchte einige Hühner, die noch auf der Straße herumpickten. Ich folgte Ennos Blicken und musste nicht fragen, um zu wissen, dass er hier alles grau und ärmlich fand. Ich merkte, dass ich mich schämte für die schlechten Straßen, vor allem aber für die alten Frauen, die gezwungen waren, tagelang am Straßenrand zu sitzen, um ab und an einen Kohl zu verkaufen.

Es gab nur eine winzige Kneipe im Ort. Wir setzten uns in die enge, muffige Gaststube und bestellten einen Kaffee. Es war dreckig. Die Fenster waren verschmiert und die Tische nicht richtig abgewischt. Überall lag Staub. Ich starrte an die Decke und verfolgte den Tanz der Staubweben im leichten Luftzug, der vom Fenster kam. Enno griff vorsichtig das Thema wieder auf. Er war sich nicht sicher, ob ich bereit war, über meinen „Vater" zu reden.

„Du hast mir doch erzählt, dass ihr damals in der Schule angegeben habt, er sei unbekannt. Weißt du denn wirklich nichts über ihn?"

War ich bereit? Warum erzählte ich nun plötzlich so viel, wo doch bisher alles gut in mir aufgehoben gewesen war? Redete ich nur, um die Ankunft in Radilovo aufzuschieben oder waren hier einfach die richtige Zeit und der richtige Ort dafür?

„Nein, eigentlich nicht. Ich habe niemals mit meiner Mutter darüber gesprochen."

Mich störten die Staubweben. Es ärgerte mich, dass es hier in Bulgarien tatsächlich nicht so sauber war wie in Deutschland. Ich hatte immer versucht, die deutsche Sauberkeit als Klischee abzutun. Gerade bei uns zu Hause in Bulgarien hatte die Baba größten Wert auf Sauberkeit gelegt und jeden Tag den Boden gekehrt. Natürlich gab es keinen Staubsauger. Aber sauber war es in meiner Erinnerung doch.

Die Staubweben tanzten weiter in der Luft und erzählten mir, dass ich nur von Ennos Frage ablenken wollte. Ich seufzte.

„Nun ja, einmal hat mir meine Baba etwas erzählt.“

1985 | Radilovo

Baba beugte sich über mich und streichelte ganz sanft über meine Finger. Damals, als ich mit meinen zerschundenen Händen aus dem Arbeitslager heimkam. Ich hatte ihr erzählt, wie es mir einfach nicht gelingen wollte, bis ans Ende der Tomatenstauden zu kommen. Vorsichtig drehte sie meine Hände um und strich über die kaum verheilten Wunden.

„Kind“, sagte sie bedächtig, „du hast Schreiber-Hände, keine Bauernhände, das wird immer so bleiben, du gehörst zu ihnen.“ Selbst verwundert sah ich mir zum ersten Mal bewusst meine rot verschorften Finger an und stellte fest, dass sie wirklich klein und zierlich waren, grazil. Babas Hände waren auch nicht wirklich groß, aber klobig und dick. Durch die harte Arbeit hatten sich Schutzringe aus Hornhaut um ihre Finger gebildet, die sich in kleinen Wülsten um die Knochen legten. Ich liebte Babas Hände, sie hatten mir immer nur Gutes getan, aber es waren die Hände einer Bäuerin. Woher hatte ich diese feingliedrigen Finger? Hätte meine Baba auch solche Finger gehabt, wenn sie nicht schon als Kind aufs Feld hätte gehen müssen? Auch wenn ich die Hände meiner Baba mochte, so wollte ich doch nicht ebensolche bekommen. Ich mochte meine Finger, wie sie waren.

Ohne das Streicheln meiner Hände zu unterbrechen und ohne mir dabei in die Augen zu sehen, hob meine Baba an: „Deine Majka muss gerade sechzehn gewesen sein, da kam ein Schriftsteller in unsere Stadt. Er las vor, in der Schule, und abends im Gemeindehaus vor den Pionieren. Deine Majka wollte unbedingt hin, und da habe ich sie hingebracht. Er las so schön. Ich habe nicht verstanden, was. Gedichte, eine Geschichte aus der russischen Taiga. Danach habe ich mit deiner Tante noch einen Rakija getrunken, und deine Majka, die blieb im Gemeindehaus. Die anderen erzählten mir dann, sie habe ganz lange mit dem jungen Schriftsteller zusammen gesessen. Und ich habe nur eben einen Rakija getrunken, im Wirtshaus mit Tante Milena und Onkel Yvan. Viele Vorwürfe habe ich mir deswegen gemacht. Aber so hat es ja auch sein Gutes, nicht wahr?"

Ich sah sie an, sie aber blickte nur auf meine Hände, die sie immer weiterstreichelte. Ich verstand nicht, warum sie mir das erzählte. Oder doch?

Sie pustete die Kerze aus. „Jetzt gehen wir schlafen, hübsche Anelija mit den feinen Händen."

Enno sah mich aufmerksam an: „Hast du daher den Hang zu Sprachen und zum Schreiben?“

„Nein.“ Ich wischte den Gedanken fort. „Ich glaube, es war die Sehnsucht, auf die Briefe meiner Mutter antworten zu können.“ Ich überlegte. „Und die Sehnsucht, einmal genau das sagen zu können, was ich fühle und denke.“

Enno nickte. Er schien nun langsam zu verstehen, warum ich fortgegangen war.

In diesem Moment blickte er mich an und fragte: „Und wann hast du dich entschieden, nach Deutschland zu gehen? Was war der Anlass?“

Vielleicht musste es jetzt sein. Ich musste ihm und mir selbst alles erzählen, was ich so lange verborgen hatte.

„Gib mir noch eine Nacht, bevor wir zu den Babas gehen, und dorthin, wohin ich gehen muss. Lass uns hier irgendwo noch einmal übernachten. Damit ich Zeit habe, dir alles zu erzählen.“ Enno nickte.

Eine halbe Stunde später fanden wir eine kleine Pension.

1986 | Pazardzhik

Ich saß im Büro und hatte bereits einen langen Tag hinter mir, als die Tür aufging und mein Onkel Ilija hereinkam. Es war der Onkel Ilija, den ich beim Überbringen der Päckchen meiner Mutter, bei der Hochzeit meiner Cousine und dann auf dem Markt in Pazardzhik gesehen hatte. Ich erinnerte mich genau an das Café, in das er uns ausgeführt hatte. Dort im Nebenhaus hatte ich die hetzerischen Reden aus dem Radio gehört.

Onkel Ilija stutzte, als er mich im Vorzimmer des Kooperativenleiters Popow erblickte und fragte vorsichtig: „Anelija, bist du das?"

Ich nickte.

„Was machst du denn hier?"

„Ich arbeite jeden Nachmittag hier im Büro. So können wir uns das Gymnasium leisten."

„So, das Gymnasium besuchst du. Nicht schlecht." Er sah mich zweifelnd an. „Soll aus dir auch mal was Besseres werden als aus unserer Julia. Na gut. Jedenfalls besser, als einfach nach drüben abzuhauen wie deine Mutter."

Ich blickte peinlich berührt auf den Boden.

„Ist ja gut, du kannst ja nichts dafür. Na, und ich kann sie schon verstehen, die Nadja."

Ich traute mich einfach nicht, ihn nach ihr zu fragen.

„Ab und zu bringt sie mir ein Päckchen für euch beim Markt vorbei. Du weißt, ich fahre im Herbst jede Woche nach München. Deswegen bin ich auch hier. Ich habe einen Termin beim Genossen Popow für die jährliche Genehmigung. Ist er frei, kann ich hinein?"

Ich nickte und klopfte an Popows Tür. Ich zögerte, denn mir fiel der Nachname meines Onkels nicht sofort ein: „Genosse …"

„Kaljonski", half mir mein Onkel.

„Genosse Ilija Kaljonski", vollendete ich die Ankündigung.

Popow winkte ihn herein und ich ließ die Tür offen, wie ich es oft tat, wenn mich ein Gespräch interessierte. Popow hatte noch nie etwas dagegen gehabt. Er war immer froh, wenn ich bereits wusste, worum es ging, wenn ich seine zu dem jeweiligen Thema folgenden Briefe dementsprechend ein wenig „abänderte". So hörte ich gespannt jedes der Worte im Raum.

„Guten Tag, Genosse Popow. Ich bin wie jedes Jahr hier für die Ausfuhrgenehmigung nach Deutschland.

„Ach ja. Ihr Name war?"

„Ilija Kaljonski, ich fahre einmal in der Woche im Herbst für die Kooperative die Pflaumenernte nach Deutschland. Immer am Montag."

„Gut." Popow rief zu mir hinaus: „Anelija, würdest du bitte die Ausfuhrgenehmigungsformulare für den Genossen Kaljonski fertig machen? Ich unterzeichne dann und sende sie ihm zu."

Ich nickte. Mittlerweile kannte ich alle Formulare und holte sofort das richtige heraus.

„Gehen Sie nur zu Anelija, die macht alles Nötige fertig. Wir lassen es Ihnen dann bis Ende nächster Woche zukommen."

„Geht es vielleicht auch etwas früher? Ich möchte gerne schon am kommenden Montag nach Deutschland fahren. Die Pflaumenernte war früh dran dieses Jahr."

Popow sah meinen Onkel missbilligend an. „Genosse Kaljonski, das benötigt seine Zeit. Da müssen Sie eben das nächste Mal rechtzeitig kommen."

Onkel Ilija nickte, bedankte sich und kam wieder heraus zu mir, wo er sich mir gegenüber setzte. Ich hatte bereits die nötigen Formulare geholt und vor mir liegen.

„So, du schmeißt den Laden hier fast alleine. Nicht schlecht, kleine Anelija. Letztes Jahr war hier noch eine Sekretärin, aber die hat fast eine Stunde gebraucht, bis sie die Formulare gefunden hatte und dann noch eine Stunde zum Ausfüllen."

Ich lächelte erfreut über dieses Lob. Tatsächlich hatte ich mich schnell in alle Bürotätigkeiten eingefunden. Es machte mir Spaß und ich fand auch nichts daran besonders schwierig. Es war eben nur viel Arbeit und ich hatte das Gefühl, je schneller ich arbeitete, desto mehr Aufgaben teilte mir Popow zu. Aber ich war ihm trotzdem immer dankbar für die Möglichkeit, die er mir hier bot.

In zehn Minuten waren alle Felder des Formulars mit den nötigen Daten ausgefüllt.

Onkel Ilija beugte sich vertraulich zu mir über den Tisch und flüsterte: „Eigentlich brauche ich das Ding da schon nächste Woche Montag. Meinst du, er kann das nicht gleich unterschreiben?"

Ich verzog den Mund: „Er lässt sich nicht gerne drängen."

Ich wusste, dass Popow fand, dass etwas nicht ganz so wichtig wirkte, wenn es zu schnell erledigt war. Obwohl das durchaus möglich gewesen wäre, ließ er nie jemanden sofort mit allen Unterschriften wieder abziehen. Er kostete seine Stellung bei offiziellen Angelegenheiten immer voll aus.

„Aber ich kann ihm das Formular, bevor ich heute Abend gehe, in die Unterschriftenmappe stecken, dann unterschreibt er es und ich könnte es dir heute noch geben. Um sieben Uhr gehe ich hier raus."

„Anelija, du bist ein Schatz. Dann setze ich mich gegenüber ins Café und warte dort auf dich. Damit hilfst du mir wirklich sehr."

Ich nickte. Oft baten die Menschen um eine eilige Bearbeitung, doch Popow wehrte das immer ab. Es war nicht das erste Mal, dass ich einen Vorgang so beschleunigte und jemandem am Abend die Genehmigung mitgab, statt sie erst am nächsten Tag mit der Post zu versenden. Ich fand, das half den Menschen und sparte der Kooperative Briefkosten. Also konnte doch wirklich nichts dabei sein. Und auch

Popow verlor dabei nicht sein Gesicht, denn der Vielbeschäftigte unterschrieb immerhin nicht sofort.

Zwei Stunden später saß ich meinem Onkel gegenüber im Café. Mit einem anderen hätte ich das nicht gewagt, aber ich fand, dass ich mit einem Onkel durchaus einmal im Café sitzen durfte. Immerhin war ich gerade sechzehn geworden. Einige meiner Klassenkameraden gingen sogar schon ab und zu abends aus. So etwas tat ich nicht.

„Du hast etwas gut bei mir, Anelija, ich hätte sonst noch einmal herfahren müssen. Und am Montag hätte ich eine Fuhre verpasst. Bestell dir etwas zu essen und zu trinken. Alles, was du willst."

Da sagte ich nicht nein; ich hatte zuvor nur wenige Male auswärts gegessen. Es bereitete mir eine unglaubliche Freude, aus all den Köstlichkeiten, deren Namen mir bereits das Wasser im Mund zusammenlaufen ließen, etwas auszusuchen. Ich begann mit einem Oftscharska-Salat mit Tomaten, Gurken, Zwiebeln, Eiern, Schinken und herrlichem, gewürfelten Feta. Danach bestellte ich mir eine Musaka, deren Sauce ich bis auf den letzten köstlichen Öltropfen mit einem Stück Weißbrot auftunkte.

„Nicht zu fassen, was in dich kleines Persönchen hineingeht", staunte mein Onkel. „Bekommst du etwa nicht genug zu essen?"

„Doch, schon, es geht uns recht gut mit meiner Arbeit bei Popow."

„Aber zum Essengehen reicht es wohl nicht oft?"

„Nein, das nicht“, bestätigte ich. Das fand ich auch nicht nötig.

„Wir haben uns in der Familie schon öfter gefragt, wie ihr so durchkommt. Aber die Nadja, die schickt euch doch ab und zu etwas?“

„Ja, fast jedes Jahr bekomme ich ein Paket mit Süßigkeiten.“

„Sonst nichts?“

Ich zuckte mit den Schultern, denn ich merkte wohl, dass er erwartet hätte, dass sie etwas anderes schickte. Das war mir noch nie eingefallen. Hätte meine Majka, wo sie doch in dem großen Haus wohnte und mit ihrer Arbeit Geld verdiente, uns nicht auch einmal etwas außer Süßem und einmal einer Goldkette zukommen lassen können? Der Gedanke nagte an mir. Aber warum sollte sie auch, es ging uns doch gut. Ich hatte Arbeit, und die Baba arbeitete immer noch auf dem Feld. Und meine Majka war doch kein Mann. Ich kannte Väter, die in entlegene Orte Bulgariens fuhren, um dort zu arbeiten. Ich wusste, dass diese Männer Geld nach Hause sandten. Aber das war doch etwas ganz anderes, die hatten doch Verantwortung zu tragen für eine Familie. Oder?

Ich steckte den letzten Bissen Brot in den Mund.

„Nun ja, Hauptsache, ihr kommt durch. Na, die Nadja, das war schon eine Flotte. Ist sie wenigstens glücklich da drüben?“

Die Frage verunsicherte mich noch mehr. Auch diese Frage hatte ich mir noch nie gestellt. Glücklich, bei „Herrn Permaneder“? Wahrscheinlich schon. Vielleicht war er doch ein netter Franz, ganz ohne Permaneder und fliegende Kristallgläser?

Und überhaupt, hätte mein Onkel, der sie jedes Jahr einmal sah, diese Frage nicht eher beantworten können als ich, die nur ihre wenigen Briefe hatte?

Mein Onkel merkte meine Unsicherheit und wechselte das Thema.

„Deutschland ist schon schön. Im Herbst fahre ich jede Woche hin. Ich schlafe im Lastwagen. Die Pflaumen kann ich dort auf dem Großmarkt für die Kooperative zum fünffachen Preis verkaufen. Und trotzdem gelte ich in Deutschland als günstig.“ Onkel Ilija schien stolz auf seine guten Verkäufe zu sein.

„Für die Deutschen müssen die Pflaumen reif und dunkelblau sein“, erzählte er. „Mit meinem Kühllaster bringe ich sie ganz frisch hin. Ich wundere mich ja immer. Wir holen uns die Pflaumen doch lieber noch etwas grün, dann können wir sie besser lagern. Aber die Deutschen, die wollen sie frisch und süß und saftig. Aber länger als zwei Tage halten die sich dann ohne Kühlung nicht mehr, denke ich mir immer.“

Onkel Ilija hatte sich in Fahrt geredet und bestellte noch einen Rakija.

„In Deutschland, da kommt mir immer alles größer vor als hier. Also, das Land ist hier ja weiter, aber dort, dort gibt es größere Autos, größere Straßen, größere Häuser. Ich glaube, sogar die Menschen sind größer als wir.“ Er nahm einen Schluck von seinem Rakija.

„Und die Farben?“, fragte ich vorsichtig.

„Ja, auch größere Farben“, lachte mein Onkel schon etwas angetrunken. „Die Autos sind dort rot und grün. Verrückt, nicht wahr? Und auch die Häuser sind weiß oder gelb oder rot.“

Etwa eine halbe Stunde später verabschiedeten wir uns. „Spätestens nächstes Jahr komme ich wieder für die Genehmigung. Hier, das ist für dich und die Babas.“ Er drückte mir einen Zehn-Lewa-Schein in die Hand.

Ich stammelte „Danke“ und ließ es zu, dass er mich fest an sich drückte und sein Rakija-Atem mir ins Gesicht wehte.

Dann machte ich mich schnell auf zur Baba, die sicher bereits auf mich wartete.

Als ich an diesem Abend zurück nach Radilovo kam, tat ich etwas, das ich sonst nie tat. Ich ging in das Gasthaus an der Hauptstraße und bestellte einen Kaffee. Es erschien mir wie ein verbotener Luxus und doch auch wie etwas, das ich verdient hatte. Ich hatte eigenes Geld, war groß genug zum Arbeiten und heute einfach erwachsen genug, um einen Kaffee zu bestellen. Die junge Bedienung kam, und erst als sie „Hallo Anelija“ sagte, sah ich, dass es Ljudmila aus meiner Grundschulklasse war.

„Hallo Ljudmila.“

Sie trug einen etwas zu kurzen, gemusterten Rock und sah schon sehr erwachsen aus. Nein, nicht sie, nur ihre Augen. Die Zeiten, als wir zusammen auf dem Schulhof Jungenfangen gespielt hatten, schienen unendlich weit entfernt zu sein. Der Ausdruck ihrer Augen war alt, als sei sie fertig mit der Welt und allen Wünschen.

„Was kann ich dir bringen?"

„Einen Kaffee."

„Kommt gleich."

Zwei Minuten später stellte sie mir einen Kaffee auf den Tisch. „Hab' schon gehört, du arbeitest im Büro des Kooperativenleiters. Toll. Na ja, schreiben konntest du schon immer besser als wir alle. Verdienst du gut?"

„Nein. Wahrscheinlich nicht besser als du." Ich versuchte zu lächeln.

Das war gelogen. Wahrscheinlich verdiente ich mehr als sie in der Hälfte der Zeit. Ich wusste es, und sie wusste es auch. Sie zuckte mit den Schultern und ging in die Küche.

Ich sah ihr nach und in diesem Moment wurde mir klar, dass ich auch hier enden würde. Oder in Popows Büro. Und dass das eigentlich egal war. Vor allem aber, dass ich nicht hier bleiben wollte, nicht zwischen all den heruntergekommenen Häusern, nicht zwischen all den glanzlosen Augen, die keine Zukunft mehr hatten. Das Einzige, was mich hier hielt, waren die Babas. Und die würden mich nicht aufhalten wollen, das wusste ich.

Diesmal gab ich das Geld von Onkel Ilija nicht in die Porzellantasse auf dem Küchenbord, sondern versteckte es in meinem Zimmer hinter den Büchern, wo ich ab jetzt alles Geld, das mir hier und da jemand im Büro zusteckte, sammelte.

Ein Plan, der sich anfangs noch ganz verschwommen in mir formte, gewann mehr und mehr an Konturen.

***

Ich lernte Deutsch. Jede freie Minute verbrachte ich bei Rajna Kasabowa in der Bibliothek. Wir unterhielten uns, und sie verbesserte meine Fehler in der Wortwahl, in meiner Aussprache oder in der Grammatik, bis sie eines Tages zu mir sagte: „Anelija, ich kann dir nichts mehr beibringen. Manchmal habe ich das Gefühl, dass du schon viel besser Deutsch sprichst als ich. Aus deinen Büchern hast du bereits mehr gelernt als von mir, ich kann dich nicht mehr verbessern."

Ihre Worte erfüllten mich mit großem Stolz, auch wenn ich versuchte, sie scherzhaft abzutun, bis Rajna meine Hände nahm und mir tief in die Augen blickte. „Anelija, du hast ein Ziel, einen Grund, warum du so gut Deutsch lernst. Du willst nach Deutschland, nicht wahr?"

Ich nickte: „Ja, Rajna Kasabowa, ich muss dorthin. Ich will mir meine Arbeit selbst aussuchen können, Geld verdienen, frei denken und auch alles sagen dürfen. Ich möchte reisen – und ich will die Farben sehen, die bunten Autos, die weißen Häuser. Und …", ich schluckte, all dies hatte ich mir selbst noch nie eingestanden, „ich will zu meiner Mutter."

Rajna Kasabowa strich ganz sanft über meine Wange. „Ja, das musst du wohl. Aber meine Liebe, in Deutschland ist auch nicht alles wunderbar. Ich weiß nicht, ob du dort bleiben darfst. Und wenn, dann ist es nicht so leicht, eine Arbeit zu finden. Auch dort ist nicht alles einfach, glaub mir das."

Ich nickte. Aber plötzlich wusste ich so sicher wie nie zuvor: Ich wollte nach Deutschland, egal, was es mich kosten würde. Ich blickte aus dem Bibliotheksfenster hinaus zu zwei vorbeiziehenden weißen Wolken. Es duftete weiß.

1978 | Sommer in Sardinien

Langsam wurde es kühler. Georgi trank genüsslich sein kühles Bier. Tagsüber waren es über 30 Grad gewesen, und so sehr er die Hitze nach all den kühl-feuchten Londoner Tagen auch genoss, war es doch gut, dass es am Abend etwas abkühlte. Es war eine gute Idee gewesen, mit seiner Familie Urlaub in Sardinien zu machen. Er brauchte das wirklich.

Seine Frau lachte ihn an: „Gestern hast du mir beinahe meinen ganzen Fisch aufgegessen. Wie wäre es, wenn du heute mal selbst einen bestellst?"

Georgi nickte grinsend. Er hatte seiner Frau gestern wirklich die halbe Portion „Sarde al pomodoro" weggefuttert, weil sie so fantastisch gerochen hatte. „Du wolltest doch gar nicht mehr, weil die Portion so groß war", brummte er verlegen. Sie strich ihm fürsorglich über den mageren Bauch: „Na klar, Gerry, und du siehst auch immer noch so aus, als ob du es nötig hättest."

Nachdem er seine „Sardine" bestellt hatte, lehnte er sich zurück und nahm noch einen Schluck Bier. Er machte Urlaub im sonnigen Sardinien, wurde Gerry genannt und hatte die gut bezahlte Arbeit bei Radio Free Europe. *Vielleicht waren endlich doch einmal die dunklen Zeiten zu Ende. Entspannt beobachtete er seine kleine Tochter, die selbstvergessen vor dem Restaurant im Sand spielte. Er hatte wirklich alles, was es zum Glücklichsein brauchte.*

Der Kellner unterbrach seine Gedanken und stellte das duftende Essen auf den Tisch: Schnecken für seine Frau – „Lumache con la fregola" –und für ihn die wieder herrlich nach Knoblauch und Olivenöl duftenden Sardinen. Seine kleine Tochter, die vorher bereits verkündet hatte, dass sie einen riesigen Hunger habe, kam zum Tisch, als sie sah, dass endlich das Essen kam. Während Georgi noch genüsslich über seinem Essen schnupperte und auch die farbliche Zusammenstellung von blau-weißem Fisch, roten Tomaten und grünen Gewürzen genoss, hatte die Kleine die Schnecken auf dem Teller ihrer Mutter entdeckt und sich mit verächtlichem Blick umgewandt: „Bäh, das mag ich nicht. Ich will das, was wir gestern gegessen haben. Das vom Papa." Und ihr kleiner Zeigefinger deutete besitzergreifend auf Georgis Teller.

Georgi grinste und schob der Kleinen den Teller zu. „Na, das ist wohl meine Strafe für gestern", grinste er seine Frau an. Seine Tochter rückte mit dem Stuhl näher an den Tisch und begann, mit dem Messer in den Sardinen herumzusäbeln, als plötzlich der Kellner heranschoss, ihr das Besteck aus den Händen riss, den Teller hochnahm und irgendetwas von einem „Versehen" brummelte. Bevor auch nur einer etwas sagen konnte, war er mit dem Essen verschwunden.

Georgis Frau wollte protestieren: „Also sag mal, was war das denn? Spinnt der? Das war doch das richtige Essen? Hat denn jemand vor uns bestellt?" Sie blickte sich empört um. „Willst du dich denn nicht beschweren?" Auffordernd blickte sie ihren Mann an.

Georgi war alle Farbe aus dem Gesicht gewichen. Seine Frau sah ihn weiter starr an und legte dann beruhigend ihre Hand auf seinen Arm: „Was du immer denkst. Jetzt übertreibst du aber. Das hat sicher wirklich nur ein anderer Gast bestellt."

Er stand auf. „Ich esse lieber woanders."

„Bitte, bleib." Seine Frau sah ihn beschwörend an.

Georgi schüttelte den Kopf. „Nein, mir ist der Appetit vergangen, aber ihr könnt ruhig hierbleiben, das erscheint mir in Ordnung."

Als Georgi einige Tage später wieder in London saß, ärgerte er sich immer noch, dass er sich von diesem lächerlichen Vorfall wieder einmal hatte verunsichern lassen. Danach war ihm der Urlaub verdorben gewesen, permanent hatte er sich verfolgt und bedroht gefühlt. Er hatte nicht einmal gewagt, die Massagefrau Öl benutzen zu lassen. Und das in Sardinien. Er litt mittlerweile wohl schon an Paranoia.

***

Schiwkow war verärgert. Es hatte wieder nicht funktioniert. Rücksicht auf ein Kind. Er nahm es zur Kenntnis, aber er ärgerte sich.

Der Chef des Sicherheitsdienstes saß vor ihm und zuckte kläglich mit den Schultern. Er war zuständig für die sogenannten „wet jobs", die nicht legalen Aufträge bis zum Mord. Und er musste nicht oft berichten, dass etwas nicht funktioniert hatte.

Schiwkow stapfte aufgebracht in seinem Büro umher und blieb dann längere Zeit vor dem Fenster stehen, während dem Mann im Besucherstuhl bereits die Schweißperlen auf die Stirn traten. Schritt für Schritt ging Schiwkow dann auf ihn zu und bohrte ihm schmerzhaft seinen Finger in die Schulter: „Vier Wochen gebe ich Ihnen noch. Dann muss die Sache erledigt sein. Ich habe dann Geburtstag. Haben Sie das verstanden?"

Der Chef des Sicherheitsdienstes nickte. Beim nächsten Mal würde es klappen. Es musste. Er wollte seinem Vorgesetzten ein Geburtstagsgeschenk machen.

1995 | in einer Pension kurz vor Radilovo

Wir lagen in den zerwühlten Laken. Wir hatten uns geliebt, lange, langsam und ruhig, bis ich meine unterdrückten Schreie kaum noch zurückhalten konnte. Ich strich Enno eine Schweißperle von seiner Brust. Seine Finger drehten eine Strähne meiner Haare. Immer wieder ließ er meine dichten schwarzen Haare genüsslich durch seine Hand gleiten. Ich sah zu der hässlichen Lampe mit ihrem vergilbten, dreckigen Stoff-Lampenschirm, die über dem Bett hing, und stellte fest, wie glücklich ich mit Enno sein konnte. Absolut gelassen. Loslassen konnte ich mit ihm. Seine Finger zogen einen geraden Strich meinen Hals hinunter, zwischen meinen Brüsten hindurch bis zu meinem Bauchnabel. Dort verharrten sie zögernd.

„Ich würde gerne mein ganzes Leben mit dir verbringen, und auch mit ihm." Seine Stimme klang heiser, rau und etwas verzweifelt.

Mit einem Ruck setzte ich mich auf.

„Bitte nicht. Dräng mich nicht. Ich kann nicht. Es ist zu früh. Wie bei meiner Mutter. Bitte."

Das ganze Glück war verloren. Mir wurde plötzlich kalt. Ich zog mir schnell meine dunkelblaue Jacke über.

Draußen setzte plötzlich ein wütendes Gekläffe ein. Ein Kampf der Straßenhunde schien im Gange zu sein.

Enno setzte sich auf. Er wirkte so hilflos. „Ja, es

ist deine Entscheidung. Ich sehe das ein. Aber es fällt mir schwer. Ich weiß nicht, ob es richtig ist."

Ich war plötzlich wütend auf ihn. Ja, dies war meine Entscheidung. Frauensache. Wo waren denn jemals Männer in meinem Leben gewesen, wenn ich sie brauchte?

„Meine liebe, süße Anelija ..." Ennos kühle Hand legte sich auf meinen Nacken. „Du hast mir immer noch nicht gesagt, warum du eigentlich gegangen bist."

Ich wusste, dass er nur ablenken wollte. Aber ich nahm das Angebot an.

1986 | Sofia

Ich war zur Gewissensprüfung einbestellt worden. „Reine Formsache", hatte meine Lehrerin versichert.

Nun lief ich in dem modernen Amtsgebäude in Sofia, in das ich einbestellt war, die Treppen hinauf. Gewissensprüfung. Hatte ich ein reines Gewissen? Daran zweifelte ich.

Vor einer Tür warteten bereits andere Schüler, die sich alle ungewöhnlich ruhig verhielten. Kaum einer sprach mit dem anderen. Nach etwa einer Stunde wurde ich hineingerufen. Eine Kommission von fünf Personen saß hinter Tischen, vor denen ein einzelner Stuhl stand, auf den ich mich setzte, nachdem der Mann in der Mitte mich dorthin gewinkt hatte. Erst als ich saß, blickten auch die anderen, zwei Männer und zwei Frauen, von ihren Notizen und Bögen auf.

Der Vorsitzende hob an: „Anelija Lulewa?"

Ich nickte.

„Beginnen wir mal mit Ihrem bisherigen Lebenslauf. Erzählen Sie uns von sich."

Auf diese Frage war ich vorbereitet. „Ich wurde 1970 in Radilovo geboren, wo ich auch zur Schule ging. Meine Familie besteht aus Kleinbauern. Mit Schulbeginn trat ich auch den Jungen Pionieren bei. Meine Schulnoten waren immer sehr gut, ebenso wie meine Betragensnoten. Meine Feriennormen habe ich immer abgeleistet. Auch ein Arbeitslager."

Nun blickte ich in die Gesichter, die mich eher gelangweilt musterten.

Der Vorsitzende sah in seine Papiere. „Ihre Mutter lebt in Deutschland."

Wie nach einem Donnerschlag blickten die beiden anderen Männer und Frauen jetzt auf.

„Ja, sie ist 1975 gegangen, weil sie sich in einen deutschen Mann verliebt hat. Ich bin bei meiner Großmutter aufgewachsen, ich kann mich kaum an meine Mutter erinnern." Ich versuchte, diese Worte wie beiläufig von mir zu geben, das hatte ich lange geübt. Ich wusste, wie viel auf dem Spiel stand.

„Aber Sie haben noch Kontakt zu ihr?"

„Kaum. Ab und an schreibt sie einen Brief. Es kommt selten vor, dass ich zurückschreibe." Damit hatte ich auch nicht gelogen.

Nun hatte ich die Aufmerksamkeit aller, die mich plötzlich interessiert beobachteten.

„So." Ich glaubte, dem Vorsitzenden anzusehen, dass er nach einer Frage suchte, mit der er mehr über mich erfahren konnte. „Verfolgen Sie regelmäßig Schiwkows Reden im Radio?"

„Nein." Jetzt durchbohrten mich ihre Blicke, aber ich versuchte, unbeirrt weiterzureden. „Wir haben zu Hause kein Radio, aber in der Schule versuche ich immer, Präsident Schiwkow im Radio zu hören."

Der Vorsitzende war misstrauisch: „Erklären Sie mir mal die Dialektik des Fortschritts."

Gerade das, was ich nie hatte verstehen können.

„Marx meinte, dass auf jede These eine Antithese folge und danach erst eine Synthese entstehen könne. Auf die Ackerbaugesellschaft folgte als Antithese der Kapitalismus, der nun von der Synthese des Kommunismus abgelöst wird."

„Hm, das ist so etwas ungenügend dargestellt. Es geht Marx um die permanente Weiterentwicklung, in der wir nun bereits weit fortgeschritten sind!"

Ich nickte heftig, vielleicht zu heftig.

„So, und was wollen Sie studieren?"

„Sprachen. Deutsche Philologie." In dem Moment, als ich dies sagte, wusste ich, dass es falsch war.

„Aha", entfuhr es der einen Dame, die sich vielsagend zu den anderen umsah.

Sie baten mich kurz vor die Tür für eine Besprechung, bevor sie mich wieder hereinriefen.

„Genossin Anelija Lulewa, Sie haben glänzende Zeugnisse und viele Fürsprecher. Wir wollen Ihnen den Zugang zum Studium ermöglichen."

Ich wusste, dass ich mich noch nicht freuen konnte, irgendetwas lauerte da noch.

„Allerdings halten wir das von Ihnen gewählte Fach für unangebracht. Sie können wählen zwischen Ökologie und Sozialkunde als Studienrichtung."

Ich musste ihn entgeistert angestarrt haben, denn energisch winkte er mich nach draußen. „Danke. Und alles Gute für die Zukunft."

Wie betäubt wankte ich die Treppe hinunter. Ökologie oder Sozialkunde. Das interessierte mich beides kein bisschen. Ökologie oder Sozialkunde. So sah also meine Zukunft aus.

***

Was meinen Entschluss aber endgültig auslöste, war Herr Popow.

Er trank. Nichts Ungewöhnliches. Trank nicht jeder bulgarische Mann? Die Slivova-Flasche stand immer im Büro und es gab unzählige Gründe, sie zu öffnen. Die Geburt eines Kindes, der Tod eines Menschen, die Genehmigung des Gemeindebaus, der Besuch eines Freundes im Büro. Jeder Grund war gut genug.

In letzter Zeit aber störte mich nicht nur sein schlechter werdender Atem, wenn er sich beim Diktieren eines Briefes über mich beugte, sondern dass er mir mit jedem Slivova, den er trank, näher zu kommen schien. Mir entging nicht, dass seine Blicke immer öfter über meinen Körper schweiften, der sich, obwohl ich weiterhin eher dürr war, langsam zu dem einer Frau formte. Was ich selbst halb freudig, halb peinlich berührt und verschämt feststellte – nämlich, dass sich meine kleinen Brüste langsam zu apfelgroßen Formen entwickelt hatten –, bemerkte Popow mit einem Blick, den ich hasste. Bald schnürte ich mir das Wenige, das ich hatte, mit engen Hemden ein, aber er schien es dennoch zu erahnen und seine Augen schwankten zwischen meiner schmalen Hüfte und meinen minimalen weiblichen Rundungen. Oft genug kauerte ich mich beim Schreiben schon über dem Tisch zusammen, um mich den Blicken über dem wippenden Schnurrbart zu entziehen.

An dem einen Tag hatte er ganz ohne Anlass getrunken. Er war schon schlecht gelaunt, als ich meinen Dienst nach der Schule begann. Sein Atem roch nach Alkohol. Ich konnte hören, wie er sein Glas immer wieder vollschenkte. Zwischendurch kam er heraus zu mir, suchte angeblich nach irgendeinem Aktenordner, nur um mich von allen Seiten betrachten zu können, verschwand dann wie ein unruhiger Tiger in seinem Büro, um kurze Zeit später wieder zu mir herauszukommen. Ich hätte es wissen müssen, ich hatte es gespürt, ich hätte einfach früher gehen sollen an diesem Tag.

Es dämmerte, als er wieder hereinkam und sich auf meinem Schreibtisch niederließ.

„Meine Kleine", ein Hauch kam mir entgegen, der mich erstarren ließ, „ich sage so etwas ja nicht oft, aber ich wüsste gar nicht, wie es ohne dich hier weitergehen sollte."

Seit Langem hätte ich gerne mal ein Lob gehört, aber nicht so, so fordernd. Ich antwortete nicht, und er legte eine Hand auf meine Schulter. Die Hand war feucht.

„Du weißt, dass ich dich schätze. Deine Arbeit. Und deine ruhige Art. Na, und du bist ja nun auch kein Kind mehr."

Er strich mir mit seiner verschwitzten Hand eine Haarsträhne aus dem Gesicht, die heruntergefallen war, weil ich krampfhaft den Blick nach unten auf das Formular gerichtet hielt, das ich gerade bearbeitete. Es war eine Ausfuhrbewilligung, die ich erst halb ausgefüllt hatte. Er nahm mein Kinn und bog mein Gesicht nach oben. Zwischen seinen struppigen Barthaaren sah ich kleine Schweißperlen tropfen.

„Nein, du bist kein Kind mehr, du weißt schon. Und du kommst doch auch ganz gut mit mir zurecht, nicht wahr?"

Ich bewegte mich nicht, ich sagte nichts, was ihn aber eher noch zu ermuntern schien. Seine Hand wanderte von meinem Kinn über die Schultern den Rücken hinunter. Ich hatte Angst. Überwältigender Ekel bei gleichzeitiger völliger Hilflosigkeit. Ohne Popow wäre nichts so, wie es war. Ohne ihn hätte ich das Gymnasium nicht besuchen können. Und es war doch gut so, besser als je gedacht für mich, und für die Babas. Wegen Popow.

Ich schlüpfte aus mir heraus, als seine Hände zu wandern begannen.

Er knöpfte meine Bluse auf.

Ich hielt die Augen fest zugepresst.

Als seine schweißtriefenden Hände meine kleinen Brüste fest, fast gewaltsam zusammendrückten, schrie ich plötzlich auf und sackte einfach zusammen, so dass ich unter den Tisch rutschte. Dort lag ich wie ein Bündel und begann laut zu weinen. Ich wusste, was jetzt passieren würde. Ich hatte nichts entgegenzusetzen.

Popow stand über mir. Nach zwei Sekunden unendlicher Stille schrie er: „Raus! Verschwinde! Sofort!“

Ich nahm nicht mal meine Jacke.

Als ich schon aus der Tür heraus war, schrie er weiter: „Aber komm verdammt noch mal morgen früh wieder!“

***

Am nächsten Tag betrat ich wieder das Büro, was mich an diesem und an jedem folgenden Tag eine unglaubliche Überwindung kostete. Diese Schwelle bedeutete von da an für mich Scham, Ekel und Demütigung.

Dass offensichtlich auch Popow sich schämte, war nur eine geringe Entschädigung für das, was passiert war. Die Slivova-Flasche war fortgeräumt und tauchte von da an nur noch bei guten Gründen auf.

Er schlich zu mir. „Hm, Anelija, hm, war nicht so gut gestern, ich hatte zu viel getrunken, na ja, wir vergessen das beide am besten.“

Und damit verzog er sich in sein Büro.

Und mein Entschluss stand fest.

Ich würde mich nicht mehr demütigen lassen. Und ich würde mein Leben selbst in die Hand nehmen. Ich streckte das Kinn hoch. Auch wenn meine Knie zitterten.

1978 | Kopenhagen

Auf einem monströsen, antiken Sessel saß Francesco Gullino hinter einem breiten Schreibtisch aus Nussbaumholz.

Vielleicht waren es seine italienischen Wurzeln, die ihn immer noch lieber zum Pompöseren in seiner Umgebung greifen ließen. Und er liebte diese Selbstinszenierung. Damals, als er wegen Drogenschmuggels im bulgarischen Gefängnis saß, hatte er gedacht, das sei das Ende seines Lebens. Und jetzt hatte er diese gediegene Kunstgalerie. Und sein schönes Haus in Nerum, einem nördlich von Kopenhagen gelegenen Vorort. Niemals hätte er damals für möglich gehalten, dass er sich mit der kleinen Unterschrift unter dem Vertrag nicht nur die Freiheit erkauft hatte, sondern ein solches Leben hatte aufbauen können. Na gut, er war unordentlich, überall lagen die Bilder herum, und mit der Sauberkeit hielt er es auch nicht ganz so. Aber war das nicht gleichgültig, wenn man sich mit solch teuren Dingen umgeben konnte?

„Gullino“, meldete er sich, als das mit einem Samthäubchen bekleidete Telefon klingelte.

„Picadilly.“

Als er diesen Namen hörte, saß er reflexartig kerzengerade in seinem Plüschpolster. Nun war die schöne Zeit wieder vorbei, das war die Stimme seines Führungsoffiziers, der ihn hier mit seinem Agentennamen „Pica-

dilly" ansprach. „Es ist Zeit für einen Auftrag. Zielort: London. Lieferdatum: 7. September. Ziel: Skitnik. Weg: bei Sonne und bei Regen. Genauere Einweisung hier vor Ort in Sofia. Morgen fliegen Sie nach London und sehen sich dort mal alles Sehenswerte an. Arrivederci."

Langsam legte Gullino den Hörer auf. Obwohl sich die Worte bereits eingebrannt hatten, notierte er sie sofort auf einem Zettel. Es war wieder einmal Zeit, den Preis zu bezahlen für das schöne Leben, das er hier führte. Er strich über seinen Schnurrbart. Nun gut, der Skitnik sollte es sein, immerhin, ein großer Fang. Der Codename „Skitnik" war allen bulgarischen Agenten bekannt. Georgi Markow sollte es also sein, der unverschämte Schriftsteller. Das würde die aber auch einen Preis kosten. Wie viel sollte er verlangen? Eine schöne Summe würde er jedenfalls fordern.

Also wieder nach Sofia – immer diese umständliche Fliegerei über Rom oder andere unverdächtige Flughäfen. Und wieder diese anstrengenden Trainings. Dies war ein großer Auftrag, wahrscheinlich würde ein internationales Team zusammenkommen und gemeinsam geschult werden. Das würde kräftezehrend und gefährlich werden, auch wenn ihn das immer noch am wenigsten störte.

Nach diesem Einsatz müsste er dann immerhin wieder einige Zeit Ruhe haben. Er griff zum Hörer und reservierte sich ein Flugticket nach London.

1987 | Radilovo

Der schwerste Gang war der zu Baba. Wochenlang schob ich ihn auf, bis die Baba eines Abends mit ihrer Hand auf die Küchenbank neben sich klopfte. „Du schleichst umher wie eine läufige Katze, meine liebe Anelija, nun ist es genug. Was auch immer es ist, raus damit."

Ich setzte mich zu ihr und starrte auf meine Hände.

Baba nahm meine Hände in ihren Schoß: „Ein Junge, ist es das?"

Ich schüttelte den Kopf.

Baba seufzte tief: „Ein Junge also nicht. Oh mein Kleines, ich fürchte, ich kenne das von Nadja. Du bist schwanger, nicht wahr?"

Ich blickte auf in ihr sorgenzerfurchtes Gesicht und plötzlich überkam mich eine Welle von Liebe, weil mir klar wurde, dass sie sich gerade das Schlimmste vorstellte, was in ihren Augen hätte passieren können. Und dennoch hätte sie mir alles verziehen, mich in allem unterstützt. Meine Baba.

Ich legte meine Arme um ihren Hals. „Nein, Baba, das ist es doch gar nicht, oh nein." Ich zog mich zurück und konnte sehen, welche Erleichterung sich in ihr ausbreitete. „Aber, Baba, es ist, fürchte ich, auch etwas Schlimmes für dich. Baba, ich will nach Deutschland. Ich will zu Majka, ich will in ein Land, in dem ich mir aussuchen darf, was ich studiere und welchen Beruf ich ergreife. Baba, ich will nach Deutschland."

Baba nickte bedächtig. „Ja, ich wusste das. Seit dem Tag, an dem du mehr deutsche als bulgarische Bücher liest, wusste ich es. Anelija, zwei Sachen musst du mir versprechen. Diesen Herbst schließt du noch das Gymnasium ab und dann", sie stockte, „versprich mir, dass du mich wieder besuchen kommst. Noch eine Tochter zu verlieren, würde ich nicht aushalten."

„Baba, das verspreche ich dir. Ich komme dich besuchen, dich und Baba Milena, und vielleicht, wenn ich es kann, hole ich dich nach. Ich verspreche dir das."

Baba strich mir über das Haar. „Mich brauchst du nicht nachholen. Ich bin Bulgarin, ich bin in Radilovo geboren und ich will hier auch sterben. So sicher wie ich damals wusste, dass Nadja nie mehr zurückkommen wird, so sicher weiß ich, dass wir zwei uns wiedersehen werden. Du bist ganz anders als sie. Aber meine Liebe, pass auf dich auf, geh nicht unter in diesem Land. Wir wissen beide nicht, was dich dort erwartet. Sicher nicht nur Gutes. Pass auf dich auf."

Ich nickte, legte meinen Kopf in ihren Schoß und ließ meine Tränen wie damals als Kind in ihre warme Schürze laufen, und sie streichelte mich.

Meinen Abschluss machte ich mit Bravour, als Jahrgangsbeste. Selbst der Direktor lobte mich, ohne dass ich einen Zweifel in seiner Stimme hätte vernehmen können. Man bot mir eine Stelle als Genossenschaftssekretärin mit einem ungeheuren Gehalt von 150 Lewa im Monat an.

Ich wartete ungeduldig, bis Ende des Sommers endlich Onkel Ilija wieder für die Genehmigung ins Büro von Popow kam. Er begrüßte mich und zwinkerte mir verschwörerisch zu. Er war wieder zu spät. Nachdem er bei Popow im Büro war, füllte er alle Formulare aus und sah mich fragend an, worauf ich ihm zuflüsterte: „Um 19 Uhr im Café gegenüber."

Abends, nachdem ich mit der Unterschriftenmappe auch die Papiere für Onkel Ilija vollständig ausgefüllt hatte, lief ich hinüber ins Café. Mir war mulmig zumute.

Mit einer einladenden Handbewegung bot mein Onkel mir den Platz ihm gegenüber an. Ich bestellte einen Tee und schüttelte den Kopf auf die Frage, ob ich nicht auch etwas zu essen haben wolle. Ich hätte keinen Bissen heruntergebracht, so aufgeregt, wie ich war.

„Onkel Ilija, ich möchte dich um etwas bitten."

„Ja, Anelija, was denn?"

„Nimm mich mit nach Deutschland. Im Pflaumenlaster. Bitte." Jetzt war es raus.

Mein Onkel sah mich an. Er war nicht so überrascht, wie er nach meiner Vorstellung hätte sein müssen. Aber auch nicht gerade so zuversichtlich, wie er hätte sein sollen.

„Anelija." Er sah sich vorsichtig um, aber in unserer Nähe saß niemand, der uns hätte hören können. „Das ist kein Spaß. Weißt du, welche Folgen das haben kann, für uns beide?"

Ich nickte.

„Wenn ich dabei erwischt werde, bin ich meine Lizenz und meine Arbeit los. Und du, du kommst dafür ins Gefängnis."

Das wusste ich.

„Es gibt auch kein Zurück mehr, wenn du einmal geflohen bist. Ist dir das klar? Dann bist du ein Staatsfeind."

Auch das war mir klar.

„Hast du es denn der Baba gesagt?"

„Ja."

Er sah mich zweifelnd an. „Und Nadja?"

Ich senkte die Augen und schüttelte den Kopf. Er verschränkte die Arme.

„Und wie soll es dann weitergehen? Was willst du in Deutschland machen?"

Genau das war es, was ich selbst nicht wirklich wusste. „Vielleicht finde ich eine Arbeit, und vielleicht kann ich später auch studieren, in München. Vielleicht kann ich bei Majka wohnen." Ja, vielleicht. Das Fragezeichen besonders hinter dem letzten Punkt war mir wohl bewusst.

„Und wenn nicht?"

Ich zuckte mit den Schultern.

„Musst du fort? Ist etwas passiert, in der Schule oder bei Popow?" Er sah mich prüfend an.

Ich schüttelte zaghaft den Kopf, sah ihm dabei aber nicht in die Augen. „Ich darf hier nicht deutsche Philologie studieren, nur Ökologie oder Sozialkunde."

Er zögerte. „Deutsch sprichst du, nicht wahr?"

„Ja", hauchte ich.

„Wie viel Geld hast du?"

„Fast 1 000 Lewa." Das stimmte nicht einmal annähernd, klang aber besser, fand ich.

Er sah mich kritisch an. „Das genügt nicht. Du brauchst einen Pass, den kann ich dir besorgen, aber der alleine kostet bereits 5 000 Lewa. Und dann brauchst du Geld, um über die ersten Wochen zu kommen. Noch mal 5 000 Lewa. Frag Nadja. Wenn sie dir das Geld gibt und dich aufnimmt, dann bringe ich dich rüber." Er sah mich grinsend an. „Wäre nicht das erste Mal …"

Ich schlurfte zum Bus, als ob meine Füße zentnerschwer wären. 10 000 Lewa – eine unglaubliche Summe. Meine Mutter sollte ich darum bitten. Das konnte ich nicht. Aber wen hätte ich sonst darum bitten sollen?

Ich war bereit, mein Leben zu riskieren. Auch gearbeitet hätte ich ohne Ende, aber meine Mutter um 10 000 Lewa bitten und darum, dass sie mich aufnahm, das konnte ich nicht.

Die nächsten Wochen waren grau, grau von morgens bis abends. Natürlich erzählte ich der Baba von meinem Gespräch mit Onkel Ilija. Obwohl ich den

Eindruck hatte, dass sie am Anfang erleichtert war, dass es scheinbar unmöglich war, 10 000 Lewa zu beschaffen, merkte ich, dass sie von Woche zu Woche mehr mit mir litt.

Ich schleppte mich dahin. Ich wusste, dass ich nun für die Stelle als Sekretärin der Kooperativenleitung zusagen musste, aber Tag für Tag schob ich diesen Gang hinaus. Er hätte mein Leben besiegelt, alles wäre klar gewesen, für immer wäre ich in unserem Städtchen geblieben und hätte Tag für Tag die Briefe anderer Menschen abgetippt. Unzählige Formulare ausgefüllt, Bewilligungen erteilt, Absagen versandt für Dinge, die mir alle gleich unwichtig erschienen. Und jeden Tag hätte ich Popow sehen müssen.

War das alles in meinem Leben? Immerhin wäre es kein Leben als Bäuerin, ich müsste keine schwere Arbeit auf dem Feld verrichten. Immerhin war meine Baba stolz auf mich. Immerhin. Morgen, morgen musste ich zusagen.

Am Abend klopfte die Baba wieder auf die Küchenbank neben sich. Sie hatte einen weißen Brief in ihrer Hand, einen Brief von Nadja.

Meine geliebte Mama,

ich war völlig in Tränen aufgelöst, als ich den Brief las, den Du Irina Sostrowna diktiert hast. (Du willst wahrscheinlich nicht, dass Anelija etwas davon erfährt, nicht wahr?)

Warum hast Du mir nicht schon eher geschrieben, dass Du Krebs hast? Wenn nur eine Operation Dir helfen kann, hätte ich doch schon viel eher alles dafür gegeben, auch wenn 10 000 Lewa ein großer Betrag ist!

Als ich über deinem Brief saß und schluchzte, kam Franz herein und ich übersetzte Wort für Wort. Kannst Du Dir vorstellen, was er gesagt hat? „Nadja, das schaffen wir, wenn es um das Leben deiner Mutter geht. Noch nie haben sie uns um etwas gebeten. Das schaffen wir."

Da siehst Du, was für ein guter Mann er ist. Ich hätte mich kaum getraut, ihn darum zu bitten.

Am nächsten Tag ist er zur Bank gegangen und hat mir das Geld gebracht. 3 000 DM, das sind sogar etwas mehr als 10 000 Lewa. Ich gebe das Geld Onkel Ilija mit. Liebe, liebe Mama, lass Dich operieren und werde schnell gesund. Ich weiß, dass ich Dir nicht immer eine gute Tochter war, so wenig wie Anelija eine gute Mutter, aber wenn ich Dir jetzt helfen kann, dann tue ich das. Bitte, bitte, werde wieder gesund, ich denke doch immer an Euch.

Tausend Umarmungen,
Eure Nadja

Baba öffnete ein Briefkuvert und holte viele blaue Dimitrows heraus, die sie mir in den Schoß legte.

„Nicht für mich, für dich sind sie. Mach damit, was immer du möchtest. Die eine Hälfte ist in Lewa, die andere in Mark."

Ich hatte das Bündel mit dem unendlich vielen Geld in der Hand und schluckte.

„Ist schon gut. Ich bin ganz gesund." Sie blinzelte mir zu. „Es geht nicht um mein Leben. Es geht um deines. Und aus dir, meine kleine, zarte Anelija, kann alles werden, das weiß ich. Hol dir den Himmel. Geh nach Deutschland."

***

Am nächsten Abend stand ich vor Onkel Ilijas Haus und klingelte. Meine Tante – seine Frau, an deren Namen ich mich nicht mehr erinnern konnte – öffnete mir mürrisch dreinblickend die Tür.

„Ich bin Anelija Lulewa. Dürfte ich bitte zu Onkel Ilija?"

Sie führte mich in die Küche, wo mein Onkel vor einem Bier saß.

„Die kleine Anelija. Na, Maria, kennst du sie noch von der Hochzeit von unserer Julia?" Maria betrachtete mich kritisch. „Ich habe dir doch von ihr erzählt. Das ist die Kleine von Nadja, die jetzt beim Herrn Popow im Büro arbeitet und mir dort einiges vorantreibt." Er lachte verschmitzt, doch seine Frau verzog keinen Mundwinkel und setzte sich demonstrativ neben ihn.

„Setz dich, Anelija, setz dich."

Ich sah ihn fragend an, aber er nickte nur. „Vor meiner Maria gibt's keine Geheimnisse, erzähl nur."

Ich sagte nichts, holte nur aus meiner Tasche das Bündel hervor, das immer noch in dem gleichen Umschlag verpackt war, öffnete ihn und zeigte meinem Onkel die Geldscheine. Er schien verblüfft. „Sie hat dir wirklich das Geld geschickt. Da will sie tatsächlich, dass du zu ihr kommst. Also hat sie doch Sehnsucht nach dir, unsere Herumtreiberin."

Sorgfältig zählte er die Scheine und nahm 5 000 Lewa an sich. „Na gut, Anelija, na gut, wenn du es wirklich willst, dann kann ich das schon für dich möglich machen. Und denk nur nicht, dass ich mir selbst etwas davon nehme. Das ist für die Pässe und die Papiere, die du brauchen wirst. Ich nehme dich mit hinüber, weil du die Tochter von Nadja bist."

Seine Frau warf ihm einen schrägen Blick zu, dann legte sie bestimmend ihre Hand auf das Geld. „Wie alt bist du Anelija?"

„Bald achtzehn."

„Warst du schon jemals außerhalb unserer Ortschaft?"

„Einmal. In Sofia, bei der Hochzeit von Julia."

Sie nickte wissend mit dem Kopf und warf ihrem Mann einen Blick zu, der bedeuten sollte: „Habe ich es dir nicht gesagt?" Ich reckte selbstbewusst das Kinn hoch. Ich wusste, was ich wollte.

„Weißt du, als was du in Deutschland arbeiten kannst?"

„Nein."

„Kannst du dort irgendwo wohnen?"

Ich wiegte den Kopf.

„Was glaubst du, was das Schlimmste ist, das dir passieren kann?“

„Dass wir an der Grenze gestoppt werden und ich ins Gefängnis muss.“

„Und was wird dir im Gefängnis passieren?“

Ich zuckte mit den Schultern.

„Du bist siebzehn Jahre alt, siehst eher noch jünger aus, und bist ein ausgesprochen hübsches, junges Mädchen. Ich weiß wohl, was mit dir im Gefängnis oder auch auf einer solchen Reise ohne Sicherheiten geschehen kann. Weißt du es auch?“

Es war mir unendlich peinlich. Ich wusste, worauf sie hinaus wollte. In meinen Büchern hatte ich alles über Männer und Frauen gelesen, wenn ich auch selbst noch nie einen Freund gehabt hatte. Und spätestens seit dem Abend mit Popow war mir klar, dass Männer sich auch gegen den Willen von Frauen nahmen, was ihnen gefiel. Mein Magen krampfte sich zusammen. Plötzlich konnte ich den Schweiß- und Alkoholgeruch von Popow wieder riechen. Fast musste ich würgen.

Maria packte mit ungewohnter Härte mein Handgelenk. „Ist es das wert, kleine Anelija? Mach dich mit dem Schlimmsten vertraut und denke genau nach. Ist es das wert?“

Ihre Augen blitzten jetzt wütend Ilija an. „Was hast du dir dabei gedacht? Sie ist ein Kind. Wie soll sie durchkommen? Kannst du es verantworten, wenn sie im Gefängnis sitzt oder in Deutschland auf der Straße leben muss oder in die Fänge von Männern gerät, die ihr nichts Gutes wollen?"

Die Bitterkeit in ihren Worten war so drängend, dass mir klar wurde, dass sie bereits Einiges erlebt hatte. Und wenn sie es auch nicht nett ausdrücken konnte, so wollte sie mich doch schützen. Zum ersten Mal wurden mir die Gefahren meines Vorhabens in allen Details bewusst.

„Schau sie dir an, das kleine Rehlein mit ihren dunkelbraunen Augen. Und wenn sie zerbricht, dann bist du mit schuld!"

„Jetzt mal ganz ruhig, Maria. Sie ist fast achtzehn, und in Deutschland wartet ihre Mutter auf sie, das siehst du doch an dem Geld. Wenn ich achtzehn wäre und eine Mutter in Deutschland hätte, ich wäre schon fort."

„Aber sie ist ein Mädchen. Noch nicht mal achtzehn! Jung und zerbrechlich." Sie sah mich an, öffnete meine Hand und legte die Geldscheine hinein. „Nimm es wieder mit, damit kannst du hier in Bulgarien auch etwas anfangen. Überleg es dir. Es ist zu gefährlich."

Ich zog abwehrend meine Hände fort. „Nein, Maria, ich will nach Deutschland. Egal, was es mich kostet. An Geld und anderem. Ich will dorthin. Ich will sagen können, was ich möchte. Und ich will kein Bild eines Präsidenten in meinem Haus aufhängen müssen."

Da lachte Maria. Sie schien plötzlich zu verstehen, was mich fortzog. „Nun gut, wenn du genau weißt, was du willst, dann wird Ilija dir helfen." Sie legte das Geldbündel in die Hände ihres Mannes und blickte ihn auffordernd an. „Und du wirst es mit all deinen Beziehungen so günstig wie möglich machen."

Ilija nickte. „Komm in vierzehn Tagen wieder hierher. Dann werden wir weitersehen."

Ich stieg an diesem Abend eine Station vor meinem Dorf aus und lief die restlichen drei Kilometer zu Fuß. Ich war eine der wenigen Bulgaren, die immer gerne zu Fuß gingen. Ich lief, erst langsam, dann immer schneller, ich lief gegen meine eigene Angst an. Marias Worte wallten erneut in mir auf und ich glaubte, den Druck ihrer Hände auf meinen Knöcheln zu spüren. Ich sah vor mir die Ungewissheit, die Gefahren, die sie heraufbeschworen hatte. Was würde geschehen, wenn meine Mutter mich nicht aufnehmen wollte? Wo sollte ich schlafen? Ich sah mich plötzlich in einsamen Hinterhöfen liegen, neben wilden Hunden, wobei ich erst später erfuhr, dass es in Deutschland gar keine gab, angeknabbert von Ratten. Frierend.

Musste ich wirklich dorthin? Hatte ich hier nicht alles, was ich brauchte, war ich nicht der neue Mensch des Kommunismus? Gab man mir hier nicht mehr, als ich mir je erhofft hatte?

Aber etwas in mir drängte hinaus, hinaus aus diesem kleinen Staat, ich wollte mehr vom Leben, ohne ganz genau zu wissen, was dieses „Mehr“ war. Aber ich wusste, in Deutschland gab es mehr. Mehr Essen, mehr Arbeit, mehr Freiheit, mehr Weiß.

Ich sah mich um und bemerkte erst jetzt, dass eine Gewitterwand mit dunkelgrauen Wolken aufgezogen war. Oh, wie satt ich dieses Grau hatte. Die Sehnsucht nach den verheißungsvollen Farben war so groß. Es begann zu nieseln. Dann klatschte mir ein dicker Tropfen auf die Nase und ich reckte kampfeslustig das Kinn höher in die Luft. Ich würde dieses Grau besiegen, es könnte mir nichts anhaben. Ich wollte durch diese dunklen, dichten Wolken hindurch. Als ob die Wolke in diesem Moment aufplatzte, ergoss sich plötzlich ein prasselnder Regen über mich. Gerade lief ich an einer Scheune vorbei, bei der ich mich hätte unterstellen können. Doch ich war in Kampfeslaune. Nichts konnte mir etwas anhaben. Ich würde nicht klein beigeben. Ich würde es hindurchschaffen. Meine Lederstiefel platschten in die Pfützen, als ob ich sie gewaltsam entleeren wollte. Das Wasser lief mir das Gesicht hinunter, ich leckte es begierig ab. Längst war die Nässe mir bis auf die Haut gedrungen, ich spürte die Kälte. Ich wollte es schaffen, ich würde es schaffen.

Der Preis war hoch. Mit dem Schlimmsten sollte ich rechnen. Kein Dach über dem Kopf, keine Arbeit, kein Essen, Schutzlosigkeit, Männer, die mich bedrängen.

Aber dort war auch die Möglichkeit, zu studieren,

dort war Majka, dort durfte man alles sagen, was man dachte.

Als mir Baba die Tür öffnete, strahlte ich sie an, während sie mit spitzen Schreien nach einem Handtuch lief, um mich, ob ich wollte oder nicht, von Kopf bis Fuß trocken zu reiben.

„Baba, ich gehe nach Deutschland."

„Ja ja, mein Kind, aber bestimmt nicht so nass."

***

Vierzehn Tage später stand ich wieder bei Ilija vor der Tür.

Er legte mir die Arbeitsanforderung eines deutschen Unternehmers, ausgefüllt auf meinen Namen, auf den Tisch. „Damit darfst du drüben bleiben, wenn du dort bist, zumindest für ein Jahr. Natürlich musst du dich nicht an den wenden, du verstehst schon. Du musst dir dann eine Arbeit suchen und nach dem ersten Jahr eine andere Stelle haben. Alles klar? Aber damit bist du nicht mehr illegal in Deutschland, wenn du drüben bist."

Ich nickte und drückte das Papier an mich.

Von den 5 000 Lewa gab er mir 1 000 wieder zurück. „Billiger ging es leider nicht."

Ich bedankte mich.

„In drei Wochen am Montag geht es los. Komm um drei Uhr nachts hierher. Ich fahre um vier Uhr früh mit dem Laster los. Anelija, es wird sehr, sehr kalt, denn du musst dich unter den Pflaumen verstecken, im Kühllaster. Zieh alles an, was du hast. Eine kleine Tasche darfst du mitnehmen. Mehr nicht. Vergiss deine Pässe, Ausweise und Zeugnisse nicht. Aber vor allem nicht das restliche Geld."

Er packte mit seinen groben Händen mein Kinn und zog es hoch. „Anelija, hast du dir das alles wirklich gut überlegt?"

Ich nickte nur. „Ja, Onkel Ilija. In drei Wochen hier bei dir, um drei Uhr nachts."

1978 | 7. September, London

Georgi stand auf der Waterloo Bridge. An diesem nasskalten Septembertag machte London seinem Ruf nach ewigem Nebel alle Ehre. Georgi schüttelte sich. Sofia war rau und kalt gewesen zu dieser Jahreszeit, wenn der Herbstwind schroff durch die Straßen pfiff. London war vernebelt, gedämpft, der Nebel schien sogar die Töne zu schlucken.

In Sofia würden sie heute mit großen Ehrenparaden Schiwkows Geburtstag feiern. Mein Freund Todor, dachte Georgi bitter.

Obwohl Georgi heute früh bereits eine Schicht gehabt hatte, musste er jetzt nach dem Lunch wieder zur BBC. *Er hasste Doppelschichten.*

Wie immer war er auf den Parkplatz an der Waterloo Bridge gefahren. In den letzten Tagen hatte er den Eindruck gehabt, gerade hier beobachtet worden zu sein, aber er konnte nicht einmal genau sagen, von wo aus oder von wem. Er litt wirklich schon an Verfolgungswahn. Er blickte auf die Uhr, es war zwei Uhr nachmittags. In einer halben Stunde würde seine Schicht anfangen.

Kurz hielt er inne und betrachtete gedankenverloren die Wellen der Themse, die nahezu ohne Bruchstelle in den feinen Nebel überzugehen schienen, der über dem Wasser hing. Heute würde er Schiwkows Geburtstag zum Anlass nehmen, um darüber zu erzählen, was seinem Freund Filip hier in London passiert war. Um Haaresbreite war Filip von einem vorbeirasenden Auto erfasst worden. Mit einem Sprung hatte er sich im letzten Moment retten können. Jetzt lag er mit einem Oberschenkelhalsbruch im Krankenhaus. Schiwkows Arme waren lang. Aber seine, Georgis, Worte waren laut. Todor Schiwkow sollte Geburtstag feiern, Georgi würde heute reden.

Undeutlich vernahm er an leisen Schritten, dass jemand auf der Brücke auf ihn zukam. Er blickte nur kurz hoch und verfolgte wieder das Zusammenspiel von Wellen und Nebel, als ihn plötzlich ein ungeahnter Schmerz im rechten Oberschenkel durchfuhr. Als ob ihn eine Kugel getroffen hätte. Er fuhr herum.

„Sorry, I'm so sorry." Der Mann sprach englisch, aber ein sanfter, schwer zu deutender Akzent in seiner Stimme verriet seine fremde Herkunft. Der Mann bückte sich und hob einen Regenschirm auf, der ihm heruntergefallen war.

Georgi nickte. Ein Regenschirm, nur ein Regenschirm; und er dachte als Erstes an eine Kugel, er war einfach verrückt.

Kurz sah er dem Mann hinterher, der bereits weitergeeilt war, dann versuchte er, sich wieder auf die Wellen zu konzentrieren, aber sein Bein schmerzte immer noch. Musste ein spitzer Regenschirm gewesen sein. Trotzdem kein Grund, gleich an eine Kugel zu denken.

***

Pünktlich um fünfzehn Uhr war er auf Sendung. Eine Stunde später hinkte Filip, gestützt von Teodor Lirkoff, herein. „Ich bin wieder da; eingegipst, aber ich kann wieder laufen. Du darfst als Erster auf den Gips schreiben."

Georgi lachte: „Komm her, Hinkemann. Bin froh, dass es dir wieder gut geht. Du, ich glaube, ich hinke heute mit dir. An der Waterloo Bridge hat mir jemand seinen Regenschirm auf mein Bein geknallt. Schaut mal." Georgi schob sein Hosenbein hoch und zeigte eine kleine blutige Schramme mit einer pickelgroßen Schwellung. Teodor und Filip besahen sich die kleine Verletzung.

„Also, du bulgarischer Nationalheld, entschuldige mal, du jammerst wegen eines Regenschirmkratzers und ich stehe hier halb zertrümmert", meinte Filip.

„Hast ja recht", brummte Georgi.

„Komm, lasst uns gemeinsam in das nächste Pub hinken, auf ein kühles, dunkles Bier", schlug Teodor vor.

„Aber ich muss erst noch eine halbe Stunde auf Sendung", erklärte Georgi.

„Mach das und dann lass uns das Feuerwerk feiern, das du gerade abgefackelt hast – ich habe es im Auto gehört. Schiwkow wird nicht ganz so glücklich sein, heute an seinem Geburtstag."

***

Zur gleichen Zeit nahm Todor Schiwkow die Ehrenparade zu seinem Geburtstag entgegen und dachte auch gerade an London. An seinen Freund Georgi. Und er war glücklich. Triumphierend sagte er sich, dass dies einer seiner schönsten Geburtstage sei. Der Platz des 9. Septembers war mit Flaggen und Transparenten vor der Nationalen Kunstgalerie geschmückt. Auf der linken Seite hingen große Portraits der Mitglieder des bulgarischen Politbüros und des sowjetischen Zentralkomitees. Die Fassade des Parteibüros war versehen mit den Bildern von Marx, Engels, Lenin, Blagoew und Dimitrow. Über allem hing der Slogan: „Proletarier aller Länder – vereinigt euch". Und überall, an jedem Haus, an jeder Straßenecke sein Bild: Todor Schiwkow.

Ja, das war sein Tag heute.

***

Später sagte Georgi die Verabredung mit Filip und Teo doch noch ab. Er fühlte sich nicht ganz wohl. Doppelschichten waren für jemanden seines Alters doch nichts mehr. Im nächsten Jahr würde er fünfzig werden. Vielleicht sollte er doch einmal etwas kürzertreten, mehr für seine Frau und für seine Tochter da sein. In Sardinien hatte er sich doch eigentlich entschieden, alles etwas ruhiger angehen zu lassen. Andererseits wollte er die kritische Literaturzeitung in München realisieren und vielleicht doch noch mehr politisch für Radio Free Europe *arbeiten. Er hatte so viele Pläne für die Zukunft.*

***

Doch am nächsten Morgen war nicht daran zu denken, dass Georgi zur Arbeit hätte gehen können. In der Nacht hatte er hohes Fieber bekommen. Seine Frau kümmerte sich um ihn wie um ein kleines Kind. Sie kühlte ihm die Stirn, gab ihm ein fiebersenkendes Mittel und machte schließlich sogar Wadenwickel.

Doch am Abend sagte sie zu Georgi: „Keine Widerrede mehr, du bist richtig krank, seltsam krank, ich rufe jetzt einen Arzt."

„Nein, mich hat einfach nur eine Grippe erwischt", wollte Georgi sagen, doch die Worte kamen bereits unsicher aus seinem Mund. Es fiel ihm seltsam schwer, seine Zunge zu kontrollieren und artikuliert zu sprechen. Und in diesem Moment wurde Georgi selbst klar, dass er schwerkrank war.

Seine Frau schüttelte den Kopf: „Nein, ich rufe einen Arzt."

Und Georgi widersprach nicht mehr.

Der Arzt kam, untersuchte ihn und zögerte nicht, ihn sofort mit einem Krankenwagen in das St.-James-Hospital bringen zu lassen.

Die Ankunft im Krankenhaus verschwamm in seinem Bewusstsein bereits mit Erinnerungen aus seiner Kindheit. Mal sah er sich selbst lesend im Bett, mal schien es ihm, als sei er wieder im Tuberkulose-Sanatorium, mal sah er seine Mutter.

Ein Arzt beugte sich in der Notaufnahme über ihn, leuchtete in seine Augen und wollte ihn gerade auf ein

Zimmer verlegen, als Georgi ihn mit letzter Kraft an seinem weißen Ärmel packte: „Ich bin vom KGB vergiftet worden. Ich werde sterben. Es gibt nichts, was Sie dagegen tun können."

Georgi konnte dem Arzt ansehen, dass er zögerte. Hatte er es hier mit einem paranoiden Überläufer zu tun?

Georgi zog ihn nah zu sich heran und flüsterte ihm stockend die Geschichte von der Waterloo Bridge ins Ohr. „Der Mann mit dem Regenschirm, das war es."

Der Arzt hätte nachher gar nicht mehr sagen können, warum, aber er glaubte diesem Mann, der bereits in den wenigen Minuten der Untersuchung vor seinen Augen zu verfallen schien. Das Fieber des Mannes war ungewöhnlich hoch. Er transpirierte stark und hatte ein extrem gerötetes Gesicht. Der Puls war viel zu schnell, der Mann atmete heftig und schien hypernervös. Ja, tatsächlich, das waren alles Anzeichen für eine Vergiftung.

Nach kurzer Zeit fand er tatsächlich diese winzige Einstichstelle in Georgis rechtem Oberschenkel. Niemals hätte er darauf geachtet, wenn Georgi ihn nicht darauf aufmerksam gemacht hätte. Aber vielleicht hatte der Mann auch nur eine allergische Reaktion auf einen Insektenstich? Kurz zögerte der Arzt, doch dann griff er zum Telefon und rief Scotland Yard an: „Ich bin Arzt im St.-James-Hospital. Vielleicht werden Sie es nicht glauben, aber ich habe hier einen Patienten, der vielleicht von einem Geheimdienst vergiftet wurde."

***

Kurz nach Mitternacht standen fünf Ärzte vor den Röntgenbildern. Da war ein winziger Fleck. „Das ist doch nur ein Fleck auf dem Röntgenbild", brummte ein Arzt, als ein anderer bedeutungsvoll mit dem Finger darauf zeigte.

„Aber es könnte auch ein winzig kleiner Fremdkörper unter der Haut sein", meinte der erste zögernd.

Der Chirurg verwarf die Idee: „Das ist jedenfalls nichts, was man rausschneiden kann."

Die Ärzte rotierten um den schwächer werdenden Georgi herum. Langsam hatte keiner mehr Zweifel an der wahnsinnigen Theorie. Bald war sich das Expertenteam zumindest einig, dass Georgi eine schwere Blutvergiftung hatte. Sie taten alles, was ihnen einfiel, aber sie bekamen weder sein Fieber noch seine immer extremer werdenden Schmerzen in den Griff.

Nur wenige Stunden nach Georgis Einlieferung war allen klar, dass sie um sein Leben kämpften. Doch wogegen kämpften sie hier? Die Ärzte wussten es nicht. Sie erhöhten die Morphium-Dosis, um die Krämpfe zu mildern, die seinen Körper schüttelten. Nach einer Besprechung am Krankenbett konnten sie Georgis Frau nur sagen, dass sie sich den Temperaturanstieg, die Schmerzen und die Krämpfe nicht erklären konnten. „Die Situation ist sehr ernst und wir verstehen die Ursache seiner Krankheit einfach nicht. Wir behandeln nur die Symptome mit allem, was uns zur Verfügung steht", erklärte der Arzt des St.-James-Hospitals und berührte Georgis Frau fürsorglich und tröstend am Arm.

„Vergiftet?", fragte sie noch einmal. „Hier in London?"

„Ja, wir halten das für möglich, aber wir konnten bisher nichts Konkretes herausfinden."

Der Arzt erklärte ihr: „Wenn er wirklich vergiftet wurde, müsste ich wissen, welches Gift benutzt wurde. Kein Arsen, kein Zyanid, das ist klar. Es muss ein starkes Gift sein. Ich habe jetzt alle Bücher über Gifte durchgesehen, die wir haben. Ich weiß einfach nicht, was es sein kann." Der Arzt zuckte verzweifelt mit den Schultern.

Georgis Frau rief seinen Bruder an: „Ich glaube, es steht sehr schlecht um ihn. Es könnte ein Gift sein, das keiner kennt."

Als Teo kam, konnte Georgi noch sprechen.

Doch ab Samstag war er bereits meist im Delirium. Er sprach wirre Worte, er redete von Sophia, von Todor und dazwischen lachte er, als ob er sich mit jemandem Nettes unterhielt. Teo versuchte, Georgis Frau anzulächeln: „Er träumt von dir."

Ein Schmerzkrampf durchfuhr Georgi und stoppte sein wahnhaftes Sprechen.

Nichts half, auch wenn seine Frau Tag und Nacht bei ihm wachte.

Samstagmorgen erschienen die Polizeibeamten von Scotland Yard. Schon am nächsten Tag kamen ein Anti-Terrorismus-Experte und jemand vom Geheimdienst. Den Ärzten und Georgi half das nicht.

Am Montag, den 11. September, vier Tage nach dem Zusammentreffen auf der Waterloo Bridge, starb Georgi Markow.

***

Georgis Bruder saß am Tisch und las den Obduktionsbericht der Ärzte, den ihm seine Schwägerin gerade vorgelegt hatte.

Eine winzig kleine, metallische Kugel hatte nach der Obduktion in Georgis Bein nachgewiesen werden können. Die Kugel hatte eine Dosis des tödlichen Pflanzengifts Rizin abgegeben.

Hätte man diese Kugel gleich gefunden und herausgenommen, hätte sein Bruder vielleicht eine Chance gehabt. Nein, es ergab keinen Sinn mehr, darüber nachzudenken. Es war ein Gift, das kaum nachweisbar war. Und es gab kein Gegenmittel.

Georgis Bruder stieß einen langen Schrei aus tiefster Brust aus. Die Geschichte mit dem Regenschirm. Schiwkow. Er hatte also doch gewonnen.

Irgendwann öffnete sich die Tür. Ich konnte nicht mehr aufstehen. Onkel Ilija lief zu mir und richtete mich mühsam auf.

„Anelija, geht's dir gut?" Seine Worte drangen wie durch Watte zu mir, ich war nicht in der Lage, ihm zu antworten. Er zog mich hoch und schleppte mich mehr, als dass ich lief, hinaus. Vor dem Laster stand eine Bank, auf die Ilija mich setzte. Er begann, mich warm zu rubbeln. Wie durch einen Nebel hindurch nahm ich wahr, dass wir uns auf einem Parkplatz befanden. Verschwommen sah ich unter meinen Füßen eine makellos geteerte Straße. Kein Schlagloch, kein Kopfsteinpflaster. Wir waren nicht mehr in Bulgarien. „Sind wir da, in Deutschland?" Ilija nickte, wahrscheinlich erahnte er mehr meine Worte, als dass er sie durch das erfrorene Nuscheln erkannte.

„Ja, Anelija, du bist da, du bist in Deutschland."

Er knetete wie wahnsinnig an mir herum. Es schmerzte, aber ich konnte mich nicht wehren, so taub fühlten sich meine erfrorenen Glieder an.

„Oh Gott, es hat diesmal so wahnsinnig lange gedauert an der Grenze nach Deutschland. Ich dachte schon, du bist tot. Aber dir geht's doch gut, oder, Anelija?"

Ich wusste nicht, ob er mein Nicken sehen konnte.

„Ich konnte dich doch an der Grenze nicht herauslassen, es war so eine lange Schlange. So lange musste noch keiner in der Kälte sitzen. Anelija, sag doch bitte etwas."

Es dauerte lange, bis ich wieder etwas herausbringen konnte. Langsam ging die Sonne auf und Ilija wärmte mich, bis meine Glieder wieder auftauten. Ein neuer Tag begann, mein erster Tag in Deutschland.

Als ich mich ein wenig bewegen konnte, zog mich Ilija in ein Restaurant hinein, wo er mir eine Suppe einflößte. Nur schemenhaft konnte ich meine Umgebung wahrnehmen. Später beugte sich ein riesiger, dicker Mann zu mir und sprach Ilija auf Deutsch an: „Geht's der Kleinen nicht gut?"

Ilija radebrechte: „Gut, alles gut." Der Mann musterte mich nachdenklich, verzog sich dann aber wieder an den Nebentisch.

Zuerst dachte ich, mein Magen würde sich einfach verschließen und könnte sich nicht mehr bewegen, aber irgendwann spürte ich, wie die warme Hühnerbrühe mich von innen auftaute und mir langsam das Leben zurückbrachte.

Den Rest des Weges durfte ich bei Ilija in der Fahrerkabine mitfahren. Er stellte die Heizung an, und auf der Fahrt nach München kam ich wieder einigermaßen zu mir. Langsam konnte ich nun auch diese schnurgeraden Autobahnen bewundern, glatt geteert, ohne Löcher und, wie Majka erzählt hatte, mit exakten, weißen, unterbrochenen Trennstrichen markiert. Wie sauber und klar. Es war ein schöner Tag, die Sonne begrüßte mich in Deutschland. Von einem Gefühl des Glücks war ich weit entfernt, aber die Erleichterung, überlebt zu haben, breitete sich langsam in mir aus.

In einem Vorort von München hielt Ilija an. „Ich lasse dich hier raus. Gegenüber ist eine U-Bahn-Station, von da aus kannst du überall hinfahren, am besten gleich zu deiner Mutter. Ich kann dich nicht mehr begleiten, ich bin fast vier Stunden zu spät, hoffentlich noch nicht zu spät für den Großmarkt. Du schaffst das doch, oder?“

Er sah mich verzweifelt an, sein schlechtes Gewissen stand ihm ins Gesicht geschrieben. Ich versuchte, mutig zu wirken und nickte. Als er mir meine Tasche in die Hand drückte, umarmte er mich fest: „Ach ja, hier ist die Adresse von einem Wohnheim für Gastarbeiter.“ Er drückte mir eine schmutzige Visitenkarte in die Hand. „Für alle Fälle. Anelija, du wirst das schon schaffen.“

Ich stieg aus dem großen Lkw und wartete, bis er davongefahren war. Eine unglaubliche Leere überkam mich. Worauf hatte ich mich da nur eingelassen? Neben mir stand eine Bank und ich setzte mich. Zuerst betrachtete ich die großen Häuser um mich herum. Sie waren alle verputzt und von keinem Haus fiel auch nur ein Stück des Putzes ab. Zwischen den zwei großen Straßen vor mir lag ein gepflegter Grünstreifen. So etwas hatte ich noch nie gesehen. Es sah schön aus. Menschen liefen an mir vorbei. Sie waren anders gekleidet als bei uns. Bunter, eleganter, teurer, edler. Alle hatten schicke Frisuren, die meisten Frauen waren geschminkt. Aber ihre Gesichter. Keiner lächelte, niemand grüßte den anderen, sie liefen alle in die U-Bahn-Station hinein, als ob sie es unglaublich eilig hätten. Zackige Schritte. Gehetzte Gesichtsausdrücke. Das Wort „Stress" lernte ich erst später kennen. In Bulgarien war man müde von der Arbeit, in Deutschland war man gestresst. Der Unterschied bestand darin, dass die Bulgaren zufrieden mit ihrem Tagwerk waren, während die Deutschen bereits an die Arbeit des nächsten Tages dachten.

Irgendwann rappelte ich mich auf und betrat die Station. Zum Glück half mir eine ältere Frau, die sah, dass ich weder mit den Tarifen noch mit dem Fahrkartenautomat zurechtkam, beim Ziehen eines Tickets in den Vorort meiner Mutter. Sie beschrieb mir ganz genau die Umsteige- und die Haltestelle. Und obwohl ich in der U-Bahn kaum meine Angst bekämpfen konnte, schaffte ich es, ohne mich zu verfahren, bis dorthin zu kommen.

***

In dem kleinen Ort fragte ich mich durch bis zur Straße meiner Mutter. Als ich vor dem Haus stand, zitterten mir die Knie. Es war ein großes, weißes Haus mit einem Vorgarten, rundherum umzäunt. Es war wie in meinen Träumen. Ich lief zwischen bunten, exakt angepflanzten, herbstlichen Asternbeeten auf die große, weiße Haustür zu und klingelte.

Es dauerte etwas, bis sich die Haustür öffnete. Meine Majka stand da. Zwölf Jahre lang hatte ich sie nicht gesehen. Sie sah immer noch gleich aus und doch ganz anders – wie die Menschen, die ich auf dem Weg gesehen hatte. Ihre früher wild flatternden Haare waren auf Kinnlänge gestutzt und glatt geföhnt. Ihr Gesicht war geschminkt, aber es hatte kleine Falten.

„Ja?", fragte sie.

Ich blickte sie nur an.

Erst jetzt sah sie mich richtig an und hielt sich plötzlich die Hand vor den sprachlos aufgerissenen Mund. Sie flüsterte: „Anelija? Anelija!"

Ich nickte.

„Oh mein Gott."

Alles war in diesem Wort und in dieser Geste. Überraschung, Entsetzen, Freude. Ich schämte mich ein wenig.

„Anelija." Sie war offensichtlich zu keiner Regung fähig.

Ich hatte mir unser Wiedersehen nie ausgemalt, wahrscheinlich weil ich genau von diesem mitschwingenden Entsetzen immer gewusst hatte.

Dann aber zog sie mich in ihre Arme. Obwohl ich aus den Augenwinkeln wahrnahm, dass sie sich umsah, ob man mich gesehen hatte, genoss ich ihre Wärme. Sie roch fast wie früher, wie meine Majka.

Sie zog mich ins Haus. „Anelija, wie bist du hierher gekommen? Was machst du hier? Anelija, was bist du für ein hübsches Mädchen!"

Sie fuhr mir mit ihren Händen über mein Gesicht, als ob sie es nachzeichnen wollte. Und dann weinte sie, laut schluchzend, hemmungslos. Immer wieder drückte sie mich an sich und schob mich dann wieder weg, um mich ansehen zu können.

Ich sagte nichts. Ich genoss es. Mir war klar, dass sie ihrer Schuld wegen weinte.

Sie führte mich in die Küche und setzte mich auf einen Stuhl. Verwundert betrachtete ich die Küche, denn es war die erste weiße Küche, die ich in meinem Leben gesehen hatte.

„Hast du Hunger?"

Oh ja, ich hatte.

Sie machte mir einen warmen Kakao. „Trinkst du überhaupt noch Kakao, du bist ja schon groß?"

Ich nickte. Sie schmierte mir dazu ein belegtes Brötchen. Alles unter Tränen. Ich betrachtete jede ihrer Handbewegungen. Meine schöne Mutter in dieser schönen weißen Küche.

„Du bist einfach gekommen, zu mir."

Ich nickte.

„Und du willst hier bleiben?"

Ich starrte auf den Boden.

„War es gefährlich?"

Ich hob die Schultern.

Irgendwann erzählte ich ihr langsam und stockend

von der Flucht, von der langen Fahrt, den tödlich kalten Stunden im Pflaumenlaster und dem Weg zu ihr. Ich erzählte, wie es Baba ging und Baba Milena.

„Und du hast mir nichts davon gesagt, weil du Angst hattest, dass ich nicht will, dass du kommst.“

Ich antwortete nichts.

„Ach, wie recht du hattest. Aber jetzt bist du da, einfach geflüchtet, meine große Anelija.“

Ich musste nach der langen Fahrt dringend auf die Toilette. Als ich es vorsichtig sagte, führte meine Mutter mich dorthin. Gleich neben der Haustür war die Toilette, nicht außerhalb des Hauses, was etwas befremdlich für mich war. Überall glänzten weiße Fliesen, die mir mein trauriges Spiegelbild zurückwarfen. Tiefe Augenringe zeichneten sich in meinem dünnen Gesicht ab. Ich versuchte, meine Wangen etwas aufzublasen, konnte aber keine Ähnlichkeit zu meiner glatten, wohlgenährten, wenn auch nicht dicken Mutter finden. Kein Wunder, dass sie über mich entsetzt war. Vorsichtig setzte ich mich auf die spiegelblanke Klobrille und schämte mich fast, hier etwas schmutzig zu machen. Ich sah mich nach Papier um. Auf einem silbern spiegelnden Toilettenpapierhalter hing weißes Papier. Ich fasste es an, es war weich wie Seide. Weiß wie die Wolken, weich wie die Wolken. An solches Papier hatte ich in meinen sehnsuchtsvollen Träumen nie gedacht, aber ich wusste es zu schätzen. Zu Hause konnte jeder Klogang Blut und Schmerzen bedeuten, das harte Zeitungspapier kratzte einem die Haut auf. Hier war es die reine Erleichterung, weißes Papier, kein Blut, keine Schmerzen. Sehnsucht hatte ich gehabt nach dem weißen Papier. Dass mich als Erstes nun gerade dieses Papier verführte …

Ich schlich leise zurück in die Küche. „Das Papier ist weich."

„Oh ja." Zum ersten Mal huschte ein komplizenhaftes Lächeln über ihr Gesicht. „Oh ja, ist das nicht himmlisch? Ich kaufe aber auch nur das Vierlagige, nur das Vierlagige."

Das Vierlagige, vier Lagen seidenweiches Wattepapier, ohne Worte dazwischen.

Da klingelte es. Majka sah auf ihre Uhr, seufzte und öffnete die Tür. Es ertönte ein unverständlicher Wortschwall. Eine Frau, die ich aufgrund ihres bayrischen Dialekts nur schwer verstand, erzählte irgendetwas von ihren Einkäufen. Unter lautem Reden kam sie in die Küche, gefolgt von Majka.

„Oh, du hast Besuch."

„Das ist meine Tochter."

Stille. Die Frau sah mich fassungslos an.

„Nein."

„Doch."

1995 | Bulgarien, in einer Pension kurz vor Radilovo

Enno lachte. „Und das war die Schwiegermutter deiner Majka?"

„Genau."

„Aber ihr Mann, der wusste doch Bescheid."

Ich schüttelte den Kopf.

Dann lachte ich, jetzt konnte ich darüber lachen. „Niemand wusste von mir. Wahrscheinlich dachte meine Mutter, dass ihr Mann sie nie genommen hätte, wenn er gewusst hätte, dass sie bereits ein Kind hat."

„Und, gab es Ärger?"

„Na ja", und jetzt lachte ich laut, „die bayrische Verwandtschaft hat meiner Mutter jedenfalls nie verziehen!"

1978 | Paris

Kostow saß in einem Café mit Blick auf den Eiffelturm, wo er seit fast dreißig Minuten auf seinen bulgarischen Freund wartete. Er war immer noch geschwächt und ärgerte sich, dass sein Freund ihn so lange hier sitzen ließ. Wenn er in den nächsten fünf Minuten nicht kam, würde er nach Hause zu Natalya gehen und sich wieder ins Bett legen. Er fühlte sich immer noch schwach.

Endlich kam sein Freund, doch ohne eine Entschuldigung warf er Kostow die Zeitung hin.

„Hast du das schon gelesen? Diese Schweine. Sie haben Markow umgebracht."

Kostow überflog die Zeilen: „Georgi Markow – bulgarischer Dissident – ermordet durch die Injektion einer winzigen Kugel mit Gift." Ein Mitarbeiter von Radio Free Europe *hatte ihn schon über ein mögliches Attentat auf Markow informiert, aber erst jetzt las er die Details.*

Erschüttert legte er die Zeitung beiseite. Vor gar nicht so langer Zeit hatte er mit Gerry noch Kontakt gehabt. Sie hatten sich miteinander über ihre ähnlichen Ansichten ausgetauscht. Beide wollten sie, dass in Bulgarien die Grundrechte eingehalten werden, sie missbilligten die ständig weitergehende Sowjetisierung, und sie konnten beide den kranken Kult um Schiwkow nicht ausstehen. Und jetzt war Gerry tot.

Eine winzige Kugel. Gift. Nach wenigen Tagen tot.

Plötzlich erschien es ihm wie ein Déjà-vu. Ein Einstich, Schmerzen, Vergiftungserscheinungen.

Er verabschiedete sich flüchtig von seinem Freund.

Bevor er in ein Krankenhaus ging, telefonierte er noch mit einem guten Bekannten, der Reporter beim Daily Telegraph *war. Denn wie auch immer diese Sache hier enden sollte, auf keinen Fall sollte es leise und unbemerkt geschehen.*

Im Krankenhaus entdeckten die Ärzte schon beim Röntgen etwas winziges Metallenes in der äußersten Hautschicht. „Durchmesser maximal zwei Millimeter", präzisierte der Arzt. „Nichts, was mich normalerweise zu sehr beunruhigen würde."

Erst nach einigen Tagen, nachdem alle Sicherheitsmaßnahmen getroffen waren, und nach Rücksprache der französischen Polizei mit Scotland Yard, der den Markow-Fall betreute, machten sich die Ärzte daran, die Stelle zu öffnen. Kostow hatte panische Angst. Er war eingepackt in sterilisierten Tüchern, aber auch die behandelnden Ärzte trugen von Kopf bis Fuß Schutzkleidung. Auch Vertreter der englischen und französischen Kriminalpolizei umstanden ihn noch vor der Narkose.

Hier ging anscheinend bereits jeder von einem Giftanschlag aus. Markow war tot, vier Tage nach dem Anschlag war er gestorben. Wie viele Tage war es jetzt her, dass er den Stich gespürt hatte? Er rechnete nach und kam auf einunddreißig Tage, genau einen Monat. Verdammt, er hatte gedacht, er könne endlich in Freiheit leben. Und jetzt brachten die ihn hier um. „Natalya", war sein letzter Gedanke, bevor ihm die Sinne schwanden und die Narkose ihn in einen tiefen Schlaf legte.

Als Kostow aufwachte, saß Natalya an seinem Bett.

„Es wird alles gut. Sie haben die Kugel gefunden, die aber ganz außen in der Haut geblieben ist. Das Gift konnte kaum in den Körper vordringen, weil es zum Glück in der äußeren Fettschicht steckte. Es wird alles wieder gut."

Kostow nickte. Er hatte keine Kraft zum Reden. Es würde nicht gut werden, nie. Sie würden ihn nie in Frieden leben lassen. Einmal Bulgare, immer Bulgare. Nie würde er wirklich frei leben können.

Am Abend kam Franz nach Hause. Am Tisch saßen seine Mutter, mit Leichenbittermiene, und ich, schuldbewusst und ganz klein. Dazwischen sprang meine Mutter, wie ein Schmetterling umherfliegend. Ihre helle Stimme, die sie püppisch klingen lassen wollte, klang für mich seltsam schrill und falsch. „Das ist sie, Franz. Ja, es stimmt schon, was deine Mutter dir bereits am Telefon erzählt hat. Sie ist meine Tochter. Mein Gott, ich war so jung. Und sie ist von Anfang an von meiner Mutter groß gezogen worden, das war so klar für uns alle. Eigentlich war sie gar nicht richtig meine Tochter, du verstehst das doch?"

Ich starrte sie an. Nie war mein Wunsch größer, mich in Luft aufzulösen. Die Kälte der Nacht war wieder da.

Franz sah sie an, dann sah er mich an. Er war ein wenig untersetzt, bärtig, ein gemütlicher Mensch, er passte so gar nicht zu meiner Mutter, die um ihn herumflirrte.

Er setzte sich zu mir an den Küchentisch. „Wie heißt du?"

„Anelija."

„Wie alt bist du denn?"

„Siebzehn, bald achtzehn."

Lange sagte er gar nichts und musterte mich. „Du siehst aus wie Nadja damals. Aber irgendwie auch ganz anders.“ Seine Hand strich über seinen Bart, als ob er sich selbst in die Realität zurückholen wollte: „Und was willst du hier machen?“

„Ich möchte gerne Deutsch studieren. Aber ich weiß, dass ich dafür zuerst eine Arbeit brauche. Ich kann alles Mögliche machen, Feldarbeit zum Beispiel. Ich kann aber auch rechnen und schreiben.“

„Soso, Feldarbeit, rechnen und schreiben. Ob das reicht?“

„Ich habe immer gearbeitet. Ich habe in den letzten Jahren unser Geld mit Büroarbeit verdient. Aber ich kann auch körperlich arbeiten.“

„Und du möchtest bei uns wohnen?“

Aus den Augenwinkeln sah ich hinter meinem Rücken ein verzweifeltes Abwinken meiner Mutter.

„Nein. Oder vielleicht in den ersten Tagen, bis ich etwas gefunden habe. Ich habe die Adresse von einem Wohnheim für Gastarbeiter.“

Meine Mutter nickte im Hintergrund.

„Ein Wohnheim für Gastarbeiter.“ Und plötzlich lachte er. „Du bist ja völlig verrückt. Eine Siebzehnjährige in einem Wohnheim für Gastarbeiter. Also hör mal, meine Kleine, das Haus ist groß genug, hier findet sich auf jeden Fall erst einmal ein Zimmer für dich. Ich habe schon mal ein bulgarisches Mädchen aufgenommen, das werde ich auch ein zweites Mal schaffen.“ Er lachte und warf meiner Mutter einen Blick zu, den ich als vorwurfsvoll deutete.

Meine Mutter ließ skeptisch irritiert ihre ewig flatternden Hände kurz ruhig nach unten hängen. Die Schwiegermutter blickte empört.

Franz ließ sich nicht beirren. „Du willst also arbeiten und studieren. Na, dann schau'n wir mal."

Er sah sich suchend um: „Und wo ist mein Herzblatt?"

Im ersten Moment dachte ich, er meinte meine Mutter. Doch an ihrem ängstlichen Seitenblick auf mich sah ich, dass da noch ein Geheimnis lauerte, das ihr vor mir peinlich war. „Er war bei der Nachbarin. Ich habe sie gebeten, ihn heute Abend zu behalten."

„Unsinn. Du holst ihn, der muss doch seine Schwester kennenlernen."

„Bist du dir ganz sicher?" Seine Mutter versuchte ein letztes Mal einzugreifen.

„Ganz sicher."

Nadja lief zur Tür hinaus, und in mir nahm langsames Begreifen Raum. Ein Bruder. Sie hatte hier ein Kind. Von dem sie uns nie erzählt hatte. Wegen mir. Um mich nicht eifersüchtig zu machen? Oder weil sie niemals ihr Leben mit uns teilen wollte?

Nadja trug ein kleines Kind herein und setzte es auf dem Boden ab. Unter seiner kleinen blauen Hose zeichnete sich die dicke Windel ab. Sein rundes, rotbackiges Gesicht mit zwei hellen, blauen Augen wurde umrahmt von dunklen Haaren. Auf schwankenden, dicken Beinchen kam er direkt auf mich zugewackelt, holte dann den Zeigefinger aus seinem

Mund und stieß ihn mir spucketriefend in den Arm. „Da“, sagte er.

„Da“, sagte ich und nahm den kleinen Mann auf den Schoß.

1995 | Bulgarien, in einer Pension kurz vor Radilovo

„Warst du nicht ungeheuer wütend auf deine Mutter? Und eifersüchtig auf den Kleinen?" Enno sah mich fragend an.

Ich sah in die Nacht hinaus, die sich längst dunkel ausgebreitet hatte.

„Ich war wütend, aber irgendwie konnte ich meiner Mutter nicht böse sein. Vielleicht weil meine Sehnsucht nach ihr immer so groß gewesen war, dass ich auf diese weiße Mutter-Figur keinen Schmutz kommen lassen durfte. Vielleicht, weil ich es selbst alles nicht wahrhaben wollte und immer hoffte, es würde sich irgendwann noch herausstellen, dass sie mich doch immer geliebt hatte."

Wir schwiegen eine ganze Weile. „Doch, das hat sie. Auf ihre Art. Sie war einfach viel zu jung, als sie mich bekommen hat. Sie fühlte sich wohl nie wie eine Mutter, eher wie eine Schwester. Verstehst du?" Enno blickte nachdenklich vor sich hin. Von der Straße drangen bulgarische Stimmen zu uns in die Pension. Die Menschen draußen unterhielten sich über das Wetter. In Deutschland unterhielt man sich über das Wetter, um irgendetwas zu sagen, hier aber war es wirklich wesentlich, denn noch immer lag ein Großteil der Arbeit in der Landwirtschaft, die von Sonne und Regen, von Wärme und Kälte abhängig war. Hier war das Reden über das Wetter viel ernsthafter. Ich lauschte den besorgten, nächtlichen Stimmen.

Der Versuch, mir selbst Rechenschaft abzulegen über die zwiespältigen Gefühle meiner Mutter gegenüber, schmerzte. Lieber hätte ich auch über das Wetter gesprochen.

„Aber auf das Kind warst du schon eifersüchtig, oder?“

„Nein. Alexander wurde mein ein und alles. Ich mochte kleine Kinder, hätte immer schon gerne Geschwister gehabt. Alexander war einfach nur süß.“ Ich zögerte. „Nein, es war noch viel mehr. Ich weiß gar nicht genau, wer sich hier an wem festhielt. Weißt du, Nadja war auch für ihn nicht die perfekte Mutter. Sie hatte ihn und damit die absolute Legitimation, in Deutschland und bei Franz zu bleiben. Er war ihre Trophäe, aber so eine richtige Mutter, so wie die Baba zu mir war, so war sie nie. Und ich habe dann, so oft ich konnte, auf Alexander aufgepasst. Das war auch der Preis, den ich zahlen musste, damit sie mich im Haus duldete. Endlich konnte sie auch abends mal ausgehen, ich war ja nun für Alexander da. Stundenlang ging sie ‚shoppen‘, ich passte auf Alexander auf. Aber er war eben auch mein Rettungsanker. Er hat mich geliebt, bedingungslos, grenzenlos. ‚Aja‘ hat er mich genannt in seiner Babysprache und so nennt er mich noch heute. Nein, er war derjenige, der mich gehalten hat. Denn es war keine gute Zeit, der Anfang in Deutschland. Unendliche Behördengänge, bei denen meine Mutter nie, Franz mir aber manchmal half. Nur Absagen bei möglichen Arbeitsstellen. Ich war doch zuerst noch illegal. Die Bescheinigung meines Onkels hatte mir nicht weitergeholfen. Viele Tränen tropften auf Alexanders runden Babykopf.

Alexander hat mich gehalten, wenn ich keine Kraft mehr hatte, wenn ich nur noch zurück zur Baba wollte."

„Was war denn so schlimm?"

„Ich wusste doch nie, ob ich bleiben konnte."

Schiwkows Bild hing an der Wand. Tadellos. Kein Brief von Nadja war im Haus. Kein Geschenk. Nichts. Baba und Baba Milena waren vorbereitet. Auf alles. Die jungen Dinger waren vielleicht sorglos, die Alten, die schon so viel gesehen hatten, nicht. Sie hatten es vorher gewusst und sie hatten sich schon bei Anelijas Entschluss wortlos zugenickt. Sie waren bereit, den Preis zu zahlen.

Sie saßen sich am Küchentisch gegenüber und fassten sich noch einmal an den alten Händen, denn sie hatten beide den Militärjeep kommen hören.

Als es laut und ungeduldig klopfte, öffnete Baba sofort die Tür. Zwei Soldaten stürmten herein. Ein Älterer wies, ohne die zwei Alten zu begrüßen, den Jüngeren an, der fast entschuldigend grüßend zu den zwei Frauen nickte: „Durchsuchen!"

Die zwei Frauen hatten die Hände tief in die Karljankas gesteckt und waren aufrecht stehen geblieben. Das kleine Haus war schnell durchsucht. Die wenigen Schubladen der Kommode herausgerissen und umgedreht. Als der Soldat die Lade dann auf den Boden schleuderte, zerbrach das Holz. Milena zuckte zusammen und wollte empört die schöne Schublade aufheben, doch Baba zog sie mit einem warnenden Blick vorsichtig am Ärmel zurück. Milena nahm die Hand wieder zurück und steckte sie unter die Karljanka.

Sie hörten, wie der junge Soldat in wenigen Minuten auch oben alles herausgerissen und durchsucht hatte.

Als er herunterkam, schüttelte er den Kopf und signalisierte damit dem Vorgesetzten, dass er nichts gefunden hatte. „Mitkommen." Eine ruppige Kopfbewegung. Die zwei alten Frauen liefen zum Jeep. Baba wollte Baba Milena helfen, sich in das Auto zu setzen, was für die alte Frau nicht so einfach war. Daraufhin riss der Offizier die Baba fort und stieß Milena mit einer brutalen Bewegung ins Auto. Milena knallte mit ihrem Kopf gegen den Türrahmen. Als die Baba auch eingestiegen war, versuchte sie, das Blut zu stillen, das aus einer kleinen Platzwunde tropfte.

Die Tür zum kleinen Häuschen blieb offen stehen, als das Militärgefährt den Berg hinunterrumpelte.

Die einzige Hilfe, die meine Mutter mir anbot, war, mir zu erklären, zu welchem Amt ich gehen musste, an welcher U-Bahn-Station ich aussteigen musste und welche Fahrkarte ich dafür brauchte.

Dann saß ich in einer deutschen Amtsstube, vor einer Frau, die versuchte, mein Deutsch, das noch einen starken Akzent in der Aussprache hatte, zu verstehen, während ich versuchte, ihre bayrischen Worte zu enträtseln.

„Ich brauche eine Aufenthaltsgenehmigung. Ich bin aus Bulgarien, aber meine Mutter lebt seit vielen Jahren hier in Deutschland. Sie ist mit einem Deutschen verheiratet."

„Sie sind eingereist ohne Aufenthaltsgenehmigung?" Es war mehr eine Feststellung als eine Frage.

Ich nickte.

„Dann halten Sie sich hier in Deutschland illegal auf."

Das Wort „illegal" fuhr mir durch alle Glieder. Natürlich hatte ich gewusst, dass meine Einreise kein offizieller Weg war, aber eigentlich war mir nicht klar, dass ich nicht nur aus bulgarischer Perspektive, sondern auch aus deutscher etwas Falsches, nicht Legales getan hatte.

Sie fragte weiter: „Wie alt sind Sie?"

„Siebzehn."

„Hm, noch ein Kind, dann dürften Sie zwar hier zu Ihrer Mutter kommen, aber nicht unbedingt, weil Sie nahezu erwachsen sind." Sie sah mich zweifelnd an: „Ich könnte Sie auch sofort abschieben lassen."

Ich verstand die Worte nicht richtig, aber mir war klar, dass sie nichts Gutes zu bedeuten hatten. Plötzlich wurde mir bewusst, dass ich die Spielregeln hier in keiner Weise verstand. Wie blauäugig es von meiner Mutter war, mich einfach hierherzuschicken.

Ich holte die Papiere von Ilija hervor: „Ich habe eine Arbeitsanforderung."

Die Beamtin warf nur einen kurzen Blick darauf: „Die Arbeitsanforderung für eine Siebzehnjährige? Sehr zweifelhaft."

Sie sah mich an: „Wie sind Sie denn eingereist?"

Ich blickte auf den Boden.

„Verstehen Sie mich eigentlich?"

Ich hatte plötzlich überwältigende Angst. Von bulgarischen Gefängnissen hatte ich gehört, ob deutsche ähnlich waren? Plötzlich rauschten all die Warnungen meiner Tante Maria in meinem Kopf umher. Hätte ich nur auf sie gehört. Die stahlblauen Augen der Beamtin schienen mich zu durchdringen.

„Verstehen Sie mich? Ist Ihnen nicht gut?"

Ich schüttelte den Kopf.

„Also, morgen kommen Sie mit Ihrer Mutter noch einmal hierher, am besten gleich zu meinem Vorgesetzten. Und dann versuchen wir, das mal in Ruhe zu klären."

„Ich gehe nicht dorthin", kreischte meine Mutter schrill, als ich ihr vom unglücklichen Verlauf des Gesprächs mit der Beamtin erzählte. Sie sprang vom Stuhl auf, plötzlich sah ich, dass ihre Hand zitterte.

„Ich gehe nicht dorthin", schrie sie noch mal.

Ich konnte es ihr nicht einmal übelnehmen, denn ich spürte die panische Angst, die sie selbst vor den Beamten hatte.

Aus einem Impuls heraus umarmte ich sie, so wie die Baba früher mich gehalten hatte, wenn ich unglücklich war. „Ist ja gut, scht, ist ja gut."

Mir einem merkwürdigen Blick sah sie mich an. „Ich war so oft dort. Und wenn Franz nicht bei mir war, haben sie mich behandelt wie Dreck, wie Ungeziefer, das versuchte, in ihr Haus einzudringen. Als ich einmal nicht zurückkommen wollte, um irgendein unnötiges Meldeformular zu bringen, hat die Beamtin mich angesehen und gesagt: ‚Jederzeit, jederzeit können wir sie ausweisen.' Das habe ich nie vergessen. Und Anelija", sie sah mir tief in die Augen, „das wäre mein Todesurteil gewesen. Ich wäre nie mehr aus einem bulgarischen Gefängnis herausgekommen. Nie mehr. Ich hätte das nicht überlebt."

Ich nickte. Wie oft hatte sie wohl dorthin gehen müssen, immer mit der Angst im Nacken, wieder nach Bulgarien zurückgeschickt zu werden?

„Ich habe die ersten Jahre jede Minute damit gelebt. Bei jedem Klingeln an der Haustür habe ich zuerst zum Fenster hinaus gesehen, ob es nicht vielleicht ein Polizist war, der mich abholen kam. Jede Minute, sogar nachts hatte ich davor Angst."

Ich streichelte ihre Hand.

„Anelija, ich weiß sehr wohl, dass ich dir hätte helfen müssen. Damals, und jetzt wieder." Sie schüttelte sich, als ob sie selbst nach der Erklärung suchen musste. „Aber ich war so jung damals, ich war ein Kind. Und die Baba hatte sich sowieso immer um dich gekümmert. Ich dachte nicht, dass es für dich schlimm wäre. Es wäre schlimmer gewesen, wenn ich dich mitgenommen hätte."

Ich nickte. „Aber fragen hättest du mich können."

Beim Abendbrot erklärte Nadja Franz die Situation. Sie beschrieb ihm, was die Beamtin zu mir gesagt hatte, sie wies auf mein unzureichendes Deutsch hin. Und schließlich sagte sie zu ihm: „Bitte, ich kann nicht mit ihr gehen. Du weißt, dass ich panisch werde dort. Ich kann kaum noch reden. Geh du mit ihr. Bitte."

Ich hatte meine Mutter noch nie vorher um etwas bitten gehört. Und sie bat um etwas für mich.

„Ich gehe mit ihr", entschied Franz.

Am nächsten Tag saßen wir vor dem Vorgesetzten der Sachbearbeiterin vom Vortag. Ich hatte in der Nacht kein Auge zugetan. Hatte mir ausgemalt, was das Wort „Abschieben" wohl bedeutete. Ob ich in Handschellen von der Polizei zur Grenze gebracht werden würde? Einfach in einen Zug gesetzt? Erst noch ins Gefängnis müsste? Ich wusste einfach nichts. Ich hatte Angst. Ob ich dann in Bulgarien ins Gefängnis musste? Und ich verstand in dieser Nacht gut die Ängste meiner Mutter.

„Sie ist die Tochter meiner Frau. Meine Frau lebt seit 1975 hier und ist seit 1978 mit mir verheiratet. Da muss das Mädchen doch ein Recht haben, hierzubleiben."

Der Beamte wiegte den Kopf hin und her: „Das Mädchen ist erwachsen. Damit steht sie für sich selbst. Sie ist Bulgarin. Da bekommt sie nicht so leicht eine Aufenthaltsgenehmigung."

„Aber sie ist noch nicht achtzehn", wandte Franz ein.

Der Beamte schüttelte zweifelnd den Kopf.

„Sie will hier studieren."

„Das sagen sie alle", brummte der Beamte. Es schien ihm alles nicht zu gefallen.

„Wenn sie meine Tochter wäre, wäre alles ganz anders?"

„Ja, wäre es."

„Sie ist meine Tochter." Franz blickte gerade in die Augen des Beamten.

„Und das fällt Ihnen gerade eben ein."

„Ich habe mich dafür geschämt, dass ich sie nicht schon vorher geholt habe. So ist das."

Beide Männer maßen sich mit den Augen, dann sah der Beamte mich an. Lange. Es war kein Mitleid, eher ein Verstehen, schien mir.

„Dann ist es etwas ganz anderes. Füllen Sie die

Formulare hier aus. Alles Weitere ist eine Formsache. Die Aufenthaltsgenehmigung kommt in etwa vier Wochen."

Ich ging nicht hinaus, ich schwebte. Als wir in der U-Bahn saßen, berührte ich Franz ganz leicht an der Schulter und suchte nach den richtigen Worten.

„Ist schon gut, Anelija, ist schon gut", sagte er und faltete die Zeitung vor seiner Nase auf.

***

„Anelija, komm, wir gehen Brötchen holen."

Ein Zaubersatz. Wenn Majka dies am Sonntag zu mir sagte, hieß dies, dass wir uns anzogen, zehn Minuten zum nächsten Bäcker liefen und uns anstellten. Im Gegensatz zu allen anderen Geschäften gab es da das aus Bulgarien gewohnte Schlangestehen noch. Anders als die Deutschen konnte ich das immer genießen. In einem unglaublichen Duft nach warmem Teig und Süßem stand man nun und hatte Zeit genug, sich die Auslage anzusehen. Da lag nicht etwa nur eine Sorte Brötchen, sondern es gab etwa zehn verschiedene: hellere und dunklere, kleinere und größere, mit Salz, Sonnenblumen- oder Kürbiskernen. Daneben Croissants – etwas, das ich auch erst hier kennenlernte. Und es gab verschiedenste süße Teilchen mit Nuss, Marzipan oder Apfel. Eigentlich hätte mir das Ansehen genügt, das war bereits ein wundervoller Genuss. Dann aber musste ich mich entscheiden, was ich immer als Qual empfand. Nie habe ich mich daran gewöhnt, dass Majka jedes Mal zu mir sagte: „Such dir aus, was du magst, auch zwei Teile." Und dabei strahlte sie mich an, als ob sie damit doch alles wiedergutmachen konnte, was sie mir vorher vielleicht nicht gegeben hatte.

Doch ich konnte keine zwei Teile nehmen, ich nahm entweder ein Brötchen oder, in seltenen Fällen, ein süßes Teilchen. Einmal bestellte ich mir ein Brötchen und ein Gebäck, hatte dann aber den ganzen Tag das Gefühl, übermäßig gierig und unbescheiden zu sein. Wenn ich das Gebäck nur Baba Milena hätte schicken können.

***

An einem Samstag nahm mich meine Majka zum „Shopping" mit. „Anelija, jetzt machen wir einen Frauen-Ausflug. Wir gehen shoppen. Als ich das erste Mal in diesem Einkaufszentrum war, da wusste ich, dass ich hier nie mehr weggehe." Meine Mutter lachte laut und schüttelte ihre dunklen Haare. Ich versuchte zu lächeln, aber die Bemerkung über ihre Entscheidung, nie mehr aus Deutschland wegzugehen, nagte an mir, denn diejenige, die in Bulgarien geblieben war, war ja ich, die Fünfjährige. Aber meine Mutter dachte in ihrer Begeisterung nicht daran. „Anelija, wenn du das siehst, dann kommst du aus dem Staunen gar nicht mehr heraus, das ist einfach himmlisch!"

Wir fuhren zu einem großen Einkaufszentrum, dessen riesige Eingangshalle mir eines Präsidentenpalastes würdig schien. Unter lautem Geplapper über die neuesten Modetrends, die sie versuchte, mir nahezubringen, zog mich meine Mutter am Arm in das Gebäude, das ich mir lieber in Ruhe angesehen hätte. Doch meine Mutter zeigte mir hier ein Geschäft, dort ein Schaufenster, dazwischen ein Eis, das ich kosten musste, obwohl ich gar keinen Appetit hatte. Zudem kaufte mir meine Mutter, weil ich mich nicht schnell genug entscheiden konnte, ein Schokoladeneis, das mir gar nicht schmeckte. Mir waren die Geräusche aus Hintergrundmusik und dem Lärm der vielen Menschen, die durch die Hallen zogen, zu laut. Ich sehnte mich nach frischer Luft. Doch meine Mutter zog mich weiter, in beinahe jedes Geschäft hinein. Ob ich solche schönen Stiefel schon einmal gesehen hätte?

„Und diese roten Schuhe, die wären doch auch etwas für dich."

Meine Mutter zog mich hinter sich her in den Schuhladen. Sie nahm ein paar rotglänzende Pumps mit kleinen, zierlichen Absätzen aus dem Regal und schlüpfte selbst hinein. Dann zog sie das Hosenbein hoch und musterte den Schuh in einem Spiegel. Aus zwei Metern Entfernung sah ich, wie ein Mann in einem grauen Anzug stehen geblieben war und von der Seite mit offensichtlichem Gefallen auch ihren Fuß betrachtete.

Sie musste einem aber auch gefallen. Wie ein junges Mädchen drehte sie sich vor dem Spiegel und hob ihr Bein mit der schmalen Fessel und der dünnen Wade hoch in die Luft. Sie war die reine Lebenslust. In diesem Moment merkte auch sie die Blicke des attraktiven Anzugträgers, und ein flüchtiges Schmunzeln flog über ihr Gesicht. Sie straffte den Rücken noch ein bisschen, hob das Bein wenige Zentimeter höher und verharrte so scheinbar in das eigene Spiegelbild versunken. Sie war immer noch eine Schönheit. Eine Frau wie eine griechische Göttin mit ihrem schmalen Gesicht und der perfekten Figur. Und sie genoss den Augenblick. Ich hatte das Gefühl, sie atmete die bewundernden Blicke des Mannes ein, saugte sie auf, wuchs daran. Ganz langsam drehte sie sich um und meinte dann kokett lachend zu mir: „Anelija, Töchterchen, diese roten Schuhe sind eher für jemanden in deinem Alter!“ Mit einer langsamen Bewegung zog sie die Schuhe aus und streckte sie mir hin. Ich nahm die Schuhe, bemerkte, dass die Blicke des Mannes unverwandt auf meiner Mutter hafteten, und fragte mich verwundert, wie meine Mutter sich nur vorstellen konnte, ich würde mir rote Schuhe kaufen.

Ich stellte die Schuhe wortlos ins Regal, meine Mutter hakte sich bei mir unter und zog mich mit einem kokett-spöttischen Blick auf den Mann aus dem Geschäft hinaus.

Ich konnte sie verstehen. Sie wollte diese Blicke.

Mehr wollte sie gar nicht. Aber diese Blicke, diese Bewunderung, die wollte sie unbedingt haben.

Plötzlich sehnte ich mich nach der Baba, die mich auf dem Markt zwischen allen Ständen hindurchgelotst hatte, um nur das Nötige zu kaufen.

Alles um mich herum schien sich zu drehen, und mir wurde übel.

„Anelija, hier kaufe ich mir schnell Zigaretten. Ab und zu rauche ich noch. Der Franz muss es ja nicht wissen." Damit zog sie mich in einen Laden hinein, in dem zu allem Überfluss auch noch ein durchdringender Tabakgeruch hing. Vor uns an der Kasse stand eine Frau, die sich eine Stange Zigaretten kaufte. An ihrer Hand hing ein pummeliges, etwa fünfjähriges Mädchen. „Mama, da gibt es eine Barbie. Mama, ich will die Barbie haben." Mit ihren dicken Kinderfingern grapschte sie sich eine Barbiepuppe im rosa Ballettkostüm, die zusammen mit ein paar anderen kleinen Spielzeugen genau auf Kinderaugenhöhe an der Theke angebracht war. Unwirsch riss die Mutter ihr die Barbie aus der Hand. „Kommt gar nicht in Frage."

„Ich will aber."

Die Mutter drehte sich um zum Bezahlen.

„Ich will die Barbiepuppe." Das Mädchen begann zu schreien und ließ sich plötzlich auf den Boden fallen. Sie lag auf dem Rücken, streckte die Beine in die Luft, heulte und schrie: „Ich will aber!"

Hysterisch versuchte die Mutter, sie hochzureißen, und zischte: „Hör jetzt sofort auf!"

Der Kampf ging unter den neugierigen Blicken einiger Umherstehender weiter, bis die Mutter plötzlich einknickte, die Barbie auf die Theke knallte und grummelte. „Na ja, nehmen wir die halt auch noch."

Möglichst schnell steckte sie ihr Wechselgeld ein und drückte dem Mädchen die Barbie in die Hand, die sie triumphierend an die Brust hielt.

Ich hatte fassungslos die Szene beobachtet. So etwas hatte ich noch nie vorher gesehen. Um mich schwirrte es, meine Mutter erledigte unberührt ihren Einkauf.

Und plötzlich zweifelte ich. Was wollte ich hier in einem Land, in dem die Barbies triumphierten, über Kinder, über Mütter, über Achtung und Anstand? Das hier sei der Himmel, hatte meine Mutter versprochen. Diesen Himmel wollte ich nicht. Der war rosa, ekelhaft rosa, nicht weiß.

Was tat ich hier? Hatte ich auch meine Baba verkauft für dieses rosa Barbie-Land? War meine Entscheidung falsch gewesen? Konnte ich hier überhaupt finden, was ich suchte?

„So, jetzt suchst du dir aber etwas aus, ich kauf' es dir, der Franz hat's auch gesagt!"

„Majka, entschuldige, es geht mir nicht gut. Bitte lass uns zurückfahren."

Sie sah mich zweifelnd an, versuchte es mit einer mütterlichen Geste und legte mir die Hand auf die Stirn. Offenbar konnte sie dieser Berührung jedoch nichts entnehmen und zuckte dann mit den Schultern. „Na gut.“

Ich war wohl auch für sie eine Enttäuschung. Da rang sie sich durch, stand zu mir, wollte mir den Himmel Deutschlands zeigen, Shoppen gehen mit der eigenen Tochter und die wusste das nicht zu schätzen, sondern wollte zurück. Welch eine Enttäuschung.

***

Ich langweilte mich in der Zeit, in der ich nur auf die Papiere mit den Genehmigungen wartete. Ein Gefühl, das ich vorher nicht gekannt hatte.

Ich strich durchs Haus, die Hausarbeit war schnell erledigt, ich passte auf meinen kleinen Bruder auf, aber ich langweilte mich.

Auf der Suche nach Lesestoff sah ich die schmalen Buchregale im Wohnzimmer durch. Die Bücher mit bunten Covers versprachen mir zum Beispiel *Und Jimmy ging zum Regenbogen* – ein schöner Titel, doch ich merkte bald, dass mir dieser und andere Romane von Simmel oder Konsalik, die ich hier fand, nichts sagten.

„Suchst du schon wieder Bücher?“ Meine Mutter war unbemerkt hinter mich getreten.

„Ja.“

„Hast du die denn schon alle gelesen?“

Ich hob die Schultern. Ich wollte meiner Mutter

nicht unbedingt sagen, dass sie alle nicht meinem Geschmack entsprachen.

„Es könnten noch welche im Gästezimmer im Schrank sein."

Im Gästezimmer öffnete ich den Schrank, wo sich tatsächlich noch einige alte Bücher fanden. Ein paar Klassiker – Goethe, Shakespeare –, die ich mir herausnahm. Alle Bände waren Buchclub-Ausgaben. Meine Mutter hatte mir ganz stolz erklärt, dass sie einige Zeit lang Mitglied in einem Buchclub gewesen war, bei dem man jedes Vierteljahr ein Buch kaufen musste. Irgendwann war ihr das dann aber zu viel geworden. Die Klassiker, die ich gleich herausnahm, sahen jedenfalls ungelesen aus.

Da war ein Buch, das mir sofort auffiel. Ein Buch mit kyrillischer Schrift, in bulgarischer Sprache. Georgi Markow. Das war doch ein bulgarischer Autor. Ich hatte von ihm gehört. Plötzlich erinnerte ich mich an mein aufregendes Radioerlebnis im Café in Pazardzhik. *Das Portrait meines Doppelgängers* – ein seltsamer Titel, unter dem ich mir nichts vorstellen konnte.

Noch im Gästezimmer setzte ich mich auf das Bett und begann zu lesen. Bei einem Pokerspiel sinnierte der Protagonist, ein Journalist, in einem inneren Monolog über die Zwänge des journalistischen Schreibens. Ich verstand sofort, dass es um das unfreie Schreiben und Denken in Bulgarien, in einem kommunistischen Land, ging. Wie faszinierend, verdeckt und dennoch völlig klar für mich, wie der Autor die Ängste, den Druck und die Gewalt des Regimes, die Abhängigkeiten und Intrigen beschrieb. Ja, so ist es bei uns. Obwohl ich es so nicht hätte aufschreiben oder auch nur erzählen können.

Drei Stunden später klappte ich das Buch zu. Was für eine Wortgewalt, welche Bilder. Mit Ehrfurcht stellte ich das Buch zurück an seinen Platz. Wieso hatte ich dieses großartige Buch in Bulgarien nie gelesen?

Und warum hatte meine Mutter gerade ein Buch von diesem einen bulgarischen Autor? Ob sie es gelesen hatte?

Ich wollte gerade nach oben gehen und sie fragen, als Franz mich zu sich ins Wohnzimmer rief.

„Meine Cousine Brigitte hat hier im Ort ein kleines Steuerbüro. Sie sucht für zwanzig Stunden in der Woche eine Hilfskraft. Ich habe ihr von dir erzählt. Ehrlich gesagt hatte sie Zweifel, ob jemand ohne jegliche Ausbildung ihr helfen kann, aber ich habe ihr gesagt, dass du das mit Fleiß und Ordentlichkeit wettmachst. Sie ist bereit, es vier Wochen mit dir zu probieren. Dann entscheidet sie, ob du weiter bei ihr arbeiten kannst."

Georgi Markow war vergessen. Ich durfte arbeiten, endlich, das war ein Anfang!

Es war wie bei Popow. Nach einer Woche war Brigitte verwundert, nach zwei Wochen erfreut und in der dritten Woche meinte sie, kaum noch ohne mich auskommen zu können. Sie war eine dürre, hektische Person, die vor lauter Eile drei von den fünf Dingen vergaß, die sie eigentlich machen wollte. Es dauerte nicht lange, bis ich ihr die Akten in einem solchen System vorlegen konnte, dass sie sie der Reihe nach abarbeiten konnte und damit immer das Wichtigste erledigt hatte.

Ich verdiente 200 DM in der Woche und hatte dadurch plötzlich unvorstellbar viel Geld. Dabei konnte ich mir auch noch meine Arbeitszeit relativ frei einteilen.

Meine Mutter unterbreitete bei einem Abendessen den Vorschlag, ich könne nun, da ich regelmäßiges Geld verdiente, einen Teil zum Haushaltsgeld dazulegen, was Franz mit einem bitterbösen Blick, wie ich ihn nie vorher und nie nachher gesehen hatte, quittierte. Ich antwortete sofort, dass ich das natürlich tun würde, worauf Franz nur brummte: „Unsinn, davon will ich kein Wort mehr hören, Anelija." Dabei sah er unverwandt böse meine Mutter an, die sich sofort umdrehte und in der Küchenschublade kramte.

1987 | Plovdiv

Drei Stunden hatten sie sie nun schon in dem Polizeigebäude in Plovdiv sitzen lassen, getrennt voneinander. Baba machte sich Sorgen um ihre Mutter. Sie würde das nicht lange durchhalten mit ihren fast neunzig Jahren. Manchmal schlief sie nach einer Stunde schon auf der Küchenbank ein. Sie brauchte einen Tee. Ob sie ihr wenigstens etwas zu trinken gegeben hatten?

Obwohl sie die ganze Zeit darauf gewartet hatte, zuckte sie zusammen, als die Tür ruckartig geöffnet wurde und der Offizier mit knallenden Schritten hereinkam, hinter ihm der jüngere. Sie umkreisten sie einmal, der Jüngere stellte sich hinter sie, der Offizier baute sich vor sie auf. Als er den Kopf kurz ruckartig zurücknahm, wusste sie, was kommen würde und konnte zumindest noch die Augen zusammenkneifen, bevor er ihr mitten ins Gesicht spuckte.

Sie tat ihm nicht den Gefallen, das bisschen Wasser fortzuwischen. Sie ließ es langsam an ihrer Wange herunterlaufen.

„Staatsfeinde, eine ganze dreckige Brut von Staatsfeinden seid ihr. Eine Scheiß-Verräter-Familie."

Sie antwortete nicht.

„Erzähl, wie ihr es gemacht habt. Jedes Detail. Für alles, was du verschweigst, wird die Alte da drüben büßen."

Davor hatte sie Angst gehabt. Sie würden es tun. Sie kannte den alten Türken, dem sie alle Fingergelenke einzeln gebrochen hatten. Es war ihnen egal, wie alt man war. Demütig wischte sie sich die Spucke aus dem Gesicht.

„Wir haben nichts gewusst. Wirklich nicht. Damals, die Nadja, die wollte doch nur zu dem Mann. Ein dummes, verliebtes Gör. Und was jetzt die Kleine geritten hat, ich weiß es nicht, ich kann es Ihnen wirklich nicht sagen. Es ist nichts Politisches. Sie war immer ordentlich, das können Sie nachlesen. Vielleicht hatte sie einfach Sehnsucht nach der Mama. Sie ist doch noch ein Kind."

Er holte aus. Sie kannte solche Schläge, sie hätte sich noch ducken können, aber sie atmete nur noch tief ein, wurde an der Wange getroffen und fiel vom Stuhl. Sie konnte selbst hören, wie ihr Kopf auf die Steinfliesen knallte.

1995 | Bulgarien, in einer Pension kurz vor Radilovo

Es war Nacht, aber wir konnten und wollten beide noch nicht schlafen.

„Wollen wir noch mal hinaus und ein wenig spazieren gehen?", fragte ich Enno.

Er nickte.

Draußen war niemand mehr zu sehen. Enno nahm mich bei der Hand und wir liefen die Straße entlang. Hinter den Häusern hatte jeder seinen eigenen Garten, in dem er Apfelbäume, Paprika, Peperoni, Auberginen oder Kohl anpflanzte. Jeder Meter wurde für Obst und Gemüse genutzt. Kein Platz für Rasen. Wozu auch. Ein Feldweg mit Disteln führte uns über Wiesen am Waldrand entlang. Nur die Katzen und Hühner sahen uns noch, während wir in Dorfnähe waren.

„Franz war wohl doch kein Permaneder? Wurde er dir zu einer Art Vater?" Enno sah mich fragend an.

„Nein, das nicht. Aber er war eine unschätzbare Hilfe auf meinem Weg. Eigentlich der einzige Mann, der mir je geholfen hat." Ich versank in meinen Gedanken, obwohl ich Ennos schuldbewussten Blick sah.

„Manchmal denke ich: Obwohl mein Weg kein leichter war, haben mich immer wieder Feen begleitet und mich auf den rechten Weg geführt. Oder Einhörner, wenn du so willst." Ich lachte. „Meine Lehrerin Lelja Gana Kolewa, die Bibliothekarin Rajna Kasabowa, die Köchin im Arbeitslager und nun Franz, der für mich früher der erschreckende Franz Permaneder, aber tatsächlich ein lieber Franz war. Ich weiß nicht, wo sie herkamen und wer sie mir geschickt hat, aber ohne sie hätte ich es nicht geschafft. Weißt du, man lebt, wenn man in einem solchen Land aufwächst, von den Menschen auf seinem Weg, die für einen da sind, manchmal für eine längere Zeit und manchmal nur ganz kurz. Aber sie sind für einen da."

Enno strich mir eine Haarsträhne aus dem Gesicht.

„Und Carolin zählte auch zu den Feen und Einhörnern."

Ich dachte an meine Freundin Carolin und den Tag, an dem ich sie kennenlernte.

1988 | München

An einem Donnerstag kam der Brief. Er war blütenwolkenweiß. Links der Schriftzug LMU. *Ludwig-Maximilians-Universität München.* Abteilung für Germanistik. Rechts prangte das alte Universitätssiegel.

Die Zulassung zum Germanistik-Studium für Anelija Lulewa. Wie schön das klang. So viele schwarze, vielversprechende Zeichen auf weißem Hintergrund, es klang nach Zukunft.

Einige Wochen später ging ich die langen Gänge des alten, ehrwürdigen Münchner Universitätsgebäudes entlang und sah mich suchend um. Wo war nur der Raum, in dem angeblich die Studienberatung stattfand?

„Weißt du auch nicht, wo's langgeht?"

Im ersten Moment wusste ich gar nicht, woher die Stimme kam, bis sich ein junges Mädchen aus dem Schatten der alten Mauern löste, wo es sich anscheinend in einer Fensternische angelehnt hatte.

Ich schüttelte den Kopf.

„Willst du dich auch einschreiben?"

Ich nickte.

„Dann lass uns doch zusammen suchen. Dieser Gang ist falsch, hier bin ich jetzt schon alle Türen abgelaufen."

Sie hakte sich bei mir unter und wir drehten um. „Wie heißt du denn?"

„Anelija."

„Das ist aber kein deutscher Name. Bist du nicht aus Deutschland?"

„Ich komme aus Bulgarien."

„Aha. Bukarest?"

„Nein", ich schüttelte verwundert den Kopf, „nicht Rumänien, sondern Bulgarien."

„Und ich dachte immer, Bukarest liegt in Bulgarien."

„Nein, die Hauptstadt von Bulgarien ist Sofia."

Diese fast wörtlich sich wiederholende Begrüßung mit der mich jedes Mal aufs Neue verwundernden Verwechslung sollte ich noch oft haben. Diesem Mädchen aber, das mich ganz natürlich mit sich nahm, konnte ich die Unwissenheit nicht übelnehmen.

„Und wie heißt du?"

„Carolin."

„Was möchtest du studieren?"

„Germanistik."

„Ich auch."

Carolin sah mich verwundert an: „Als Ausländerin hier Germanistik studieren, das ist schon mutig, oder?"

Ich zuckte hilflos die Schultern.

„Na, du sprichst ja gut, nur mit so einem süßen osteuropäischen Akzent."

Was meinte sie damit?

Baba Milena tauchte das Tuch ins Wasser und wischte ihrer Tochter die nässenden Wunden aus. Diese Schweine. Wie oft wollten sie sie noch holen, um sie dann noch verstümmelter in die Zelle zurückzubringen? Sie war doch auch eine alte Frau. Der junge Soldat reichte ihr eine frische Schüssel Wasser in die Zelle. Eigentlich müsste sie ihn beschimpfen, ihm sagen, dass er ein Rotzlöffel sei, zwei alte Frauen hier gefangen zu halten und sie halbtot immer wieder zu Verhören zu bringen. Was sollte das? Was wollten die hören? Aber immerhin, der Junge brachte immer Wasser und ab und zu Brot. Keine Gefängnisration bestehend aus Wassersuppe, sondern echtes Brot, wahrscheinlich sein eigenes. Der Junge konnte auch nichts dafür, es war das verfluchte System, das die jungen Männer einfing und zurichtete, bis sie so waren wie der Offizier.

Die Baba bewegte sich in ihrem Dämmerzustand und stöhnte auf vor Schmerzen. Wenn sie der Baba Milena auch noch diese Tochter nahmen, dann, ja was dann, nichts konnte sie tun, gar nichts. Sie tupfte wieder eine Wunde mit dem frischen Wasser aus. „Bleib bei mir, meine Tochter, bleib bei mir."

„Nein, sieh mal, du schreibst hier von Shakespeare und seinem Renaissance-Theater. Ich denke, das solltest du etwas anders schreiben. Unser Professor legt Wert darauf, dass Shakespeare über und außerhalb seiner Epoche stand."

Carolin sah mich zweifelnd an. „Ach Anelija, das sind wieder deine Spitzfindigkeiten. Ist das wirklich so wichtig?"

Ich musste sie einfach anlachen. Carolin mit ihrer Unbekümmertheit war einfach nur wunderbar. Ich gab ihr einen Nasenstüber. „Hör mal, erstens ist es sehr wichtig, wenn jemand es schafft, ganz anders als die Leute in seiner Zeit und Umgebung zu denken und zu schreiben. Und außerdem möchte der Professor das hören. Mit dem Satz, den du hier schreibst, bekommst du eine Note schlechter."

„Gut, wenn der Satz eine Note ausmacht, dann bitte – schreibst du ihn mir?" Und sie sah mich an wie ein bettelndes Kind.

Ich nickte mit einem Lächeln und machte mich über ihre Seminararbeit, um diesen und ein paar andere Sätze auszubessern.

Zwei Stunden später klappte ich die Arbeit zu und ließ mich von Carolin dazu überreden, endlich mal wieder auszugehen.

Wir gingen in Schwabing in eine Studentenkneipe, wo Carolin, die alle und jeden zu kennen schien, auch sofort ein paar bekannte Gesichter erspähte. Die anderen tranken erst Bier und gingen dann zu Tequila über. Alle hatten einen Riesenspaß dabei, erst ein paar Salzkörner vom Handrücken zu lecken, dann den Tequila zu trinken und schließlich die halbe Zitrone auszulutschen. Ich blieb bei einem Mineralwasser.

Auf dem Nachhauseweg hakte ich die schwankende Carolin unter, die die ganze Zeit vor sich hin kicherte. „Ach Anelija, du bist so schrecklich nüchtern. Sag mal, trinkst du aus Prinzip nie Alkohol?“

Ich zuckte mit den Schultern. Zwar machte ich mir wirklich nicht viel aus Alkohol, aber mein Hauptproblem war ein anderes.

Carolin blieb stehen, wobei sie dennoch mit dem Oberkörper gefährlich schwankte. „Anelija, machen die paar Mark wirklich etwas aus für dich?“

„Ja“, ich nickte, „Carolin, ich verdiene nicht allzu viel und ich möchte meiner Mutter nicht noch mehr auf der Tasche liegen. Ich bin froh, dass ich dort wohnen kann.“

„Pah!“, Carolin schnaufte verächtlich. „Froh, dass ich bei meiner Mutter wohnen kann. Spinnst eigentlich du oder sie?“

Jedem anderen hätte ich das übelgenommen. Carolin nicht, erst recht nicht in ihrem Zustand.

Carolin wankte bereits die Straße weiter. Dann drehte sie sich noch einmal kurz zu mir um: „Du, dann müssen wir was machen. Mir fällt da auch was ein. Morgen, heute nicht mehr, morgen."

Nein, was auch immer, heute würde Carolin sicher nichts mehr machen. Ich brachte sie nach Hause und legte sie noch in ihr Bett, bevor ich die Tür zuzog und selbst nach Hause lief.

***

Zwei Tage später klingelte Carolin bei mir. „Kaffee hast du hoffentlich!", rief sie herausfordernd zur Begrüßung und knallte dann einen ganzen Stapel von Broschüren auf meinen Schreibtisch. „Habe ich vom AStA. Die Lösung deines Problems. Aber erst mal einen Kaffee."

Also erst mal einen Kaffee. Wenn ich schon einen machte, dann einen schönen, starken. Obwohl ich sonst eher Tee trank, setzte ich diesmal auch für mich eine Tasse auf.

Carolin warf mit Schwung ihre braunen Haare hinter sich und breitete, nachdem sie genüsslich einen Schluck genommen hatte, die Broschüren vor mir aus. „Also, das sind Stiftungen. Die vergeben Stipendien. Na ja", sie grinste mich breit an, „nicht an solche wie mich, sondern an ‚Hochbegabte'. Und da ich mich momentan nicht erinnern kann, dass du je etwas anderes als eine Eins geschrieben hast, bist du genau die richtige Kandidatin."

Ich blätterte die Hefte durch: Erasmus, Studienstiftung des deutschen Volkes, Humboldt-Stipendium, Cusanuswerk, Konrad-Adenauer-Stiftung, Rosa-Luxemburg-Stiftung.

„Werden die nach politischer Richtung vergeben?“, fragte ich.

„Die sind zwar zum Teil von Parteien finanziert, aber, soweit ich das verstanden habe, geht das nach Leistung – du brauchst kein Parteibuch.“ Sie tippte mich höhnisch an die Schulter. „Wir sind ja hier nicht im Ostblock.“

Ich blätterte kritisch die Hochglanz-Broschüren durch, von denen mich strahlende junge Gesichter anblickten. „Warum sollten die mich fördern?“

„Weil du hervorragende Leistungen bringst. Bei uns reicht das.“ Sie war so spöttisch, brachte aber meine Vorurteile damit auf den Punkt.

„Manchmal darfst du dich selbst bewerben. Meistens aber muss ein Professor dich vorschlagen. Da fragst du deinen Germanistik-Lieblingsprofessor, der hat sowieso einen Narren an dir gefressen.“

Drei Stunden lang lasen wir alle Broschüren und wählten dann drei Organisationen aus, die mir am besten zu passen schienen: Erasmus, Humboldt, Studienstiftung.

Ehrlich gesagt erschien mir das Ganze zuerst wie eine typische spleenige Carolin-Idee, aber sie war in ihrem Elan gar nicht aufzuhalten. Konnte ich ihr bei den theoretischen Arbeiten helfen, so unterstützte sie mich im praktischen Leben. Sie lief mit mir zum

Professor, wo ich vor lauter Scham fast umgekehrt wäre und sehr überrascht war, als er mir sofort seine Unterstützung zusagte.

Sie füllte mit mir alle Fragebogen und Formulare aus. Nur die Texte, die ich selbst schreiben sollte, über mein Leben, meine Beweggründe, mein Interesse am Studium, die schrieb ich selbst.

Mit viel Herzblut verfasst wanderten schließlich drei dicke Briefumschläge mit Gutachten, Zeugnissen, Formularen und langen Texten in die Post.

1987 | Plovdiv

Es war mitten in der Nacht, als die Tür aufging und der Offizier wieder hereinkam. „Mitkommen, Genossin Lulewa."

„Sie kann nicht, sie ist nicht bei sich."

„So!" Er trat die auf dem Boden liegende Baba in die Seite. Sie bewegte sich nicht einmal.

„Sie ist seit einem Tag nicht mehr bei sich. Wenn Sie sie noch mal treten, dann stirbt sie. Vielleicht auch einfach so."

„Soso. Aber du, Alte, bist heute ja mal ganz bei dir. Dann kommst du jetzt eben mit."

1988 | München

„Frau Lulewa, ein Brief für Sie. Anelija, ein Brief für dich." Wie aus einer anderen Welt tauchte ich aus einem tiefen Traum auf. Bis in die frühen Morgenstunden hatte ich an meiner Seminararbeit über Hölderlin gesessen. Ich war so vertieft, dass ich selbst überrascht war, als es plötzlich vier Uhr nachts war. Was für ein Poet. Was für Worte! Was für ein Wahnsinn, was für ein Genie.

Und jetzt hatte ich offenbar bis in die Mittagsstunden geschlafen. Kein Wunder, dass meine Mutter hemmungslos laut und lange klopfte. Nein, nicht „ein Brief für Sie, Frau Lulewa", rief sie, sondern einfach nur: „Ein Brief für dich, Anelija. Sieht offiziell aus. Willst du jetzt endlich mal die Tür aufmachen?"

Ich rappelte mich hoch, zupfte schnell an meinen zerrupften Haaren und öffnete die Tür. „Sieht offiziell aus. ‚Studienstiftung des deutschen Volkes'. Was ist denn das?", fragte sie neugierig. „Klingt wie im Nazireich, meine liebe Anelija", erklärte sie kritisch mit zusammengezogenen Augenbrauen.

Ich nahm ihr den Brief aus den Händen und rieb mir den Schlaf aus den Augen. „Nein, das ist eine Stiftung, für Studenten."

Anscheinend konnte ich sie damit beruhigen, denn sie gab mir den Brief und drehte sich um.

Ein kleiner Briefumschlag. Ich sah es schon vor mir: *Wir bedauern, Ihnen mitteilen zu müssen …*

Vorsichtig öffnete ich den Umschlag. Ich war noch so müde, vielleicht sollte ich mich einfach wieder ins Bett legen und schlafen.

Na ja, vielleicht doch erst lesen.

Sehr geehrte Frau Lulewa – „ein Brief für Sie, Frau Lulewa". Und meine müden Gedanken wanderten zu der Fünfjährigen, die den ersten Brief ihrer Mutter bekam. War das damals auch ich, die nichts anderes tun konnte, als warten und hoffen und warten und verzweifeln? War ich dieselbe, die heute in Deutschland saß und hoffte, vom deutschen Staat Geld zu bekommen? Es machte nichts … *wir bedauern* … ich konnte das auch alleine schaffen. Ich hatte immer noch meine Arbeit. Ich schaffte es auch ohne Hilfe.

Ich musste mich zwingen, den Brief zu lesen.

Sehr geehrte Frau Lulewa,

wir möchten Sie gerne zu einem Wochenende auf Schloss Fürstenried einladen. In mehreren Einzel- und Gruppengesprächen möchten wir Sie näher kennenlernen. Eine besondere Vorbereitung benötigen Sie nicht.

Ich ließ den Brief sinken, der, wie ich feststellte, wieder einmal blütenweiß war. Ich war eingeladen, zum Kennenlernen, auf ein Schloss. Ich wusste nicht genau, ob Freude oder Angst die Überhand nahm.

Baba Milena hielt ihre Tochter, die sich kaum auf den Beinen halten konnte, und schleifte sie fort, fort von dem Tor vor der Polizeiwache, wo man sie einfach in den Dreck geschmissen hatte. Schnell fort. Wer weiß, ob die es sich nicht noch mal anders überlegten. Sie zog sie, sie schleifte sie, mit einer Kraft, die sie sich selbst kaum zugetraut hätte. Diese Tochter würde Milena vor ihnen retten, diese Tochter nähmen sie ihr nicht auch noch.

Nur wenige Straßen von der Polizei entfernt, hielt neben ihnen ein Laster. Der Fahrer sprang heraus und sah sie nur kurz an. „Ihr kommt von der Polizei?"

Baba Milena nickte. Er sah sich um, kein Mensch war weit und breit zu sehen. „Kommt." Hektisch zog er die Baba auf den Beifahrersitz und schloss die Tür, nachdem Milena sich auch in die Fahrerkabine gesetzt hatte.

Er startete den Motor. „So weit sind wir gekommen. Sogar mit alten Frauen machen sie das. Scheiß-Land. Scheiß-Regierung." Seine Faust ballte sich gegen den Himmel. „Wo kann ich euch hinfahren?"

„Nach Hause, bitte, nach Radilovo."

Er fuhr die beiden alten Frauen bis zu ihrer Haustür, trug die Baba noch ins Bett und ließ sich nur widerstrebend fortschicken, als Milena ihm versicherte, dass sie nun allein zurechtkäme. Bevor er aus dem

Haus ging, nahm er den Kopf zurück und spuckte Schiwkows Bild an. Und Milena lachte befreit und gab ihm eine Flasche Slivova mit, die er zuerst nicht annehmen wollte.

Drei Tage lang saß sie am Bett ihrer Tochter, flößte ihr Wasser, Suppe und ab und zu einen Slivova ein, bis sie endlich aus ihrem Dämmerzustand erwachte.

Ich hob ein Tequila-Glas und verschluckte mich fast an dem brennenden Schnaps in meiner Kehle. Das Zeug war genauso scharf wie der Slivova, den ich damals von meiner Baba bekommen hatte. „Brrr." Ich schüttelte mich. „Ich glaube, das brauche ich gar nicht öfter."

„Ach, mein Schätzchen, ab sofort kannst du dir auch Champagner leisten!", rief Carolin übermütig. „Der ist sanfter in der Kehle. Auf dich, du Studienstiftlerin!"

Ich lachte. Ich war so erleichtert und dankbar.

Dabei hatte ich mir keine Chance ausgerechnet, als ich all diese selbstbewussten, klugen, jungen Menschen im Schloss Fürstenried gesehen hatte und mich selbst dazwischen wie eine graue Maus fühlte. Aber die Gespräche mit den Professoren waren tief und interessant, so wie es mir gefiel. Der eine Professor hatte mich gefragt, warum ich geschrieben hatte, dass ich modernen Tanz mag und ich hatte ihm versucht zu erklären, dass Tanzen eine wortlose Sprache sein konnte, die jeder, unabhängig von Muttersprache, Herkunft oder Kultur verstehen konnte. Tanz ist jenseits aller Kulturen. Und dann hatte ich ihm von den Volkstänzen in Bulgarien erzählt und wie ich trotz aller Unterschiede ähnliche Ausdrucksformen nicht nur im deutschen Volkstanz, sondern sogar im modernen Tanztheater gesehen hatte. Als ich schließlich auf Pina Bausch kam und er mir erzählte, dass er selbst Wuppertaler sei und außer Pina Bausch nichts von modernem Tanz verstehe, aber das Tanztheater von Pina ihn immer berührt habe wie nichts anderes, da war mir eigentlich klar, dass zumindest dieser Professor, der kaum aufhören wollte, sich mit mir zu unterhalten, für mich stimmen würde.

Carolin blieb während all der Jahre meines Studiums die Freundin an meiner Seite. Wir lernten gemeinsam – meist fragte ich sie so lange ab, bis sie mit Ach und Krach durch die Prüfungen kam. Sie nahm mich mit ins Münchner Nachtleben und achtete darauf, dass wir nur dorthin gingen, wo das Geld meines Stipendiums auch reichte oder sie lud mich ab und zu unauffällig ein. Ich teilte ihren permanenten Liebeskummer in Bezug auf die ständig wechselnden Objekte ihrer Zuneigung und sie tadelte mich scharf, wenn mein Fleiß und meine Genauigkeit mich nächtelang nur noch arbeiten ließen. Sie half mir im Leben und ich ihr bei der wissenschaftlichen Arbeit. Wir waren ein ungleiches, aber sich wunderbar ergänzendes Paar.

Zwei Wochen lag die Baba in ihrem Bett. Und Baba Milena versorgte sie wie ein kleines Baby. Sie fütterte sie, sie wusch sie, sie sammelte Kräuter für die Wunden und legte jeden Tag frische Blätter auf den nässenden Eiter.

Die Baba sah sie an und musste erst noch Kraft tanken. Dann endlich wagte sie es, ihrer Mutter die Frage zu stellen, die sie auf den Lippen hatte, seit sie wieder klar denken konnte.

„Haben sie dir auch etwas angetan?"

Baba Milena tätschelte ihr beruhigend den Arm: „Ein bisschen gehungert und gedurstet habe ich. Das war nicht das erste Mal, das schaffe ich schon."

Milena nahm die alten Blätter von der offenen Wunde am Bauch. Wie oft hatte er dort hineingetreten. In einen Bauch, der ihm auch das Leben hätte geschenkt haben können. Innerlich war sie jedes Mal noch wütend dabei, aber sie zeigte es ihrer Tochter nicht. Vorsichtig legte sie die frischen heilenden Blätter auf.

„Majka", das hatte sie schon lange nicht mehr zu ihrer alten Mutter gesagt, „haben sie dir Schmerzen zugefügt?"

„Mein Kleines, ich bin zu alt. Sie haben es versucht, aber dann habe ich ihnen Märchen erzählt und Begebenheiten aus meiner Kindheit. Alle Geschichten, die mir eingefallen sind. Sie können doch eine verrückte Alte, die ihnen Märchen erzählt, nicht weiter schlagen. Von Hexen und Trollen, von Feen und Zauberern habe ich erzählt. Von meinem ersten Schaf. Und von meiner Majka. Nein, irgendwann wollten sie das einfach nicht mehr hören.

Die Baba legte sich zurück und stellte sich vor, wie Milena die demente Alte gespielt hatte. Sie wollte es glauben. Aber früher, da hatte Milena doch ihren rechten Zeigefinger bewegen können. Jetzt nicht mehr. Dick und rot angeschwollen war das Fingergelenk.

Baba strich über Milenas Hand. Sie hatten es geschafft. Vorerst.

„Ich muss jetzt fort. Ich wohne schon zu lange bei Majka und Franz. Ich muss weg." Es war ein langer Abend, an dem wir viele Stunden über Carolins unzuverlässigen Freund verhandelt hatten. Ich hielt nichts von ihm. Sie erklärte mir, dass alle Männer so sind. Und die, die nicht so sind, seien unerträgliche Langweiler.

Ich war selbst überrascht, als mir dann diese Worte über die Lippen gekommen waren. „Ich muss jetzt ausziehen."

„Streitet ihr euch viel?"

„Nein, es ist nicht so, dass wir uns wie so eine typische Mutter und Tochter streiten. Dafür gibt es auch keinen Anlass. Aber ich habe das Gefühl, immer ein Fremdkörper im Haus zu sein."

„Aber du bist doch ihre Tochter."

„Ja und nein. Nein, sie hat mich nie aufgezogen, wir lebten nur fünf Jahre miteinander, wahrscheinlich war sie damals schon eher meine große Schwester. Und jetzt …" Ich stockte. Es war schwer zu erklären. „Eigentlich hat sie die ganze Zeit ein schlechtes Gewissen mir gegenüber. Sie weiß sehr wohl, dass sie mir eine bessere Mutter hätte sein können. Deswegen bemüht sie sich. Sie macht Frühstück für mich. Sie versucht, nett zu sein. Aber irgendwie ist es immer angestrengt. Sie kann nicht locker lassen."

„Du bist der spitze Dorn in ihrem heilen Heim, der lebendig gewordene Schandfleck." Wieder einmal hatte Carolin damit etwas gesagt, was ich keinem anderen verziehen hätte. Es war diese Mischung aus melancholischer Feststellung und gleichbleibender Zuneigung zu mir, die es ihr erlaubte, mir alles zu sagen. Diese Grübchen sagten manchmal die Wahrheit. Und selbst wenn mich das traf, war es gut gemeint.

„Und nun will sich der Schandfleck auch noch selbst auswischen und einfach verschwinden."

„Nein. Weißt du, ich brauche ja auch meine Freiheit."

„Aha, na, das ist ein Argument, das ich verstehe, auch wenn es ein wenig vorgeschoben ist." Sie schob sich eine Zigarette zwischen die Lippen, holte ein Feuerzeug und lief in Richtung Balkon, wo sie rauchen wollte. „Na, dann suchen wir dir eben eine Wohnung."

***

Carolin hielt mir einen orangefarbenen Zettel hin: „Zimmer in 5er-WG frei. Bewerbungen bei einem Gespräch – ruft an!"

Die Fünfer-Runde begutachtete mich bei Tee und Cola. Die verrückte Theaterwissenschaftlerin Silvia fand mich gleich okay. Jan war wohl eher wichtig, dass ich leise und wenig störend erschien. Der hochgewachsene Andreas folgte einfach der rothaarigen

Silvia, die ihm ziemlich gut gefiel. Und Sven schätzte mich wohl so ein, dass ich ihm endlich mal eine Hilfe im Haushalt sein könnte, den er meist alleine erledigen musste, weil die anderen einfach gar nichts taten.

Ich bekam das Zimmer und zog in mein erstes eigenes Reich. Nadja fuhr mit mir zu Ikea und wir erstanden ein Billy-Regal, ein einfaches Bett und einen Tisch, der mit seinen gekreuzten Beinen eher wie ein Malertisch aussah, aber herrlich groß war. Franz schraubte mir die Möbel zusammen. Zum Einzug brachte mir meine Mutter einen großen Fresskorb, eine blaue Ikea-Biber-Bettwäsche und ein paar Bücher von zu Hause mit. Darunter Markows *Das Portrait meines Doppelgängers.*

Und dann strich sie mir über den Kopf. „Aber wenn dir hier irgendetwas nicht gefällt, dann kommst du wieder nach Hause, meine Tochter." Es war ernst gemeint. Ich nickte.

1995 | Bulgarien, bei einem nächtlichen Spaziergang vor Radilovo

„Ja, bist du denn eigentlich nie nach Bulgarien zurückgegangen?" Enno sah mich vorsichtig fragend an. Wir waren mittlerweile auf einen Feldweg am Rande eines Kiefernwäldchens abgebogen.

„Doch." Ich sah zum Himmel hinauf. Ihm gegenüber konnte ich es zugeben. „Ich schäme mich, dass es nicht öfter war, aber ich hatte immer nur sehr wenig Geld, weil ich versucht habe, möglichst wenig von Majka und Franz anzunehmen, obwohl sie mir mehr gegeben hätten." Ich bemerkte selbst, wie ich immer alle außer mich selbst zu verteidigen versuchte, vor allem aber meine Majka. „Aber ich habe den Babas regelmäßig geschrieben, fast jede Woche!"

„Wann bist du zurück? Und wie war das?" Enno sah mich auffordernd an.

„Ich wohnte damals in der Wohngemeinschaft in München. Jeder von uns fünf Studenten hatte ein kleines Zimmer, gemeinsam benutzten wir einen großen Wohn-Flur als Wohn- und Esszimmer. Dazu gab es eine kleine Küche, ein Badezimmer und eine Toilette."

Ich musste grinsen, als ich mich plötzlich an die immer wiederkehrenden „Diskussionsabende" zum Thema Putzen erinnerte. „Ich glaube, ich war die Einzige von allen, die überhaupt wusste, was Putzen war. Außer vielleicht ansatzweise Sven. Über meinen

Arbeitsbereich, das Badezimmer, gab es auch keine Diskussionen. Aber sonst!" Ich lachte laut auf. „Die für das Wohnzimmer Zuständige beschwerte sich über die Toilette, der Toilettenmann hingegen erklärte, dass Bodenwischen im Wohnzimmer auch dazugehöre und dass das Abwischen des Wohnzimmertisches nicht genüge. Dann wurde diskutiert, ob man die Spüluhr, auf der unsere Namen standen, damit wir abwechselnd spülten, bereits weiterdrehen durfte, wenn nur ein Glas da war und man dieses gespült hatte. Ich habe damals mit Sicherheit mehr gemacht als alle anderen zusammen, aber das wiederum haben die anderen gar nicht gemerkt. Mir waren diese gegenseitigen Schuldzuweisungen immer sehr unangenehm, auch wenn es mich nie traf. Nun, amüsant war das auch, aber das merkt man meist erst später."

Enno schmunzelte: „Ich habe nie in einer WG gelebt – na, vielleicht besser so."

Ich blickte in die Krone einer hohen, alten Kiefer und hatte plötzlich eine Situation bildhaft vor Augen.

1989 | München

Silvia riss plötzlich meine Tür auf, obwohl wir doch erst in der letzten WG-Sitzung darüber gesprochen hatten, dass man unbedingt die Privatsphäre der anderen akzeptieren und zumindest anklopfen sollte, bevor man ein Zimmer betrat. Ich sah ihre roten Locken im Türrahmen, als sie schon herausplatzte: „Anelija, komm schnell, da passiert irgendetwas in Bulgarien. Das musst du dir ansehen." Und damit war sie schon wieder verschwunden. Zuerst war ich etwas ungehalten, dass ich gerade in einem schwierigen Gedankengang bei einer Seminararbeit gestört wurde. Doch im nächsten Moment siegte meine Neugier und ich folgte ihr in den Wohnflur, wo auf einem kleinen Campingtisch ein winziger, uralter Fernseher stand, dessen rotes Kunststoffgehäuse noch auf die Siebzigerjahre schließen ließ. Zum Glück sahen wir alle kaum fern, aber Silvia hatte die Nachrichten verfolgt, denn in den letzten Tagen hatten wir den Mauerfall in Berlin am Fernseher miterlebt. In München kamen nur wenige auf die Idee, gleich nach Berlin zu reisen, aber auch in unserer WG wurde jetzt deutlich mehr ferngesehen.

Es war der 18. November, an dem ich diese Bilder aus Bulgarien sah. Ich blieb den ganzen Tag über vor dem Fernseher sitzen.

Durch die Straßen Sofias zogen Massen von demonstrierenden Menschen, etwa 150 000 ließ der Nachrichtensprecher verlauten. Ich traute meinen Augen nicht. Eine offene Demonstration in Sofia. Selbst nach dem Mauerfall der DDR schien mir das ganz unvorstellbar für Bulgarien. In meinen Augen war es immer noch das Land, in dem man nicht einmal durch ein Augenzwinkern seine Gedanken offenbaren durfte. Nur stille Schreie, keine lauten.

Die Menschen forderten Demokratie und Menschenrechte ein. Ein zentraler Punkt waren dabei auch ökologische Themen, die von der Bewegung Ekoglasnost angestoßen worden waren. Ich hatte diese Bewegungen nur am Rande in den Zeitungen verfolgt, weil ich sie damals als gar nicht so wesentlich eingestuft hatte. In Bulgarien aber war dies ein Vehikel der Opposition.

Natürlich hatte ich gelesen, dass sich auch in Bulgarien eine Oppositionsbewegung gebildet hatte, dass sich vor allem Akademiker, Philosophen, Lehrer, Schriftsteller, Wissenschaftler, aber auch Bauern, Sportler und Arbeiter zusammengefunden hatten, um ihre Forderungen öffentlich auszusprechen. Dennoch hätte ich mir eine solche Massenbewegung nicht vorstellen können. Selbst den Rücktritt Schiwkows am 10. November hatte ich noch nicht als Signal für einen wirklichen Aufbruch gesehen. Als ich aber diese Menschenmengen durch Sofias Straßen ziehen sah, die offen ihre Plakate in die Luft streckten, wurde mir klar, dass auch Bulgarien sich befreite, von der Diktatur, vom Kommunismus, von der Unfreiheit. Eine Mischung aus Verwunderung, vorsichtiger Freude und unendlicher Erleichterung machte sich in mir breit. Ob meine Baba auch diese Bilder sah? Aber bei ihr gab es immer noch keinen Fernseher, wenn auch manche im Ort schon einen besaßen, wie sie mir geschrieben hatte. Bisher hatte die Baba in ihren Briefen nur vorsichtig und höchstens andeutungsweise über die politischen Entwicklungen gesprochen – sie war durch ihr Leben im Kommunismus sehr vorsichtig geworden. Wahrscheinlich bekam sie auf dem Dorf auch vieles gar nicht mit. Und schließlich war sie ein unpolitischer Mensch, der sich wohl oder übel mit dem jeweiligen System arrangieren musste. Obwohl sie meiner Meinung nach ihre eigene Art des ganz kleinen Widerstandes immer behalten hatte – und damit in meinen Augen ihre ganze Würde.

Im Fernsehen zeigten sie eine Kundgebung in Sofia. Ich sah und hörte, dass politische Forderungen laut ausgesprochen wurden. Nach Jahren angstvoller Stille waren die Stimmen plötzlich so laut. Ich öffnete meinen Mund, so stark war das Bedürfnis, mit all diesen Menschen die so lange unterdrückten Worte auszusprechen. Ich hörte zwischen den deutschen Kommentatoren die bulgarischen Reden. Die Worte und Sätze kamen seltsam verquer heraus, ungehobelt, sprudelnd, als ob die Bulgaren mit dieser ungewohnten Freiheit noch nicht wirklich umgehen konnten.

Wenn man so lange geschwiegen hatte, reihten sich die Laute falsch zusammen, schossen heraus und dabei oft über das Ziel hinaus. Nicht alles ergab Sinn, was da gesagt und geschrien wurde. Ich schaltete alle Kanäle durch, um immer wieder Fragmente in bulgarischer Sprache zu erhaschen.

„Hey, jetzt kommt die Freiheit auch nach Bulgarien!“ Mein WG-Mitbewohner Jan schlug mir auf die Schulter und riss mich damit unsanft aus meinen Gedanken. Im Fernsehen lief bereits die nächste Nachricht.

„Was bedeutet das für deine Familie?“, fragte Silvia.

Was bedeutete das eigentlich für meine Familie? Ich zögerte.

Sven schaltete den Fernseher aus und alle sahen mich erwartungsvoll an. Wir hatten weder über meine Familie noch über meine bulgarische Herkunft je ausführlicher miteinander gesprochen.

„Meine Großmutter und meine Urgroßmutter wohnen auf dem Land. Wahrscheinlich ändert sich für die beiden gar nicht mehr viel.“ Ich hielt inne. „Doch, es ändert sich viel. Meine Baba muss jetzt nicht mehr das Bild Schiwkows aufhängen, wenn Besuch kommt.“ Alle blickten aufmerksam zu mir und es zog eine ungewohnte Ernsthaftigkeit in unser kleines Wohnzimmer.

„Du meinst, sie hat das Bild von eurem Ministerpräsidenten immer aufgehängt, wenn Besuch kam?“ Andreas sah mich langsam verstehend an.

Ich nickte. „Und es ist auch nicht mehr gefährlich, wenn sie nicht ‚Genosse' sagt. Ja, das wird sich ändern, und ja, das bedeutet viel für meine Baba. Es bedeutet, dass sie denken und sagen darf, was sie will." Ich zögerte. „Ich weiß gar nicht, ob sie das noch kann."

„Sag mal, Anelija", Sven warf mir einen kritischen Blick zu, „warum durften du und deine Mutter eigentlich aus Bulgarien heraus?"

„Meine Mutter hatte hier einen Mann und bekam durch ihn eine Arbeitsgenehmigung. Und ich bin geflohen."

Meine Mitbewohner sahen mich an wie von einem anderen Stern: „Du bist geflohen? Allein?"

„Ja. Ich bin fast gestorben in einem Kühllaster bei minus sieben Grad."

Plötzlich wurde allen meine Andersartigkeit, über die wir nie gesprochen hatten, klar.

„Wann war das denn?"

„Vor zwei Jahren."

„Und seitdem bist du nie zurück nach Bulgarien zu deiner Großmutter gefahren?" Silvia betrachtete mich mitleidig, was ich nicht mochte.

„Nein, ich wäre sofort verhaftet worden, als Staatsfeind."

„Jetzt, jetzt kannst du fahren", stellte Jan in seiner typisch praktischen Art fest.

„Ja, wahrscheinlich", überlegte ich selbst vorsichtig. „Allerdings wird es immer noch eine Menge Geld kosten. Aber ja, ich kann fahren." Mir stockte der Atem, als mir dies klar wurde. Lange Zeit hatte ich gar nicht mehr damit gerechnet, noch einmal zu meiner Baba zurückfahren zu können, obwohl ich diesen Gedanken immer verdrängt hatte. „Ich glaube, ich muss jetzt erst einmal raus."

Ich wich den mitfühlenden Blicken aus, zog mir eine Jacke über und lief los. Durch München, durch den Englischen Garten, an der Isar entlang. Ich versuchte, Klarheit darüber zu gewinnen, was dieser Wechsel wohl für die Menschen in Bulgarien bedeutete. Und was er für mich bedeutete. Hieß das, ich könnte und sollte selbst zurück nach Bulgarien gehen? Dort mein Leben verbringen? Ich wusste es nicht.

Als ich Stunden später zurückkam, waren meine fünf Mitbewohner ausgeflogen. Auf meinem Schreibtisch lag ein weißer Zettel.

Anelija,

als Allererstes: Sag bloß nicht nein, es ist unsere Entscheidung und Du wirst sie nicht ändern können.
Jeder von uns hat 60 DM gegeben. Wir wollen, dass Du nach Hause reisen kannst. Wir hoffen, dass das reicht. Sag bloß nicht Danke.

Deine Lieblings-WG

240 Mark lagen auf dem Brief. Ich war sehr erstaunt, etwas peinlich berührt und auch einfach erfreut. Wir hatten damals alle nicht viel Geld. Aber die anderen bekamen noch immer kräftige Finanzspritzen von ihren Eltern, während ich versuchte, mit meinem schmalen Stipendium auszukommen.

Doch, ich würde es annehmen. Ich würde damit zu Baba und Baba Milena fahren.

Weißes Papier. Für das ich so dankbar war.

1990 | Sofia

Kosta war genervt. Jetzt sollte er schon wieder in den Keller kommen, den sie scherzhaft die „Katakomben" nannten. Da lagen wirklich viele Leichen herum, Aktenleichen, die auf Menschenleichen verwiesen. Es war jetzt schon zu viel, als dass man es eigentlich noch ertragen konnte. Und viel zu viel, um es aufzuarbeiten. Manchmal beschlichen ihn auch Zweifel, obwohl er so begeistert mit dieser Arbeit angefangen hatte. Aufräumen mit dem Unrechtsregime. Schiwkows Reich war einfach in sich zusammengestürzt wie ein hohles Konstrukt, bei dem nur ein Schubser genügte. Aber was sollte das hier eigentlich bringen? Die Toten waren tot. Wem half es, genau zu wissen, wer alles daran mitgemischt hatte? Er hatte langsam das Gefühl, dass kein Mensch in Bulgarien mehr ohne Schuld war. Jeder hatte irgendwie mitgeholfen. Die Grenzen zwischen Schuld und Mitläufern, die sich Privilegien erhofften, waren wirklich nicht immer einfach zu ziehen. Wie oft hatten in den letzten Wochen Menschen vor ihm gesessen, die ihm erklärt hatten, dass man die Frauen, die Kinder, die Eltern bedroht hatte, damit sie mithalfen. Hätte er sich selbst besser als sie verhalten? In all den Gesprächen beschlichen ihn mehr und mehr Zweifel. Er war auch bei den jungen Pionieren gewesen, es ging gar nicht anders, er hatte Staatskunde gebüffelt und die marxistischen Lehren vorgetragen. War nicht auch er mitschuldig, hatte nicht auch er seinen Beitrag zum Unrechtsregime geleistet? War es nicht reiner Zufall, dass er nicht ganz so verstrickt war und nun diese Untersuchungskommission leitete? Vor ein paar Monaten war er sich noch sicher. Jetzt aber schienen die Grenzen von Schuld und Unschuld langsam zu verwischen. Das ganze bulgarische Volk war mit schuld.

Sie waren ein offizielles Team, das die geheimen Unterlagen des früheren Regimes sichern sollte. Aber eigentlich hätte man dafür Hunderte gebraucht. Was hatten sie in den letzten Wochen nicht alles entdeckt: Akten, die in falsch beschrifteten Aktenordnern verborgen waren, eine Giftkammer, eine Waffenkammer.

Und jetzt hatte er gerade den Anruf bekommen, dass sie einen weiteren verschlossenen Raum aufgebrochen hätten. Und er sollte sich die Fundstücke ansehen.

Wieder Akten, die er sichern müsste. Er bezweifelte langsam den Sinn dieser Sache. Vielleicht sollte er wirklich den Vorschlag machen, das alles hier zu stoppen.

Er lief langsam die Treppen hinunter. Der Kellergeruch löste fast schon einen Würgereiz bei ihm aus. Ein Mann wartete unten und begleitete ihn durch die verzweigten Wege in einen Teil des Kellers, den er noch gar nicht betreten hatte. Die Tür zu dem Raum war aufgebrochen, davor stand ein verschobenes Regal, das offensichtlich zuvor die Tür verborgen hatte. Erst langsam gewöhnten sich Kostas Augen an das Dunkel, das durch die schwachen Glühbirnen nur in ein Dämmerlicht getaucht war. Er hatte gar keine Lust auf neue Akten.

In dem kleinen Raum, den er betrat, standen vier Männer um einen Schrank herum. Keine Akten, keine Regale, nur dieser eine Schrank, dessen Tür nun herausgebrochen auf dem Boden lag. Statt das Schloss mühsam zu knacken, hatten die Männer die Scharniere aufgebrochen und dann die ganze Tür herausgehebelt. Alle sahen ihn mit großen Augen an. Er trat einen Schritt näher. In dem Licht war nichts zu erkennen. Jedenfalls keine Akten, das war doch eine Erleichterung. Erst als er direkt vor dem Schrank stand, erkannte er dessen Inhalt. Aber was war das?

1995 | Bulgarien, in der Nacht vor Radilovo

„Und dann bist du wirklich zurückgefahren?“

„Ja, meine WG-Mitbewohner waren damals unglaublich nett zu mir. Ich glaube, für sie war meine Reise wie ein großes Abenteuer, das sie selbst miterleben durften. Sven fand ein Busunternehmen, das für 120 DM nach Sofia fuhr. Silvia hatte sich bei verschiedenen Stellen erkundigt, ob ich ein- und ausreisen durfte. Alle brachten mich gemeinsam zum Busbahnhof, hatten mir sogar einen riesigen Korb mit Essen für die Reise und Geschenke für meine Babas mitgegeben: Brezeln, Weißwürste, Leberkäse und zwei Flaschen Weißbier. Etwa einen Monat nach dem 18. November fuhr ich los.“

„Was war das für ein Gefühl?“

„Eine riesige Freude, endlich die Babas besuchen zu dürfen. Und ein wenig Angst, ob ich wirklich problemlos nach Bulgarien fahren und das Land auch wieder verlassen dürfte.“

Ich dachte kurz nach. „Aber weißt du, ich fuhr auch als eine andere Anelija zurück. Ich hatte in den Wochen danach nichts anderes getan, als alle Zeitungen und alles, was ich über Bulgarien in der Bibliothek finden konnte, zu lesen. Es war so, als ob ein Vorhang aufgegangen wäre und ich erst jetzt richtig auf mein Land sehen konnte. Und ich war so begeistert und zugleich verwundert über die rasante Entwicklung, die Bulgarien dann nahm. Für mich war es klar, dass die Kommunisten, die sich jetzt Sozialisten nannten, nie mehr gewählt werden würden. Ich hatte nun über alle Gräueltaten, alle Folterungen, alle Vertreibungen, alle Morde der Miliz gelesen und verstand eigentlich erst jetzt, was in diesem Land immer allgegenwärtig war, diese permanente Angst, diese permanente Unterdrückung aller wahren Worte."

„Aber du selbst hast es doch gar nicht persönlich erlebt."

„Enno, man spürt es ständig, jede Sekunde weiß man, dass ein falsches Wort genügt. Man muss nicht selbst die Folter erlebt haben, sie liegt in der Luft."

Ich spürte meinen eigenen Worten nach und verstand nun erst selbst die Angst, diese unheimliche Stille, die immer um mich herum gewesen war. „Die Baba hat immer gesagt: ‚Sch, nur nicht zu viel reden. Sagst du nichts, lassen sie dich leben.' Aber nun, Enno, wählte mein Volk die Sozialisten mit 47 Prozent. Das ist so, als ob man sich selbst schlagen würde. Aber ich fürchte, man sieht aus der Entfernung klarer. Von innen konnte ich das alles auch nicht so deutlich sehen."

Kosta beugte sich mit seinem Kopf in den Schrank hinein. Er sah Regenschirme, ein Dutzend Regenschirme. Sollte das hier ein Scherz sein? Dafür konnten sie ihn doch wohl nicht geholt haben. Fast wollte er sich bereits mit einem Witz auf den Lippen umdrehen, als er den entsetzten Blick eines Mannes auffing: „Vorsichtig, nicht anfassen, das sind die Regenschirme!“

Durch Kostas Kopf zuckte ein Blitz der Erkenntnis. Die Regenschirme. Er hatte davon gehört. Er hatte es für eine dieser übertriebenen Geschichten gehalten.

„Sehen Sie, hier unten sind die Schirme präpariert. Wir verstehen den Auslösemechanismus noch nicht, deswegen bitte nicht anfassen. Aber hier unten schießt der Schirm eine Kugel heraus, wie ein Gewehr, wahrscheinlich auf Kontaktdruck oder auch durch einen Auslösemechanismus im Griff. Vorsicht, das funktioniert mit Gas oder komprimierter Luft und ist extrem durchdringend. Im Moment können wir nicht sagen, ob die Schirme befüllt sind, wahrscheinlich nicht, aber wir müssen vorsichtig sein. Die Waffenexperten sind bereits angefordert.“

Regenschirme. Seine Frau hatte sich gerade einen roten gekauft. Fast hoffte sie schon auf den nächsten Regen, um ihn auszuführen. Kosta richtete sich auf. Diese hier waren schwarz und hätten doch eine blutrote Spur hinter sich ziehen können. Wie viele waren bereits benutzt worden? Wie oft hätte man sie noch einsetzen können?

Kosta spürte, wie ihm rote Sterne vor den Augen tanzten. Es war einfach zu viel Schuld, zu viel, um alles aufzudecken, zu viel, um alles zu ertragen. Am liebsten hätte er diesen verdammten Keller einfach in die Luft gejagt.

Ein bitterer Geschmack überzog Kostas Zunge. So viel Kreativität und Einfallsreichtum, und das alles im Namen der Grausamkeit. Man hatte seinem Volk alles genommen, die Ehre, die Würde, die Menschlichkeit. Alles hätte dieses Volk erreichen können, alles, aber alle Kraft war ins Böse gelenkt worden.

Wie sollte sich dieses Land je davon erholen?

Er drehte sich langsam um. „Sagen Sie mir Bescheid, wenn die Waffenexperten mit der Untersuchung fertig sind."

1989 | Bulgarien

Die Busfahrt dauerte fast 24 Stunden. Obwohl es lange, ungemütliche Stunden waren, genoss ich sie und lauschte dem wohl vertrauten und doch mittlerweile fremden Ton der bulgarischen Stimmen im Bus. Es waren nur Bulgaren, die diese Busse nutzten. Viele von ihnen fuhren wie ich seit Jahren zum ersten Mal wieder zurück in die Heimat. Es herrschte eine ausgelassene Aufbruchsstimmung. Nachdem die anderen von mir erfahren hatten, warum ich junges Mädchen alleine unterwegs war, hatten alle das Bedürfnis, sich um mich zu kümmern. Jeder kam mit seinem Essen bei mir vorbei und brachte mir ein Stück Brot, Wurst, Paprika, Obst. Obwohl doch alle wie ich aus München kamen, schmeckte es bereits nach Bulgarien. Anscheinend kauften die Bulgaren auch in München eher Dinge ein, die wie in der Heimat schmeckten. Ein schon lange verlorenes Gefühl von Geborgenheit und Zuhausesein kam in mir auf.

Eine dicke, alte Frau, die wie in Bulgarien üblich ein Kopftuch trug und es auch auf der ganzen Busfahrt nicht abnahm, setzte sich neben mich, drückte mir, ob ich wollte oder nicht, ein paar hartgekochte Eier, Brot und Speck in die Hand und fragte mich nach meinem Leben aus. Ich erzählte ihr, dass ich in Bulgarien bei meinen Babas aufgewachsen sei, dass meine Majka nach Deutschland gegangen und ich Jahre später auch dorthin geflüchtet sei. Sie sprach mit mir, warum auch immer, in gebrochenem Deutsch. Anscheinend fand sie mich mehr deutsch als bulgarisch, oder sie war das Deutsche mittlerweile so gewohnt, dass sie es überhaupt nicht merkte. Obwohl ich ihr eigentlich alles nicht so genau erzählen wollte, fragte sie weiter und weiter. Irgendwann schüttelte sie den Kopf. „Keine gute Mutter, dich so alleine zu lassen in Bulgarien."

„Sie war erst siebzehn, als sie mich bekam, sie war einfach zu jung."

„Kein Grund, wir haben früher alle früh Kinder bekommen. War gut so. Kein Grund, ein Kind alleine zu lassen. Ein Kind gehört zur Mama."

Ich sah beschämt nach unten und fühlte mich auf eine seltsame Weise schuldig.

„Keine gute Mutter", bestätigte sie noch einmal, bevor sie meinen Blick auffing und vorsichtig einschränkte. „Macht nichts, macht nichts, gute Baba ist besser als gar nichts haben. Du hast eine gute Baba gehabt, das kann ich sehen, bist ein gutes Maderl geworden, hast eine gute Baba gehabt."

Ich musste lachen, über ihr seltsames gebrochenes Bayrisch-Deutsch und über ihre Gutmütigkeit.

„Genau, ich hatte die beste aller Babas. Und das ist gut so."

Wie ich mich auf sie freute.

Von Sofia aus fuhr ich mit einem anderen Bus

nach Pazardzhik und dann weiter nach Radilovo. Als wir ankamen, drückte ich mir die Nase an der Fensterscheibe platt, bis ich sie sah. Zwei Jahre lang hatte ich sie nicht mehr gesehen. Da sie nicht genau wusste, wann ich ankommen würde, hatte sie schon seit Stunden gewartet. Sie hatte mich noch nicht bemerkt. Etwas abseits hinter den anderen stand sie und wartete, nervös ihre Hände aneinander reibend. Sie hatte sich die gute Karljanka angezogen. War sie immer schon so klein gewesen? Sie kam mir geschrumpft vor, eine ältere, etwas unsichere Frau, die sich suchend umblickte. In meiner Erinnerung war sie doch die große, starke, sichere Baba. Das ist sie auch immer noch, sagte ich mir. Wenn auch optisch kleiner als in meiner Erinnerung.

Als wir uns endlich umarmen konnten, weinten wir beide. Sie streichelte mein Gesicht, wie um mich wieder in Besitz zu nehmen. Minutenlang standen wir da, sie hielt immer noch mein Gesicht in ihren Händen und sagte. „Anelija, du bist wieder da, ich habe es immer gewusst, du kommst wieder zurück, Anelija, Anelija." Als wir uns umblickten, waren alle anderen längst fort.

Alles schien geschrumpft. Wie klein unser Haus war. Mein Zimmer war eher eine Kammer, in die mehr als ein Bett gar nicht hineinpasste. So hatte ich es nicht in Erinnerung gehabt. Auch dass die Ziegen in einem Raum im Haus waren, wenn er auch nur von außen begehbar war, wunderte mich nun.

Auch den tiefen Riss in der Kommodenschublade hatte ich früher nie bemerkt.

Doch all dies war für mich nicht wichtig. Wichtig war, dass ich meine Babas sehen konnte. Baba Milena allerdings lag im Bett. Ihre Freude über mein Kommen zeigte sie durch das heftige Wedeln ihrer Hände, das Wackeln ihres Kopfes und Ausrufe mit einer Stimme, die mir fremd und gebrechlich erschien.

Baba nickte, als ich nach langer Zeit wieder aus Baba Milenas Kammer heraustrat: „Du bist noch rechtzeitig gekommen. Gott sei Dank. Baba Milena sagt seit Wochen immer wieder, dass sie nur noch einmal dich sehen möchte."

***

Das orthodoxe Weihnachten am 7. Januar feierten wir an ihrem Bett. Wir zündeten drei dicke Kerzen an, holten unser Festmahl ans Krankenbett und aßen gemeinsam. Sieben Gerichte aßen wir dieses Weihnachten. Die Tradition verlangte, dass man an *Roschdestwo Christow*, an Weihnachten, eine ungerade Anzahl von Gerichten zubereitete. Da am Weihnachtstag die orthodoxe Fastenzeit zu Ende geht, sind keine tierischen Gerichte dabei. Die Baba reichte das traditionelle Weihnachtsbrot herum, das wir drei uns teilten und vorsichtig daran knabberten. Wie immer hatte die Baba nämlich eine Münze darin eingebacken, die ein Jahr lang Gesundheit und Glück versprach. So sehr ich früher immer auf diese Münze gehofft hatte, so traurig war ich diesmal, als meine Zähne mit einem Knacken auf das Metall bissen. Ich hatte sie so sehr Baba Milena gewünscht. Fast entschuldigend holte ich die Münze aus meinem Mund. Baba Milena legte beruhigend ihre leicht zittrige Hand auf meine und sagte: „So ist's richtig, so muss es sein."

Wir aßen Gurkensuppe, mit Bohnen gefüllte Paprika, einen Schopska-Salat, in Weinblätter gewickelten Reis, Bohnensuppe, mit Kürbis gefüllte Teigblätter und die süßen Baklava.

Bisher war immer Baba Milena als ältestes Familienmitglied mit Weihrauch durch alle Zimmer gegangen, damit das Böse vom Haus fernblieb. Diesmal übernahmen diese Aufgabe Baba und ich.

Dann saßen wir an Baba Milenas Bett und redeten. Baba erzählte mir, dass im letzten Jahr alle Türken aus dem Dorf verschwunden waren. Ihre Namen hatten sie schon vorher alle ändern müssen. So wie Gülsem damals. Einer im Dorf habe es nicht tun wollen, den habe ein Mann im Auto abgeholt. Am nächsten Tag habe er alle Familienmitglieder umbenannt und danach habe er nie mehr geredet. Dann sei auch er gegangen.

Selten hatte ich meine Baba so offen ihre Wut zeigen sehen, immer noch unterdrückt, immer noch verhohlen, aber immerhin sprach sie aus, was passiert war.

Das allein war für mich alles wert. Auch meine Baba durfte nun sprechen und sie tat es.

„Die kommunistische Partei heißt jetzt sozialistische Partei. Sind aber immer noch die gleichen! Deinen Herrn Popow gibt es auch noch." Mir stieg eine bittere Gallenflüssigkeit langsam die Speiseröhre hinauf. Baba legte die Hand auf meine.

„‚Genossen' soll ich jetzt nicht mehr sagen, wo ich mich endlich daran gewöhnt habe. Aber Herren, ja, Herren wollen sie immer noch sein."

Wir sprachen in dieser Nacht so viel und so offen wie noch nie. Aber auf viele meiner Fragen zuckte meine Baba nur mit den Schultern. Warum die Bulgaren denn wieder die Sozialisten gewählt hätten? Sie zuckte mit den Schultern. Ich fragte nicht, ob und wen sie gewählt habe.

Kurz nach Mitternacht kamen die Koledari, singende junge Männer, die von Haus zu Haus zogen, um mit ihren Liedern die bösen Geister zu verjagen. Baba bat sie herein und sie sangen für uns, wünschten uns Gesundheit, Glück und Wohlstand und berührten dann unsere Rücken mit Stöcken aus Kornelkirschen. Baba hatte wie jedes Jahr Brezeln und Slivova vorbereitet, mit denen sie ihnen dankte.

Ein Koledari lachte mich die ganze Zeit besonders an, ich lachte zurück. Als er ging, gab er mir die Hand: „Du kennst mich nicht mehr, ich bin Dimitré, aus deiner Klasse. Ich wusste schon damals, dass aus dir mal was wird. Weil du dich niemals von einem der

Jungs hast einschüchtern lassen.“ Ich erkannte plötzlich den kleinen, dicken Jungen aus meiner Klasse wieder. Der bei der Pionierfeier neben mir stand und nur kurz über Ivans höhnischen Scherz auf Kosten meiner kaputten Schuhe gelacht hatte, bevor er den Kopf senkte. Er hatte mich nie gehänselt wie die anderen, aber geholfen hatte auch er mir nie. Er zog die Schultern hilflos hoch, als wüsste er genau, an was ich gerade dachte. „Jetzt sind deine Schuhe schöner als unsere“, flüsterte er, „und du hast eine Zukunft, wir nicht.“ Und verschwand dann aus der Tür. Ich stand noch lange da und blickte abwechselnd auf meine fast neuen, blauen Ballerinas und in die kalte Nacht hinaus.

Ich hatte mir immer selbst helfen müssen. Aber bisher waren die Babas bei mir gewesen.

1991 | Moskau

Todorow saß vor einem Gremium in Moskau. Die sowjetischen Brüder hatten ihn aufgenommen. Vielleicht nicht so freundlich wie früher, aber immerhin.

„Genosse Todorow", setzte der russische Verhandlungsführer an, „Sie geben vor der Presse einfach zu, die Markow-Akten vernichtet zu haben. Das ist das einfachste." Er sah ihn eindringlich an. „Sie hatten weder operative noch historische Bedeutung, nicht wahr? Ganz einfach. So sagen Sie das."

„Und Sawow? Er war der Vize-Innenminister. Ich nur sein Geheimdienstchef. Er hat entschieden, dass wir die Markow-Ordner nehmen und vernichten sollen."

„Sawow wird das gleiche sagen. Kein Problem, Genosse. Das können Sie sagen! Eine Presseerklärung. Und dann ziehen Sie sich in Ihr Privatleben zurück. In Sofia."

Todorow nickte. Alles klar. Das war mit Sicherheit die beste Lösung für ihn.

1992 | Sofia

In ihrem eleganten Kostüm schritt die Frau in ihrem großen Haus auf und ab. Sie machte sich Sorgen um ihren Mann. Früher war er der große General Stojan Sawow gewesen. Unantastbar.

Keiner hätte gewagt, ihn vorzuladen, ihn zu befragen. Morgen sollte er vor Gericht erscheinen. Es ging um Markow, diesen Verräter. Plötzlich kümmerten sich alle um den, der früher doch nur ein Staatsfeind gewesen war, ein gefährlicher Staatsfeind.

Todorow hatte bereits zugegeben, dass er die Markow-Unterlagen vernichtet hatte. Warum musste man Stojan auch noch danach fragen? Und es würde doch genügen, wenn er das einfach abnicken würde, einfach sagen, dass Todorow alles vernichtet hatte. Sie sah da kein Problem. Früher wäre das kein Problem gewesen, es wäre nie zu so einer Befragung gekommen. Den Vize-Innenminister befragen. Aber ihr Mann benahm sich auch anders als früher.

Wie ein Tiger im Käfig war Stojan seit Tagen im Haus herumgelaufen. Sie hätte es nie gewagt, ihn zu fragen, um was genau er sich denn Sorgen mache. Da mochte die Welt draußen sich auf den Kopf stellen, hier bei ihnen war alles wie immer.

Er wollte nur mal an die frische Luft gehen, in den Park. Jetzt aber war er schon seit Stunden fort und sie machte sich nun Sorgen.

Als es klingelte, durchflutete sie eine Welle der Erleichterung. Endlich. Sie rannte fast in den Eingangsbereich und riss die Tür auf. Doch dann ging sie drei Schritte zurück, und noch einen.

„Können wir hereinkommen?"

Mit eisernem Gesicht nickte sie den Beamten zu und führte sie in ihr Wohnzimmer. Ihre schmale Hand zitterte, als sie einladend auf das Sofa wies. Sie sah, dass die Beamten mit einem Seitenblick die Einrichtung wahrnahmen, die Brokatvorhänge, das geschliffene Kristall mit den feinen Goldrändern, die schweren Seidenteppiche. Vielleicht hätte sie sie gar nicht hereinlassen sollen.

„Wir haben Ihren Mann im Park gefunden. Mit einem Revolver, in dem eine Kugel fehlte. Er ist tot. Selbstmord. Durch einen Schuss in die Schläfe."

Das letzte, was sie spürte, war der seidenweiche Teppich, der ihren Sturz dämpfte.

„Es war eine sehr schöne Woche, die ich bei den Babas verbrachte, mit furchtbar viel Essen." Ich lachte bei dem Gedanken an all das Schweine- und Lammfleisch, die Gemüseeintöpfe und Teigtaschen, die Baba mir auftischte. „Ich habe gemerkt, dass meine Wurzeln immer dort bei meinen Babas sein werden. Und es wurde mir auch klar, dass ich weiter in Deutschland bleiben möchte. Auch wenn mir vieles dort nicht gefällt. Aber ich brauche die freie Luft zum Atmen, Luft, in der man ganz frei denken, sprechen und schreiben kann. Schade, dass nur so wenige diese Möglichkeiten nutzen, für mich aber ist diese Freiheit wichtiger als alles andere."

Enno nickte.

Es entstand eine Stille, in der jeder andere gefragt hätte: „Und mich, brauchst du nicht auch ein ganz klein wenig mich, Anelija?" Doch Enno fragte nicht. Er kannte mich gut genug, um zu wissen, dass ich noch niemanden brauchen wollte. Lieben ja, aber nicht brauchen.

„Und dann, bist du danach noch einmal hingefahren?"

„Nur vier Wochen später." Ich schluckte. „Baba Milena war gestorben." Ich sah Enno an, der nach meiner Hand griff. „Es war gar nicht so schlimm für mich, denn mir war bei meinem Besuch klar gewesen, dass sie sterben würde. Sie war über neunzig Jahre alt. Viele Stunden hatte ich bei ihr am Bett gesessen und mich vor meiner Abfahrt von ihr verabschiedet. Endgültig. Das wussten wir beide. Und es war gut so. Sie hatte ein gutes Leben, trotz allem, und sie wollte doch nur mich noch einmal sehen."

„Aber irgendetwas war nicht gut?" Enno sah mich aufmerksam an.

1990 | München

Der Anruf kam abends, als meine Mutter mit Franz im Wohnzimmer vor dem Fernseher saß. Zufällig war ich bei den beiden, weil sie am Abend noch fort wollten und ich auf den kleinen Alexander aufpassen sollte. Ich hatte mir gerade ein Brot aus der Küche geholt und wollte es in der Küche essen.

Nadja seufzte und lief zum Telefon. Als sie mit Здравейте – „Hallo" – antwortete, wusste ich es bereits.

Sie hörte zu, fragte kurz auf Bulgarisch nach, bis sie den Hörer niederlegte und mich ansah.

„Baba Milena ist gestorben. Eine Lungenentzündung mit sehr hohem Fieber. Es war zu kalt für sie, minus zwanzig Grad haben sie jetzt in Bulgarien. Du weißt ja, dass das Zimmer nur über den Herd unten geheizt wird, da ist es drinnen kaum wärmer als draußen. Sie hat nicht lange gelitten. Nächsten Freitag ist die Beerdigung. Der Pope hat angerufen, für Baba, die immer noch kein Telefon hat." Dabei schüttelte Nadja unwirsch den Kopf. „Ob wir kommen werden, lässt sie fragen."

Ich merkte plötzlich, dass ich mir so auf die Lippen gebissen hatte, dass sie blutig wurden. Ein Eisengeschmack breitete sich in meinem Mund aus. Dann wurde alle meine Aufmerksamkeit auf Nadja gelenkt, die plötzlich lautlos zusammensackte. Als sie auf dem Boden lag, fing sie an, in einem hohen Ton zu schreien. Franz, der bislang in den Fernseher gesehen hatte und noch gar nichts mitbekommen hatte, sprang entsetzt auf. „Nadja, was ist denn?“ Ihr gellendes Schreien klirrte in meinen Ohren.

„Anelija, was ist denn mit ihr passiert?“

Ich schwieg, voller Entsetzen auf meine Mutter blickend.

„Hat sie sich verletzt?“

Ich schüttelte den Kopf. „Baba Milena ist gestorben.“

Ihr Schreien ging in eine Art schrillen Pfeifton über, dazu wand sie sich am Boden wie in Krämpfen. Franz setzte sich zu ihr, versuchte sie festzuhalten und sie zu beruhigen, doch sie war wie abwesend. Wie in einem hysterischen Anfall. Vielleicht hätte ich Mitleid haben sollen, aber es ekelte mich.

„Ist das normal, trauert man so in Bulgarien?“ Franz sah mich verzweifelt an. Bei uns weinte man tatsächlich laut auf Beerdigungen, aber nicht so. Ich schüttelte den Kopf und ging wortlos hinaus. Diesmal würde sie von mir kein Mitleid bekommen für all das, was sie selbst aufgegeben und verloren hatte.

Am folgenden Donnerstag flogen wir von München nach Sofia, Franz hatte darauf bestanden. Es war mein erster Flug und mich beschlich eine unglaubliche Angst, in dieses kleine Flugzeug einzusteigen.

Unter Einsatz aller Kraft ging ich Schritt für Schritt in das Flugzeug hinein, während Nadja neben mir nahezu tänzelte. Sie war bereits mehrfach geflogen und das Fliegen erinnerte sie an ihre luxuriösen Urlaube. Routiniert bediente sie sich am Eingang des Flugzeuges, nahm eine Zeitschrift mit und legte mir grinsend eine Zeitung in die Hände. Sie wusste, dass ich mit ihren bunten Frauenzeitschriften nichts anfangen konnte. In vielem konnten wir die Vorlieben der anderen nicht teilen. Sie las Zeitschriften, ich Zeitung, sie ging zum Shopping, ich lieber in eine Bibliothek. Kurz fragte ich mich, ob wir einfach anders waren oder ob ich mich vielleicht ganz bewusst gegen ihre Lebensweise entschieden hatte. Dann rollte ich die Zeitung ein und wir suchten unsere Plätze auf.

Die Enge des Flugzeugs erinnerte mich plötzlich an den Pflaumenlaster. Panik stieg in mir auf. Ich versuchte, ruhig ein- und auszuatmen. Als ich mich auf meinen Platz setzte, den Nadja mir gezeigt hatte, traf mich ein eiskalter Luftstrahl aus der Klimaanlage. Mit dieser Eiseskälte überschwemmten mich die Erinnerungen an damals. Ich würgte. Leicht angewidert und nur wenig sorgenvoll hielt mir Nadja eine der weißen Kotztüten hin.

„Noch kannst du auf die Toilette gehen. Wenn wir fliegen nicht mehr." Der vorwurfsvolle Ton war nicht zu überhören. Wahrscheinlich hätte ich mich schuldig fühlen sollen, dass man mit mir nicht einmal das Fliegen genießen konnte. Ich kämpfte mich gegen den Strom der noch hereinkommenden Passagiere in die kleine Toilettenkabine, wo ich mich erbrach, bis nichts mehr in meinem Magen zu sein schien. Als ich herauskam, lächelte mich die Stewardess an: „Geht es wieder? Kann ich Ihnen helfen? Vielleicht mit einem Glas Wasser oder einer Aspirin-Tablette?“ Ich schüttelte nur den Kopf und versuchte es mit einem Lächeln, das mir schwerfiel.

Meine Mutter begrüßte mich mit den Worten: „Ich hoffe, du kotzt jetzt nicht noch mal.“

Noch einmal erschien die Stewardess und lächelte mir aufmunternd zu: „Jetzt besser? Kann ich nicht doch irgendwie helfen?“

„Können Sie diese Kälte aus der Klimaanlage ausschalten?“

„Aber sicher.“ Sie drehte an den Düsen über meinem Kopf und plötzlich war der Eisstrahl, der in mein Gesicht zielte, verschwunden. So eine Fee hätte ich damals im Pflaumenlaster gebraucht. Mit der Kälte verschwand auch die Übelkeit. Der Start brachte mich zwar noch einmal kurz aus dem Gleichgewicht, aber dann geschah etwas, das ich nicht erwartet hatte. Das Flugzeug flog höher und höher in die kalten Februarwolken hinein. Und plötzlich waren wir mittendrin, mitten in den Wolken. Wie weiße Zuckerwatte hingen die Nebelfäden vor dem kleinen Bullauge. Gerne hätte ich in dieses große Watteknäuel gegriffen. Wie in meinen Träumen früher. Sogar die Töne schienen mir plötzlich gedämpft und sanft. Dann durchbrach das Flugzeug die Wolkenwand und ließ einen weißen, dichten Teppich aus Wolken unter uns. Über uns strahlte die Sonne in einem durchdringend blauen Himmel. Weiß wie die Wolken, blau wie der Himmel, jetzt erst verstand ich diese Farben wirklich. Dieser Anblick versöhnte mich mit der Angst, mit der Übelkeit, sogar mit meiner Mutter.

Dass es einen solchen Himmel über jedem Land gab!

Baba Milena war für mich zu einem Teil dieses hellblauen Himmels geworden. Baba Milena, der ewig ruhige, blaue Himmel, Baba würde später einmal zu einer weißen Wolke werden, auf der ich mich ausruhen konnte.

Nadja war einfach nur erleichtert, dass ich nicht noch einmal kotzte.

Die Busfahrt nach Pazardzhik war weniger idyllisch. In einem überfüllten Bus mussten wir zwei Stunden im Mittelgang stehen, bis endlich ein Platz frei wurde. Nadja litt still vor sich hin. Ich konnte sehen, wie sie versuchte, jeder Berührung mit der dicken Frau neben ihr auszuweichen, die sich fortwährend den Schweiß von der Stirn wischte. Die Frau wollte immer wieder ein freundliches Gespräch mit Nadja beginnen, bekam aber nur einsilbige Antworten von meiner Mutter: „Да" oder „Не" – „Ja" oder „Nein" –, oder ein entsetztes „Не, благодаря" – „Nein, danke" –, als sie ihr ein Stück Wurst anbot. Dann hatte die Frau verstanden, dass mit dieser Ausgewanderten, die nicht einmal mehr akzentfrei bulgarisch sprach, nichts anzufangen war.

Ich schämte mich und sah in die andere Richtung.

Wir mussten noch einmal den Bus wechseln und die letzte halbe Stunde vom Dorf zum Haus wie immer zu Fuß gehen. Diesmal holte die Baba uns nicht von Radilovo ab. Nadja schob ihren roten Trolley über den geschotterten Weg und fluchte vor sich hin, ich trottete hinterher.

Als wir endlich zu Hause ankamen, saß keine Baba Milena auf der Bank vor der Tür wie sonst immer. Aber die Baba saß auf der Küchenbank und lächelte, als wir hereinkamen.

„Mach mir bloß keine Vorhaltungen. Ich weiß schon, Majka. Ich bin zu spät. Das ist der Lauf der Dinge. Keine Vorhaltungen“, sagte Nadja, noch bevor sie die Tür hinter sich schloss.

„Das hatte ich auch nicht vor.“ Die Baba wandte sich zu mir und wir drückten uns lange und fest. Nadja wanderte durch den Raum. „Hier ist alles genau wie damals.“ Was bei mir eine positive Feststellung gewesen wäre, war bei ihr abfällig gezischt.

Baba stemmte die Hände in die Hüften. Sie wollte gerade zu einer Erwiderung ansetzen, als sie meinen Blick auffing. Wir verstanden uns ohne Worte. Sie nickte mir zu und ließ die Arme sinken.

„Nadja, setz dich her, meine Tochter. Einen Kaffee oder einen Rakija?“

„Beides.“ Nadja setzte sich und seufzte.

Sie sah sich um. „Immer noch kein Telefon?"

„Wofür denn?" Baba lachte.

„Baba, damit wir öfter miteinander sprechen können. Das wäre doch schön, oder?"

„Ja, das wäre schön."

Abends schlug Baba vor, dass Nadja bei ihr in der Kammer im Bett von Baba Milena schlafen sollte, aber Baba und ich verstanden Nadjas entsetzten Blick sofort. Es gab nur die zwei Kammern oben im Haus. In der einen hatten Baba und Baba Milena geschlafen, in der anderen Nadja, dann Nadja und ich, und für viele Jahre ich alleine.

„Nimm meine Kammer, ich schlafe bei der Baba."

Nadja nickte nur erleichtert. Und ich genoss die Nächte sogar, die ich Seite an Seite mit der Baba im Bett verbrachte. Und sie genoss es offensichtlich auch.

„So viele Jahre lang habe ich nie alleine geschlafen, immer war die Baba Milena da. Gut, dass du jetzt am Anfang bei mir bist."

Nadja jammerte von früh bis spät über das kärgliche Essen – wobei Baba schon viel mehr auftischte als normalerweise –, über den Dreck, der in den alten Mauern hing, über den Ziegengestank, der immer da war und über die durchdringende Kälte, die sie nicht mehr gewohnt war. Die Kälte allerdings störte mich auch. Ich vermisste die deutsche Heizungswärme im Haus.

Einzig am Tag der Beerdigung blühte Nadja auf. Sie hatte ein hübsches, schwarzes Kleid an, das ihre schmale Figur zur Geltung brachte. Sie ließ sich von allen das Beileid aussprechen und nahm es huldvoll wie eine Königin entgegen.

Baba und ich standen etwas beschämt einen Schritt hinter ihr. Fast das ganze Dorf war zur Beerdigung gekommen. Ich fragte mich, ob sie alle wegen Baba Milena gekommen waren oder doch auch, um Nadja wiederzusehen. Der Pope erzählte von einem arbeitsreichen, aber zufriedenen Leben, das Baba Milena gehabt hatte. Obwohl ihr Mann zu früh gestorben sei, habe sie ein Leben im Familienkreis geführt. Die Urenkelin sei das Glück ihrer alten Tage gewesen. Den Seitenhieb auf die nicht erwähnte Enkelin verstanden alle in der Kirche. Nadjas Mundwinkel zuckten, dann nahm sie es mit einem spöttischen Lachen hin.

1992 | Sofia

Der Untersuchungsrichter war zufrieden. Keiner konnte jetzt mehr behaupten, dass die neue bulgarische Regierung nicht alles daransetzte, auch das letzte, dunkle Kapitel aufzuschlagen. Das Dokument in seiner Tasche wog schwer für ihn. Es gab Widerstände in den eigenen Reihen, aber mit diesem Ergebnis hatte er selbst einen großen Schritt getan, sich diesen Widerständen entgegenzustellen. Man musste aufdecken, was das Regime getan hatte, nicht vertuschen, wie so viele es immer noch wollten. Das bulgarische Volk musste alles wissen und sich damit auseinandersetzen. So sah er das zumindest. Vielleicht würde er sogar als der gelten, der das Markow-Attentat endgültig aufgeklärt hatte. Gegen alle Apparatschiks, gegen all die alten Betonköpfe.

Der Ex-Abteilungsleiter der Gegenspionage beim Sowjetgeheimdienst KGB, Generalmajor Oleg Kalugin, hatte endlich vor dem Ausschuss beeidet, dass der KGB am Regenschirmmord beteiligt war. Es war also ein Mord gewesen, begangen von Bulgaren und Russen zusammen. Für ihn lag die Schuld bei den Bulgaren, es machte es nicht besser, dass der KGB Hilfestellung geleistet hatte.

Aber für die Öffentlichkeit war es wichtig, dass gerade die Regenschirme nicht bulgarischen Händen entstammten, sondern den russischen Hirnen entsprungen waren. Die hatten eben schon immer grausame Ideen im Kopf. Russen genossen Leid und Tod. Wer Dostojewkski gelesen hatte, der wusste das.

Dass diese Geschichte langsam enthüllt wurde, würde der schwarzen Weste Bulgariens ein paar weiße Tupfer verleihen. Immerhin. Und er hatte das aufgedeckt, er war stolz auf sich.

Vielleicht hatte dieses Land ja doch eine Chance auf eine Zukunft. Aber er seufzte, denn noch immer fehlten ihm in dieser Geschichte viele Details. Details, die andere gar nicht ans Licht kommen lassen wollten.

Es wurde langsam kalt. Die Sterne standen klar am Himmel und wir waren stundenlang umhergelaufen.

Es musste weit nach Mitternacht sein, aber die späte Stunde war für uns bedeutungslos. Es war an der Zeit, alles zu erzählen. Ein Gefühl von Klarheit breitete sich in mir aus.

„Jetzt sind wir langsam dort, wo ich dich kennengelernt habe. Dass du Geheimnisse mit dir herumträgst, das wusste ich." Enno nahm meine Hand. „Auch wenn du immer so brav wirkst."

Ich lachte. „Ja, als ich dich kennengelernt habe, war es das einzige Mal, dass ich Carolin wirklich überrascht habe."

Carolin bot mir für die Sommerferien ihre Wohnung an, da sie plante, mit ihrem Freund die gesamten Ferien über nach Neuseeland zu reisen. Sie wusste, dass ich das kleine Zimmer in meiner WG in den Sommerferien an junge Touristen vermieten wollte und ich dieses Geld natürlich brauchen konnte. Doch ich lehnte ab.

„Anelija, du weißt doch, dass es mir nichts ausmacht. Im Gegenteil, ich bin froh, wenn meine Wohnung bewohnt ist, wenn ich nicht da bin. Jetzt stell dich nicht so an und komm, letztes Jahr warst du doch auch bei mir."

Verlegen schüttelte ich den Kopf. „Enno hat mir angeboten, während der Ferien in seiner Wohnung zu wohnen. Und sie ist ganz nahe an der Uni. Von dir aus brauche ich so viel Fahrzeit und ein U-Bahn-Ticket."

„Wie, der Enno aus unserem Diplomandenseminar?"

Ich nickte.

„Echt? Ich wusste gar nicht, dass ihr euch so gut kennt." Ich ließ das einfach so stehen, obwohl wir tatsächlich nur einige Male nach dem Seminar so viel Gesprächsstoff gefunden hatten, dass wir noch ein Glas trinken gegangen waren. Er konnte wie ich stundenlang literarische Themen erörtern oder darüber diskutieren, ob Foucault mit seiner Sprache die Dinge besser traf als Deleuze. Wir redeten, bis die Kellner die Kneipen schlossen und offensichtlich froh waren, dass wir beide, die wir uns den ganzen Abend an einem Glas festgehalten hatten, nun auch endlich gingen. In der Woche zuvor hatte er von mir erfahren, dass wir unsere WG-Zimmer in den Sommerferien räumen konnten, um Platz für Touristen zu machen und dass ich meist in Carolins Wohnung zog, die aber etwas außerhalb und damit für mich sehr ungünstig lag.

Enno machte mir einen Vorschlag: „Anelija, ich bin die Sommerferien bis auf die letzte Woche auch nicht da. Meinem Vater geht es nicht gut und meine Mutter hat mich gebeten, diese Ferien bei ihnen in Berlin zu verbringen. Geh doch einfach in meine Wohnung. Komm, ich zeig' sie dir, sie liegt nur fünf Gehminuten von hier entfernt."

„Jetzt?"

„Ja, jetzt. Oder bist du schon müde? Ich tue dir nichts." Das sagte er mit einem zwar verschmitzten, aber so liebenswerten Lachen, dass ich nickte.

Ennos Wohnung lag in einem typischen Schwabinger Altbau. Die grün angemalte Haustür öffnete den Weg in ein vorderes Treppenhaus, das wir durchquerten. Über einen Innenhof, der alle Stadtgeräusche draußen ließ, kamen wir zum hinteren Treppenaufgang, der uns mit einer großzügigen Holzwendeltreppe in den dritten Stock hinaufführte.

Als er die Wohnungstür aufschloss, hielt ich die

Luft an. Oben schloss ein schöner Stuckrahmen die hohen Wände zur Decke ab. Während die Wände weiß gestrichen waren, war die Decke in einem tiefen Blau gehalten. Mein Blick wanderte an den Farben entlang.

„Das habe ich selbst gestrichen. Es sind meine Lieblingsfarben. Weiß und Blau – und das hat nichts mit Bayern zu tun!"

Ich nickte: „Blau wie der Himmel, weiß wie die Wolken."

Er zeigte mir seine Wohnung und sie war genau so, wie ich mir eine eigene Wohnung erträumt hätte. In seinem Schlafzimmer standen ein schlichtes, einfaches Bett und ein ebensolcher Schrank. An den Wänden hingen Lithographien und Zeichnungen.

„Die habe ich von meinen Eltern geschenkt bekommen. Sie sammeln Kunst. Und wenn mir etwas gut gefällt, dann darf ich mir auch mal etwas aussuchen. Die hier sind von einem jungen Wiener Künstler. Bisher nichts Besonderes, aber ich bin mir ganz sicher, dass er mal ein Großer wird!"

Die schnell dahin gestrichelten Zeichnungen wirkten zuerst wie ein wirrer Haufen von Strichen, doch sah man genauer hin, konnte man erst Richtungen wie Wirbelstürme erkennen, denen man folgen musste und dann erkannte man, dass unter den wilden Strichen Zeichnungen gewesen sein mussten, man erkannte hier ein Bein, da ein Kopf, dort ein wehendes Kleid.

Ich starrte gebannt auf diese Zeichnungen. „Sieh nur, hier ist ein tanzendes Mädchen."

Enno sah mich verwundert an: „Für mich war das immer ein Einhorn. Das, was du als Kleid deutest, war für mich der Körper. Und hier, da ist doch ein Horn."

Ich sah ihn an und fühlte mich erkannt.

Er bemerkte es nicht. Leichtfertig warf er dahin: „Wie auch immer, diese Zeichnungen sind Geheimnisse. Das ist dann eben das Geheimnis des Einhorn-Mädchens."

Und da liebte ich ihn. Aus tiefstem Herzen.

In seinem Wohnraum standen ein alter Walnuss-Esstisch und ein wackliger Sekretär, auf dem sich Bücher und Papier stapelten. Hier hing ein modernes Kunstwerk, eine Fotografie, die ich zuerst als rot-orange-farbige Striche um eine weiße Fläche wahrnahm. Als Enno mir erklärte, dass der Fotograf einen vereisten See mit darum herum stehenden Bäumen fotografiert hatte, konnte ich dies aber eindeutig erkennen. „Verfremdete Natur. Ich mag das Bild gerne", sagte Enno.

Wir saßen in seinem Zimmer und sprachen über Literatur und Kunst.

Als die ersten Strahlen der Dämmerung ins Zimmer fielen, sagte ich, mit wenig Überzeugung: „Ich muss jetzt gehen."

„Ich bringe dich nach Hause."

Wir liefen in die aufgehende Morgensonne hinein

und zum ersten Mal hatte ich das Gefühl, dass auch Einhörner glücklich sein können.

***

„Wie, und du ziehst bei dem ein, obwohl du bei mir wohnen könntest, nur weil er näher an der Uni wohnt?“

„Carolin, er hat weiße Wände und eine blaue Decke.“

„Anelija, du hast einen Knall.“ Sie sah mich aber dabei wie eine Mutter an, die ihr Küken beschützt. „Will er was dafür?“

„Nein.“

„Na, hoffentlich! Oder, ist da etwas zwischen euch?“ Eigentlich sagte sie dies nur leichtfertig dahin. Sie konnte sich gar nicht vorstellen, dass ihre strebsame, brave Freundin je etwas von Männern wollte.

„Nein.“ Ich sah auf den Boden. „Nein.“

„Anelija, sieh mich mal an.“

Ich spürte, dass ich errötete.

„Anelija, du bist verliebt.“

„Ach hör auf, Carolin.“

„Du bist verliebt.“ Plötzlich schlich sich in das ewig lachende Gesicht Carolins ein nachdenklicher Zug. „Soso, Anelija und der kluge Enno. Intellektuelle unter sich.“ Irgendwo schwang da ein seltsamer Unterton mit.

„Bitte, Carolin. Da war gar nichts. Ich finde ihn

nett, aber da war gar nichts. Er hat mir einfach nur seine Wohnung für die Ferien angeboten. Die Wohnung ist sehr schön und liegt ganz nahe. Das ist alles."

„Hm." Ob die lebenslustige Carolin, die ständig einen anderen hatte, eifersüchtig war? Auf mich? Auf Enno? Ich wusste es nicht.

Gullino saß in dem Vernehmungszimmer der Polizei und blickte immer wieder auf das weiße Kreuz auf der roten Flagge Dänemarks, die überdimensional groß an der Wand hing. In kommunistischen Ländern hingen Portraits, in kapitalistischen Ländern Flaggen. Er hätte jedes Polizeizimmer sofort dem jeweiligen Land zuordnen können. Auch ohne Flagge.

Die dänische Polizei hatte ihn zu einem Gespräch gebeten, nicht zu einer Vernehmung einbestellt, nur zu einem Gespräch gebeten. Nach kurzer Überlegung war er gekommen. Äußerlich wirkte er ruhig und freundlich. Innerlich war er hoch konzentriert, so wie er es in unzähligen Verhörtrainings einstudiert hatte. Lächeln, freundlich sein, nichts zugeben. Er konnte das. Er hatte es oft genug geübt. Er hatte alle Lügendetektorentests bestanden. Er konnte das.

Zu Anfang erklärte ihm der dänische Polizist, dass eine ernstzunehmende Anklage gegen ihn vorliege, für die er ihn sofort verhaften lassen könnte. Innerlich registrierte Gullino diese Aussage bereits genau. Man könnte ihn verhaften, lädt ihn jedoch telefonisch zum Gespräch. Für ihn war das bereits ein klares Anzeichen, dass er hier auch als freier Mann wieder hinausgehen würde, wenn er jetzt nichts falsch machte.

Die dänischen Polizisten klärten Gullino auf, dass er seine Aussage verweigern und einen Anwalt hinzuzie-

hen könnte. Er dachte kurz nach, schüttelte dann aber freundlich lächelnd den Kopf. Nein, noch brauchte er das nicht.

Auch die Frage, ob die englischen Ermittler mit ihm sprechen dürften, bejahte er freundlich.

Zwei Engländer betraten den Raum und stellten sich als Scotland Yard Detectives vor.

„In London wurde 1978 ein politischer Mord begangen. Der Name des Opfers ist Georgi Markow."

Gullino zuckte mit den Schultern.

„Wissen Sie etwas darüber?"

„Wie war der Name – Makarow?"

„Markow. Georgi Markow."

Gullino schien nachzudenken, schüttelte dann aber den Kopf.

Die zwei englischen und zwei dänischen Polizisten schienen genervt. Auch das kannte er. In Bulgarien hätte man früher zu anderen Mitteln gegriffen. Damals hatte er keine rechtsstaatliche Behandlung erwartet, damals hatte er Angst. Angst, in einem furchtbaren Loch zu verrotten. Nicht hier. Auch vor Scotland Yard Detectives musste man sich hüten, das waren Leute von der Antiterrorismus-Abteilung, aber damit konnte er umgehen. Vor denen da brauchte er keine Angst zu haben, wenn er genau so agierte wie er trainiert worden war. Er wusste ganz genau, was er sagen durfte, und was nicht.

Die Engländer stellten eine Frage nach der anderen, Gullino antwortete ausweichend, schüttelte den Kopf, hob unwissend die Hände.

„Sie geben aber zu, für den bulgarischen Geheimdienst gearbeitet zu haben", wiederholte der dänische Polizist.

„Nein", erläuterte Gullino noch einmal, „ich habe viele Menschen getroffen, aber ich arbeite nur für mich."

Der Engländer holte ein Dokument von 1972 aus seiner Tasche heraus, auf dem Gullino eine Loyalitätserklärung für den bulgarischen Staatssicherheitsdienst unterzeichnet hatte.

Gullino warf nur einen empörten Blick darauf: „Das ist eine Fälschung!"

Auch Quittungen über englische Pfund, US-Dollar und dänische Kronen, die an den „Agenten Picadilly" ausgestellt und mit seiner Unterschrift versehen waren, wies er lächelnd als gefälscht zurück.

„Und mit dem Mord an Markow haben Sie auch nichts zu tun?"

Gullino hob lächelnd die Arme hoch: „Das habe ich doch bereits mehrfach gesagt."

„Aber Sie sind am Tag nach dem Attentat von London nach Italien geflogen. Und Sie waren der einzige bulgarische Agent in England zu dieser Zeit."

Lächeln. Handflächen nach oben heben. Nicht zu breit grinsen, nicht direkt in die Augen sehen.

Auf einen Wink des dänischen Kommissars hin verließen die vier den Raum.

Auf dem Flur entschied der Däne: „Es ist jetzt Schluss, mehr können wir nicht machen. Die Bulgaren sagen uns nichts, der bulgarische Ermittler legt uns nur nichtssagende Kopien von Gullinos falschen Pässen und den anderen Dokumenten vor. Wir können zwar die echten Dokumente aus Bulgarien anfordern, aber das wird dauern, wenn wir überhaupt etwas bekommen werden. Und aus dem da drinnen ist auch nichts herauszubekommen. Wir haben keine Handhabe. Was sollen wir tun?"

Der englische Scotland Yard Detective sagte nichts mehr, er drehte sich einfach wütend um und ging mit stampfenden Schritten den Gang hinunter zum Ausgang.

Damned, verdammt. Sie sitzen immer noch an den Hebeln der Macht. Damned.

Drinnen saß Gullino und rieb sich die Hände. Noch eine halbe Stunde, eine Unterschrift unter das Protokoll und dann würde er hier rausmarschieren. Er kannte das Prozedere. Er war noch nie in einem Gefängnis gelandet. Oft war er so knapp davor, aber noch nie war er tatsächlich drin gewesen.

Aber wahrscheinlich sollte er dann auch Dänemark wieder verlassen. Schade. Wohin nun?

„An unsere ersten Begegnungen kann ich mich sehr gut erinnern. Ich habe noch nie jemanden wie dich kennengelernt. Von der ersten Sekunde an war ich in dich verliebt." Enno nahm meine Hände in seine und ich wusste, dass er noch etwas sagen wollte.

Ich lachte leichtfertig, drehte mich um und zog ihn weiter. Nichts sagen, um mich nicht von meinen Plänen abhalten zu lassen.

„So, nun weißt du alles über mich. Keine Geheimnisse mehr. Nun gehen wir aber schlafen."

Zögernd lief er hinter mir her die Treppe zu unserem Zimmer hinauf und wir ließen uns für wenige Stunden in einen unruhigen Schlaf fallen.

Am nächsten Morgen brachen wir ohne Frühstück und nahezu wortlos auf. Kurze Zeit später empfing uns das Ortsschild von Radilovo, wo ich Enno bat zu parken.

Sonst freute ich mich, hier zu sein. Heute war es schwer. Jetzt war es so weit.

Wir gingen die schmale Dorfstraße entlang, vorbei an den Häusern, die sich kaum verändert hatten, seit ich hier groß geworden war und bogen ganz am Ende in einen Waldweg ab. Ich war froh, dass uns noch kein Mensch begegnet war. Enno versuchte zweimal, meine Hand zu nehmen, doch ich ließ es nicht zu, so dass wir mit herunterhängenden Armen nebeneinander schritten. Die Entfernung zwischen uns schien mir mit jedem Schritt zu wachsen, als ob der Gang nach vorne uns zwei voneinander trennte.

Der Weg führte bergab. Bei einer Biegung stand ein alter, steinerner Brunnen, der das Wasser, das aus einer Quelle vom Berg floss, aufnahm. Als Kinder hatten wir hier oft gespielt. Ich setzte mich auf die steinerne Umrandung und nahm einen Schluck vom kühlen Wasser. Das Wasser war über die Umrandung geflossen und bildete auf dem Weg eine Lache, in der sich die Morgensonne glitzernd fing. Eigentlich eine idyllische Atmosphäre, die nicht zu unserer Stimmung passen wollte, sich aber offenbar von uns nicht in ihrem Zauber stören ließ. Enno seufzte und ließ das herbstlich gelb gefärbte Blatt eines Baumes zwischen seine Finger gleiten. Wir liefen weiter, wortlos.

Als der Wald sich verdichtete, kamen wir an das alte Häuschen, das mehr einer Hütte glich. Sie schien mir noch verwitterter als bei den Besuchen, die ich mit der Baba hierher gemacht hatte. Wir waren damals wie alle Dorfbewohner zu Zala gegangen, wenn jemand in der Familie krank war. Für jede Krankheit kannte sie Heilkräuter, die sie in vielen Tontöpfen in ihrer Küche gesammelt hatte oder die, vielfache Düfte verströmend, an den Deckenbalken aufgehängt waren.

Ich klopfte und betrat die Hütte, Enno schlich hinter mir herein. Langsam erst gewöhnten sich unsere Augen an das dunkle Zwielicht, das in der

Wohnküche, die zugleich der einzige Raum war, herrschte. Zuerst dachte ich, dass niemand da sei. Wenn es nötig war, kam Zala auch zu Schwerkranken nach Hause, obwohl sie dies nur in Notfällen tat.

„Anelija Lulewa", ertönte eine immer noch eindringliche, wenn auch alt und brüchig gewordene Stimme aus einer dunklen Ecke des Raumes. Da erst sah ich Zala auf einem Schaukelstuhl in der Ecke sitzen, fast thronte sie, als ob sie uns erwartet hätte. Sie erschien mir kleiner, zusammengeschrumpfter als damals, was aber ihre Ehrfurcht gebietende Ausstrahlung eher noch verstärkte.

Ich hob an, etwas zu sagen, doch sie gebot mir mit einer Geste Einhalt. Mühsam stand sie auf und bewegte sich auf uns zu. Einer uralten Schildkröte gleich streckte sie dabei ihren Hals aus, umkreiste Enno und mich einmal und wedelte dann mit ihrer Hand zu einer Liege, die an der Seite stand.

Ich legte mich darauf.

„Soso, wie die Mutter. Aber du bist älter."

„Nicht viel. Ich bin fünfundzwanzig."

„Du bist älter. In deiner Seele. So alt ist deine Mutter nie geworden."

Enno und ich sahen uns an.

Zala tippte mir mit ihrem Finger an die Stirn. „Du willst es nicht?"

Ich schüttelte den Kopf: „Nein."

Sie fasste mir auf den Bauch, drückte, fühlte, drehte, schloss die Augen, wiegte den Kopf, krallte sich in meinen Bauch und plötzlich bekam ich eine unvorstellbare Angst, schlimmer als damals, als Majka ging, schlimmer als bei Popow, sogar schlimmer als bei meiner Ankunft in Deutschland, als meine Mutter leugnete, dass ich je wirklich ihre Tochter war. Schlimmer.

„Grrr", machte Zala, ein seltsamer, gutturaler Laut drang aus ihrem Mund und noch einmal: „Grrr."

Sie kniff ihre grau-grünen Augen zusammen und sah in meine: „Es ist zu spät. Das Kind will leben."

Sie stand auf. *„Yao."*

„Yao" – „Tschüss" – hatte ich damals meiner Mutter nicht mehr sagen können. „Yao" sagte Zala zu mir, so dass ich genau das dem Kind in meinem Bauch nicht sagen konnte.

Ein Wort formte sich in mir. „Здравейте." – „Hallo, Willkommen."

Zala winkte mir aufzustehen.

Aber als ich mich noch zögernd aufrappelte, machte sie eine abwartende Geste mit der zittrigen Hand.

„Warte noch, bevor du gehst. Es ist an der Zeit. Du weißt nicht, wer dein Vater ist, nicht wahr?"

Ich zuckte mit den Schultern und war in diesem Moment einfach nur überfordert. Zala wackelte zu ihrem Schreibtisch und schrieb etwas auf ein Papier, das sie sorgfältig zusammenfaltete. „Lies es später, wenn Zeit dazu ist. Er ist dein Vater." Und dann winkte sie uns einfach hinaus.

Ich steckte das zusammengefaltete Papier ein. Enno nahm mich bei der Hand und wir gingen hinaus, hinaus aus dem Wald, hinaus auf ein freies Feld, wo wir uns hinsetzten und uns an den Händen hielten. Sprachlos – „Здравейте" –, wir spürten es beide. Es war so ungewohnt, ein wenig beängstigend, vielversprechend. Willkommen.

„Ich bin so erleichtert." Enno atmete spürbar aus. „Anelija, bitte, sei nicht traurig, es ist gut so, wir schaffen das, wirklich, ich bin bei dir, wir schaffen das, es ist ein Kind, unser Kind. Bitte, bitte, sei nicht verzweifelt."

„Nein!" Ich schüttelte den Kopf. „Ich bin nicht verzweifelt, es ist nur so schwierig, den eigenen Weg zu gehen. Aber es ist, wie es ist. Ich will es." Zum ersten Mal legte ich eine Hand auf den Bauch und erhielt in diesem Moment ein Schmetterlingsflattern zurück. Es bewegte sich, mein Kind, kein Hinderungsgrund, sondern Ennos und mein Kind. „Здравейте."

Eine Stunde später setzten wir uns wieder an den steinernen Brunnen, der nichts von seinem Zauber verloren hatte. Dort faltete ich das blütenweiße Papier auf, auf dem in krakeligen Buchstaben stand: „Георги Иванов Марков" – Georgi Iwanow Markow.

***

Wie war die Baba überrascht, als wir plötzlich und unangekündigt vor ihrem Haus standen. Kleine, spitze Freudenschreie mischten sich mit glückseligen Schluchzern. Nachdem sie mich halb erdrückt hatte, nahm sie Enno wahr, umarmte auch ihn, überschüttete ihn mit bulgarischen Willkommensgrüßen, drückte ihn wieder und zog uns völlig aufgelöst ins Haus hinein.

Als ob sie nicht wisse, wohin mit ihrer Freude, begann sie sofort, ein Mittagessen für uns zu bereiten. Von der Nachbarin holte sie sich schnell ein Stück Fleisch, aus dem Garten das Gemüse. Nur mit Geschäftigkeit konnte sie ihre Aufregung bezwingen. Sie kochte uns ein bulgarisches Festmahl.

Ich wusste, dass Enno das Fleisch zu fett war, doch er lächelte tapfer und aß alles auf, was sie ihm vorsetzte.

Aber ich fand einfach alles herrlich, ich aß und aß. Das Fleisch schmeckte wirklich nach Schwein, es zerging im Mund. Das Essen schmeckte für mich nach Heimat und Geborgenheit, nach Baba. Ich aß so viel wie seit Jahren nicht mehr, bis mich die Baba anlächelte und sagte: „Du isst für zwei." Es war eine Feststellung und ich nickte.

***

Abends lagen Enno und ich in meiner alten Kammer. Obwohl die Baba uns auch ihr Zimmer gegeben hätte, fanden wir beide, dass uns das kleine Bett genügte. Wie gern lag ich in seinen Armen.

„Georgi Markow. Dann bist du eigentlich eine Markowa. Anelija Markowa."

Ich grinste bei der Vorstellung.

„Kennst du ihn? Ist er einer hier aus dem Dorf?"

Ich lachte. „Nein. Georgi Markow ist ein bulgarischer Schriftsteller. Bei vielen gilt er als einer der ganz großen. Viele aber haben ihn mittlerweile auch vergessen. Er war ein großer Regimekritiker, ein Schiwkow-Gegner. Berühmt geworden ist er, weil man ihn als Dissidenten in England ermorden ließ. Das Regenschirm-Attentat."

Enno runzelte die Stirn. „Ich glaube, darüber habe ich mal etwas gelesen."

„Mein Vater." Es fühlte sich seltsam an, das zu sagen. „Er ist in Vergessenheit geraten, obwohl er das nicht verdient hat."

1996 | in einem Krankenhaus in München

Enno sah mich an. Meine schwarzen Haare hingen mir schweißnass ins Gesicht.

Ich war erschöpft, aber zufrieden, zugleich zögerlich und sicher, als der Arzt mir das Baby in die Arme legte, einen Sohn. Stockend sagte ich: „Früher hatte ich drei Frauen: Majka, Baba und Baba Milena; jetzt habe ich auch drei Männer: einen Vater, einen Mann und einen Sohn."

Enno nickte. Der Kreis schloss sich.

„Er soll Georgi heißen", sagte Enno und streichelte seinem Sohn über den dunklen Flaum auf seinem runden Babykopf.

„Mama, nicht aufhören, erzähl weiter."

Ich hatte gerade eine Geschichte erzählt, die tief aus meiner Erinnerung kam. Eine Geschichte von einer jungen Magd, die, von einem Einhorn geschickt, an ein Schloss kam. Der junge Prinz verliebte sich unsterblich in die Magd, merkte aber bald, dass sie ein Geheimnis mit sich trug, das immer zwischen ihnen stehen würde.

Ich konnte in meinem Inneren Baba Milenas brüchige Stimme die Geschichte erzählen hören.

„Mama." Der kleine Georgi setzte sich in seinem Bett auf und zog mich am Arm. „Mama, erzähl doch weiter."

Ich seufzte. „Ich weiß nicht, wie die Geschichte ausgeht."

„Das ist aber doof." Ein spitzbübisches Grinsen breitete sich auf seinem Gesicht aus. „Also Mama, ich weiß es. Die Magd erzählt ihr Geheimnis, weil sie den Prinzen doch lieb hat und ihm vertraut. Sie erzählt ihm, dass ein Einhorn sie geschickt hat. Und dann verwandelt sich der Prinz in das Einhorn und sagt: ‚Ich wollte dich nur prüfen, ob du mir so vertraust, dass du mir alle deine Geheimnisse sagen kannst.' Und dann leben sie glücklich bis an ihr Lebensende."

Ich lachte: „Und der Prinz bleibt ein Einhorn oder verwandelt er sich wieder in einen Prinzen?"

„Der wird wieder Mensch." Georgi überlegte. „Nur bei Vollmond, da verwandelt er sich zurück."

Zufrieden mit seiner Geschichte kuschelte er sich in seine Decke und schloss die Augen. Ich saß bei ihm, bis seine Züge sich glätteten und er einschlief.

„Ja, so ist es wohl. Im Märchen auf jeden Fall."

Als er eingeschlafen war, setzte ich mich wieder an meinen Schreibtisch, auf dem sich Geschichtsbücher über Bulgarien, Zeitungsartikel und viele aus dem Internet ausgedruckte Notizen stapelten. Daneben lagen mehrere Bücher von Georgi Markow, auf deutsch und auf bulgarisch. Ich versuchte, mir jene Puzzleteile, die mir zu meinen Geheimnissen fehlten, mühsam zusammenzusuchen.

2001 | England, Dorset

Eine junge Frau. Ein junger Mann, der einen kleinen Sohn mit wilden, dunklen Locken an der Hand hält. Der Junge springt voraus und legt ganz natürlich seine Hand auf den großen Stein.

Die Frau liest die Inschrift, die auf der einen Seite des Steins auf Bulgarisch, auf der anderen Seite auf Englisch steht:

Im Gedenken an
Georgi Iwanow Markow
Romanautor und Dramatiker

Tief geliebt
Von seiner Familie und seinen Freunden
Geboren in Sofia 1.3.1929
Gestorben in London 11.9.1978
Im Namen der Freiheit

Dank

Danke an alle, die mich auf meinem Weg zu diesem Buch unterstützt haben:

- Danke, Sascha Ries, dass du mir deine Lebensgeschichte erzählt hast.
- Anna Milkova, Christine Filipa, Svetlana Savintseva und Violeta Drumeva-Olving für die aufmerksame Lektüre und die vielen, grundlegend wichtigen Hinweise zu einem Leben in Bulgarien und unter einem kommunistischen Regime.
- Franziska Rohr für die aufmerksame, psychologisch geschulte Durchsicht meines Manuskripts.
- Alexandra Dusel für die vielen, hilfreichen Korrekturen (ganz besonders, damit mir keine Fehler bei italienischen Rezepten unterlaufen. Grazie!)
- Ariyamala Ebinger, der ich eine wunderschöne Passage in dem Buch zu verdanken habe.
- Marianne Denk-Helmold für ihre professionellen Verbesserungen und Hinweise.
- Danke an meinen Mann, Mark, der mich nach Bulgarien begleitete und der mich bei all meinen Buchprojekten immer unterstützt.
- Last but not least, Danke an Klaus Dexel für dessen hervorragenden, investigativen Dokumentarfilm „Zum Schweigen gebracht. Georgi Markov und der Regenschirmmord“.

Pendragon Verlag
gegründet 1981
www.pendragon.de

Veröffentlicht im Pendragon Verlag
Günther Butkus, Bielefeld 2018

Lektorat: Eike Birck, Anja Schwarz
Umschlag und Herstellung: Uta Zeißler, Bielefeld
Foto: fotolia/glowonconcept
Satz: Pendragon Verlag auf Macintosh
Gesetzt aus der Adobe Garamond
ISBN 978-3-86532-617-1
Gedruckt in Deutschland